Chrissy Zane
Band 2

Shadow
OF DESIRE

Who is next?

AF191661

Shadow

OF DESIRE

WHO IS NEXT?

Chrissy Zane
Author

Biliografische Information der Deutschen
Nationalbank: Die Deutsche Nationalbank
Verzeichnet die Publikation in der Deutschen
Nationalbiografie; detaillierte bibliografische
Daten
Sind im Internet über
http://dnb.de abrufbar.

Lektorat/ Korrektorat: Sonja S.
Cover: Natascha A., Canva
Innengestaltung: Chrissy Zane, Canva
Verlag: BoD · Books on Demand GmbH,
Überseering 33, 22297 Hamburg, bod@bod.de
Druck: Libri Plureos GmbH, Friedensallee 273,
22763 Hamburg
ISBN: 978-3-8192-2545-1

Triggerwarnung

Dieses Buch enthält explizite und sensible Themen, die für manche Leser:innen verstörend oder belastend sein können.

Es werden **detaillierte Darstellungen von Gewalt, Mord, Verstümmelung und Folter** geschildert. Psychische Manipulation und toxische Beziehungen spielen eine zentrale Rolle, ebenso wie Stalking und obsessive Kontrolle. Zudem beinhaltet die Handlung **sexuelle Gewalt, emotionale Abhängigkeit und tiefgehende Traumata**. Themen wie **Trauer, Verlust und Tod** sind ebenfalls präsent und können starke emotionale Reaktionen auslösen.

Dieses Buch ist **düster, intensiv und nichts für schwache Nerven**. Bitte sei dir der genannten Inhalte bewusst und entscheide selbst, ob du mit diesen Themen umgehen kannst.

Lies auf eigene Verantwortung

Für alle, die sich in der Dunkelheit verlieren,
aber den Weg zurückfinden.
Für die, die kämpfen, wenn die Hoffnung
schwindet,
und die lieben, selbst wenn es weh tut.

Diese Geschichte gehört euch.

Prolog

Manchmal endet eine Geschichte nicht dort, wo andere sie enden sehen wollen. Sie endet nicht in einem endgültigen Triumph, nicht mit einem klaren Abschluss, nicht einmal mit einem Hauch von Frieden. Sie hinterlässt Narben, tiefe, unsichtbare Risse, die niemals vollständig heilen. Aber für jemanden wie mich, den Vollstrecker, endet eine Geschichte nie wirklich. Sie verändert sich, nimmt neue Formen an, wird dunkler und vielschichtiger.

Ich dachte immer, ich wäre unantastbar. Kalt. Berechnend. Ein Mann, der sich von nichts und niemandem berühren lässt. Doch dann trat Emma in mein Leben oder vielmehr Cassie, denn so sah ich sie. Sie war das unvollkommene Abbild einer Vorstellung, die ich nie ganz zu fassen bekam. Und dennoch entfachte sie etwas in mir, das ich nicht erwartet hatte. Etwas, das nicht existieren sollte. Gefühle.

Es begann nicht wie ein gewöhnliches Spiel um Kontrolle. Nein, mit ihr war es anders. Sie brachte eine seltsame Ruhe in das Chaos, das mich sonst antreibt. Es war, als hätte ich für einen flüchtigen Moment einen Blick auf ein Leben geworfen, welches nicht nur von Hass und Rache gezeichnet war. Ein Weihnachtsfest ohne Angst, ein Silvesterabend ohne Gewalt, nur sie und ich. Für kurze Augenblicke fühlte es sich an, als wäre ich nicht das Monster, als könnte es einen anderen Weg geben.

Doch wie bei jeder Illusion hielt der Frieden nicht an. Er war zerbrechlich, kaum mehr als eine vergängliche Erscheinung, die in dem Moment zerbrach, als sie mich fallen lies. Mit ihrem Verrat kehrte die Dunkelheit zurück. Erbarmungslos und lodernd, wie ein Feuer, das alles verschlingen sollte. Die Wut kehrte zurück. .

Der unstillbare Drang nach Vergeltung. Und doch war nun etwas anders. Es war, als hätte ihr Verrat ein noch tieferes Loch in mir hinterlassen. Es war, als hätte ihr Verrat mir ein tiefes Loch in die Brust gerissen, welches durch nichts je wieder ausgefüllt werden konnte. … nicht wirklich.

Ich hatte erkannt, dass ich nicht mehr allein sein wollte. Dass die Kälte, die stets mein treuer Begleiter war, nicht länger genug war. Doch ebenso wusste ich tief in meinem Inneren, dass Emma niemals die Frau sein könnte, die es schaffen würde an meiner Seite, zu existieren. Sie war schwach. Sie gehört in die Welt, die ich verachte. Sie und ich, das war ein Irrtum. Ein fehlgeschlagener Versuch.

In den Monaten danach habe ich über all die Geschehnisse nachgedacht.. Habe geplant. Gewartet. Ausgeharrt Die Dunkelheit formte sich neu in mir und meine Obsession nahm eine andere Gestalt an. Ich wusste nun wer die

Frau sein musste, die mich vervollständigen würde.. Die mich heilen und meine dunklen Triebe im Zaum halten könnte.

Die wahrhaftige Cassie. Diejenige, die nicht zerbricht. Diejenige, die das Chaos nicht fürchtet, sondern es mit mir teilt.

Ich sehe sie vor mir, in meinen Gedanken, stark, furchtlos und bereit in die Dunkelheit zu treten, ohne auch nur einen Moment zu zögern. Sie wird mich sehen, wie ich bin, und sie wird an meiner Seite bleiben. Sie wird sich nicht vor der Dunkelheit verstecken, sondern sie mit offenen Armen willkommen heißen. Cassie wird anders sein. Vollkommen. Perfekt.

Und während ich meine neuen Schritte vorbereite, spüre ich, wie die Vorfreude wächst. Der Gedanke an sie treibt mich voran. Denn ich bin der Vollstrecker. Stillstand gibt es für mich nicht. Keine Erlösung. Kein Licht. Nur das nächste Kapitel. Das nächste Ziel. Die nächste Besessenheit. Emma ist Vergangenheit. Ein Kapitel, das geschlossen wurde, ohne, dass es etwas verändert hatte. Aber Cassie? Cassie ist meine Zukunft. Sie ist das, was mich weitermachen lässt. Sie ist das, worauf mein ganzen Leben ausgerichtet ist. All meine Handlungen, die Guten wie die Schlechten, wobei die schlechten wohl eher überwiegen. All meine Entscheidungen haben mich letzten Endes zu ihr geführt.

Meine Geschichte endet noch nicht. Sie beginnt nun erst richtig. Dunkler, intensiver, gefährlicher als zuvor.

Denn in meiner Welt gibt es keine Erlösung. Es wird immer nur dunkel wabernde Schatten und heißes, bedingungsloses Verlangen geben.

Kapitel 1

VOLLSTRECKER

Meine Geduld hat ihr Ende erreicht. Vier Monate des Rückzugs, des Wartens, der Einsamkeit. Vier Monate, in denen ich im Schatten lebte, doch nie stillhielt.

Während die Welt schlief, hinterließ ich Spuren aus Blut und Schrecken. Wahllos, zufällig. Ein Mann, der mir auf dem Parkplatz zu lange in die Augen sah. Jemand, der mir in einer verregneten Gasse den Weg versperrte. Eine Ratte, deren Lachen meine Nerven zersägte. Ich habe sie beseitigt. Keine dieser Taten trägt meine Handschrift. Die Welt sieht sie als alltägliche Opfer. Ein Überfall hier, ein

Brand dort, ein Messerstich in der Dunkelheit. Ein Flüstern von Chaos ohne Ursprung.

Doch für mich war es mehr. Es war der Beweis, dass ich immer noch der bin, der ich sein muss. Ein Mörder.

Jeder Atemzug in dieser selbst auferlegten Dunkelheit hat mich daran erinnert, dass ich nicht für das Versteckspiel geschaffen bin, und doch musste ich es ertragen, jeden quälenden Moment davon. Der Drang, aus dem Schatten zu treten, wuchs mit jeder Stunde, doch zugleich nagte die Angst an mir, die Kontrolle zu verlieren. Es war ein schmaler Grat zwischen Geduld und Wahnsinn. Und ich fühlte, wie jeder Atemzug mich ein Stück näher an den Abgrund trieb. Ich bin nicht dazu gemacht, mich zu verstecken. Ich bin der Mann, der handelt, wenn andere versagen.

Doch ich hätte handeln müssen, als es noch möglich war. Emma hätte sterben sollen.

Ich spüre, wie sich meine Hände zu Fäusten ballen, die Nägel graben sich tief in meine Handflächen. Diese verfluchten Cops haben sie gerettet. Haben sie aus meiner Kiste gezogen, sie zurück ins Leben gebracht, während ich in den Schatten gezwungen wurde. Ich kann immer noch hören, wie ihr Atem langsam schwand, wie ihr Körper aufgab, genau nach Plan – und dann? Dann kam Cooper. Der verdammte Held, der Retter, der mir alles genommen hat.

Aber es gibt Schicksale, die schlimmer sind als der Tod.

Und genau das wird Emma jetzt erleben.

Ich musste mich neu erfinden, jede Spur meines alten Ichs auslöschen. Mein Spiegelbild ist jetzt ein Fremder. Mein dunkles Haar ist verschwunden, ersetzt durch silberblonde Strähnen, die im Licht unscheinbar wirken. Mein Gesicht ist bedeckt von einem Bart, der nicht nur meine Züge verändert, sondern auch meine Vergangenheit verdeckt. Und meine Augen, die Fenster zu meiner Seele, verberge ich hinter blau-grauen Kontaktlinsen. Es ist eine neue Identität, so lückenlos, dass ich Emma direkt gegenüberstehen könnte – und sie würde mich nicht erkennen.

Heute wird sie wissen, dass ich zurück bin.

Es ist ihr erster Tag zurück im Revier. Der perfekte Moment für eine Botschaft. Ich habe alles vorbereitet. Ein Strauß roter Rosen, jede einzelne Blüte makellos, ein Symbol für die Intensität unserer vergangenen Zeit. Er wird anonym geliefert, ohne Karte, ohne Namen. Aber Emma wird wissen, dass er von mir ist.

Sie wird es fühlen.

Die Erinnerungen an unsere gemeinsame Zeit werden sie verfolgen. Sie werden ihre Gedanken durchbohren wie Dornen. Nicht, weil sie mir noch etwas bedeutet, sondern weil es mich amüsiert. Ich stelle mir vor, wie sie erstarrt, wenn sie den Strauß sieht, wie sich ihr Herzschlag beschleunigt, wenn sie versteht, dass es niemals vorbei sein wird.

Doch Emma ist nur noch ein Schatten der Vergangenheit. Seit Wochen habe ich jemand anderen im Auge. Cassie.

Cassie ist der Schlüssel zu meinem neuen Leben. Die Antwort auf die Leere, die Emma hinterlassen hat. Sie ist nicht wie die anderen. Cassie ist rein. Ich will sie nicht als Trophäe, nicht als Teil eines Spiels. Ich will sie an meiner Seite.

Doch bevor ich mich Cassie nähern konnte, war da diese unerträgliche Dringlichkeit in mir, der Welt eine Botschaft zu senden. Ein skrupelloser Killer ist unterwegs. Nicht durch einen direkten Schlag, sondern durch ein Flüstern in der Dunkelheit. Und sie werden mich spüren. In anderen Städten, fernab von meinem eigentlichen Ziel, gibt es bereits Opfer. Ein Raubüberfall in einer stillen Seitenstraße, der in einem Blutbad endet. Ein Obdachloser, brutal zugerichtet, seine Leiche achtlos in einem Park zurückgelassen.

Ein Feuer in einem leerstehenden Gebäude, das so plötzlich ausbrach, dass niemand die Ursache erahnen kann. Zufällige Gewalt.

Kein direkter Zusammenhang.

Doch es wird Unruhe stiften, Angst schüren, die Polizei ablenken. Und während sie verzweifelt nach einem Phantom suchen, werde ich mich Cassie nähern.

Heute werde ich sie sehen. Endlich.

Sie arbeitet in einem kleinen Café am Rande der Stadt. Ich habe sie beobachtet, wie sie die Tische abwischt, wie sie mit ihrem strahlenden Lächeln die Gäste begrüßt. Sie ahnt nicht einmal, dass ich da bin. Sie weiß nicht, dass ich jede ihrer Bewegungen studiert habe, jeden Moment ihrer Routine auswendig kenne.

Doch das ändert sich heute. Die Verwandlung, die ich durchgemacht habe, gibt mir die Freiheit, wieder offen durch die Straßen zu gehen. Niemand wird mich erkennen.

Ich bin ein Geist, ein Schatten unter den Menschen. Während sie in ihrem Alltag gefangen sind, bin ich da, unsichtbar und doch allgegenwärtig.

Cassie wird mich kennenlernen. Und ich werde sie in mein Leben holen.

Sie ist anders als Emma. Keine zerbrochene Seele, die im Dunkeln taumelt, sondern jemand, der leuchtet, ohne zu wissen, dass dieses Strahlen bis in die tiefsten Abgründe meiner Gedanken reicht. Ihre Bewegungen. Ihr Lächeln. Die Art, wie sie mit einer fast schon unbewussten Grazie durch das Café gleitet. All das hat mich in den Bann gezogen.

Sie ist keine Ablenkung. Sie ist das, was ich gesucht habe, ohne es zu wissen. Und sie wird meine sein. Sie wird mich verstehen – anders als Emma. Und wer auch immer sich zwischen uns stellt, wird lernen, was es heißt, den

Vollstrecker herauszufordern. Ich ziehe meine Jacke über und werfe einen letzten Blick in den Spiegel.

Ein Kunstwerk, das ich selbst geschaffen habe. Die Jagd beginnt. Nicht nur auf Emma, sondern auf Cassie. Die eine ist meine Vergangenheit, die andere meine Zukunft.

Und ich werde alles tun, um meine Zukunft zu sichern.

Kapitel 2

Cooper

Vier Monate. Vier endlose Monate, in denen ich gelernt habe, was es bedeutet, zu kämpfen. Nicht mit Fäusten, sondern mit Geduld, Hoffnung und dem ständigen Gefühl der Angst im Nacken.

Heute ist ein entscheidender Tag für Emma – für uns beide. Sie kehrt zurück zur Arbeit, ein Schritt in Richtung Normalität. Für sie ein mutiges Zeichen, dass sie sich den Ängsten nicht geschlagen gibt. Für mich ein Moment, der zeigt, wie weit wir gekommen sind – und wie weit wir noch gehen müssen.

Ja, ich erinnere mich an diesen Tag. An den Moment, als ich dachte, ich hätte sie verloren.

Ich habe in meinem Leben schon viele schlimme Dinge gesehen. Dinge, die einem nachts den Schlaf rauben, die sich in die Haut fressen wie Gift. Doch nichts – gar nichts – hat mich so zerstört wie der Moment, als wir Emma fanden.

Sie lag dort, gefangen in dieser verdammten Holzkiste, begraben in der feuchten Erde. Ihr Körper war regungslos, ihre Haut totenblass. Ich weiß noch, wie ich auf die Knie fiel, mit bloßen Händen nach ihr grub, während mein Herz gegen meine Rippen schlug, als wollte es mir den Brustkorb zerreißen.

Ich rief ihren Namen, wieder und wieder, doch keine Reaktion.

Meine Hände fanden ihren Puls – oder versuchten es zumindest.

Nichts.

Scheiße.

Mein Verstand schrie, dass es nicht sein konnte, dass sie nicht weg sein durfte. Ich fühlte, wie die Panik in mir hochkroch, mich mit eiskalten Fingern packte.

»Nein, verdammt, Emma! Bleib bei mir!«

Die Minuten bis zum Eintreffen des Rettungswagens fühlten sich an wie eine Ewigkeit. Ich weiß nicht mehr, wie oft ich geschrien habe, wie oft ich gefleht habe, dass sie ihre Augen öffnet, dass sie atmet, dass sie lebt.

Doch nichts geschah. Verzweifelt begann ich mit der Wiederbelebung – Herzdruckmassage, Beatmung – alles, was ich konnte, alles, was mir einfiel. Ich wusste, dass jede Sekunde zählte, dass das Gehirn nur wenige Minuten ohne Sauerstoff überleben kann, bevor es zu Schäden kommt. Mein Puls raste, meine Hände zitterten, aber ich drückte weiter, immer wieder. Eins, zwei, drei… Bitte wach auf!

Doch keine Reaktion. Ich schrie weiter, kämpfte weiter – bis endlich die Sirenen in der Ferne erklangen.

Als die Sanitäter endlich kamen, konnte ich mich kaum von ihr lösen. Ich stand nur da, starrte auf ihren reglosen Körper, während sie versuchten, sie zurückzuholen. Ich wollte helfen, wollte irgendetwas tun, aber ich konnte nichts. Ich war nutzlos.

Dann – ein Hauch von Bewegung, ein Ruck durch ihren Körper. Der Monitor piepte.

Ein schwacher Puls. Mein Herz setzte aus, bevor es mit doppelter Wucht weiterschlug.

Sie kam zurück. Sie hat gekämpft und ist zurückgekommen, gegen jede Erwartung.

Die Zeit im Krankenhaus war die Hölle. Zwei Wochen des Wartens, der Ungewissheit. Zwei Wochen, in denen mein Leben sich nur noch darum drehte, ob Emma jemals wieder die Augen öffnen würde.

Die Ärzte hatten entschieden, dass es das Beste wäre, sie in ein künstliches Koma zu versetzen – ihr Körper war zu geschwächt, zu ausgezehrt, um allein zu kämpfen. Sie war dehydriert, unterkühlt, ihr Kreislauf instabil. Ich hatte keine Ahnung, was er ihr angetan hatte, was sie durchmachen musste, bevor wir sie gefunden haben. Aber ich wusste, dass es sie verändert hatte.

Tom und ich wechselten uns ab. Einer von uns war immer bei ihr, während der andere zur Arbeit ging. Nicht, dass ich wirklich arbeiten konnte. Mein Kopf war nicht bei den Fällen, nicht bei den Ermittlungen – nur bei ihr.

Ich erinnere mich an die Stunden, die ich einfach nur an ihrem Bett saß, ihre kalte Hand in meiner hielt, ihr Gesicht ansah und versuchte, mir vorzustellen, dass sie einfach nur schlief. Dass sie jederzeit ihre Augen öffnen und mich mit diesem typischen Emma-Blick mustern würde, als wäre ich ein Idiot, weil ich mir zu viele Sorgen machte.

Aber sie tat es nicht. Jeden Tag sprach ich mit ihr, auch wenn ich nicht wusste, ob sie mich hören konnte. Ich erzählte ihr von den Dingen im Revier, von Toms nervigen Witzen, von den Fortschritten, die wir in der Suche nach dem Vollstrecker machten. Ich erzählte ihr, dass sie nicht allein war. Dass ich hier war.

Dass sie zurückkommen musste.

Doch es gab auch Nächte, in denen ich einfach nur dastand und ihr beim Atmen zusah.

Und da waren die Zweifel. Dachte ich wirklich, dass wir es schaffen konnten? Dass ich sie noch erreichen konnte? Es gab Nächte, in denen ich aufgeben wollte. Nächte, in denen ich mir einreden wollte, dass ich nichts ändern konnte, dass es keine Rolle spielte, was ich tat. Dass sie vielleicht nicht mehr aufwachen würde.

Es war Tom, der mich aus diesem Strudel herauszog.

»Sie ist eine Kämpferin, Coop,« sagte er, als er mich dabei erwischte, wie ich eine weitere schlaflose Nacht an ihrem Bett verbrachte. *»Emma wird sich durchbeißen. Das tut sie immer.«*

Ich wollte ihm glauben. Verdammt, ich wollte es so sehr. Aber ich wusste, dass es nicht nur darum ging, ob sie überlebte.

Selbst wenn sie aufwachte – würde sie wirklich zurückkommen? Würde sie jemals wieder die Emma sein, die wir kannten?

Ich habe in diesen Nächten mehr gelernt als in meinem ganzen Leben davor. Geduld und Hoffnung, zwei Worte, die früher keinen Platz in meinem Leben hatten. Doch selbst in dieser Stille habe ich verstanden, dass ich Emma nicht verlieren würde. Dass sie stärker war, als ich jemals gedacht hätte.

Und dann, an diesem grauen Morgen, kam der Anruf.

Toms Stimme, zittrig vor Erleichterung.

»Cooper, sie ist wach!« Die Welt schien für einen Moment stillzustehen, während ich alles stehen und liegen ließ und zum Krankenhaus

raste. Als ich in ihr Zimmer trat und sie meinen Namen flüsterte, wusste ich, dass nichts mehr so sein würde wie zuvor.

Sie lebte. Das war alles, was zählte.

Seitdem hat sich vieles verändert. Ja, wir leben mit den Schatten, und es gibt diese Nächte, in denen sie schreit, in denen sie den Schmerz erneut durchlebt. Aber wir haben gelernt, dass die Dunkelheit nicht das Ende ist.

Dass man auch nach ihr weiterleben kann. Ich habe versucht, ihr eine sichere Welt zu geben.

Meine Wohnung wurde unser Zufluchtsort, ein Ort, an dem wir versuchten, die Vergangenheit hinter uns zu lassen. Doch selbst dort blieben die seelischen Narben ein leiser Begleiter.

Heute steht sie an der Tür, bereit, diesen nächsten Schritt zu wagen. Ich sehe ihre Anspannung, die Entschlossenheit, die sie ausstrahlt, und es macht mich stolz.

Nicht nur auf sie, sondern auch darauf, dass wir es bis hierhin geschafft haben. Die Angst, die mich innerlich zerreißt, zeige ich ihr nicht.

Sie braucht jetzt keinen Mann, der sich von seinen Ängsten beherrschen lässt. Sie braucht jemanden, der ihr sagt, dass sie das schaffen kann. »*Pass auf dich auf, Emma,*« sage ich ruhig. Kein Zittern in meiner Stimme, keine Unsicherheit. »*Ich schaffe das, Cooper. Ich muss es schaffen.*«

Ihr Blick ist entschlossen, und diesmal glaube ich ihr. Sie ist nicht mehr dieselbe Frau wie damals. Sie ist stärker – wir beide sind es.

Ich werfe ihr ab und zu einen Blick zu, als wir zum Revier fahren. »*Es wird alles gut, Cooper,*« sagt sie schließlich. Ihre Stimme klingt fest, und diesmal brauche ich keine Zweifel zu suchen. Sie ist bereit.

Wir sind bereit.

Egal, was kommt – wir werden es überstehen.

Kapitel 3

Heute ist der Tag gekommen. Vier Monate sind vergangen. Vier verdammte Monate, in denen ich mich geweigert habe, aufzugeben. Vier Monate, in denen ich gelernt habe, dass ich stärker bin, als ich es jemals für möglich gehalten hätte.

Heute gehe ich den ersten Schritt zurück in mein Leben – nicht in mein altes, denn das existiert nicht mehr. Ein neues Leben, eines, in dem ich die Kontrolle zurückgewinne.

Ich stehe vor dem Spiegel in Coopers Wohnung und mustere mein eigenes

Spiegelbild. Es ist, als würde ich mich selbst zum ersten Mal wiedersehen.

Meine Haare sind nicht mehr blond. Das war das Erste, was ich nach meiner Entlassung aus dem Krankenhaus getan habe. Ich konnte es nicht mehr ertragen, in den Spiegel zu sehen und die Person zu sehen, die in dieser Kiste gelegen hat. Die schwache, gebrochene Frau, die darauf gewartet hat, dass jemand sie rettet. Ich wollte sie auslöschen, also habe ich die Farbe ausgewaschen. Jetzt ist mein Haar wieder braun, so wie früher – so wie es immer sein sollte.

Ein kleines, aber bedeutendes Symbol dafür, dass ich mich wieder in die Person verwandle, die ich einmal war. Oder zumindest in eine Version davon.

Mein Blick wandert zu meiner alten Lederjacke, die auf dem Stuhl liegt. Früher war sie nur ein Kleidungsstück. Heute ist sie ein Teil meiner Rüstung. Ich greife danach, ziehe sie mir über und spüre sofort die vertraute Schwere auf meinen Schultern. Als könnte sie mich beschützen.

Cooper steht in der Tür, beobachtet mich mit diesem typischen Blick – besorgt, aber mit einem Hauch von Hoffnung. Er sieht mich, wirklich mich.

»Bist du bereit?« Seine Stimme ist ruhig, aber ich spüre die unterschwellige Anspannung.

Ich hebe das Kinn, schiebe die Schultern zurück und nicke. »Ja. Ich bin bereit.«

Er tritt näher, seine warmen Hände legen sich auf meine Schultern, seine Augen suchen meine.

»Ich liebe dich.«

Ich blinzle. Die Worte treffen mich, dringen durch die Risse, die der Vollstrecker in mir hinterlassen hat. Ich weiß, dass er Angst hat, mich zu verlieren – und das nicht nur physisch.

Ich atme tief durch. »Ich liebe dich auch.« Und ich tue es wirklich. Aber Liebe allein reicht nicht, um das alles hinter mir zu lassen.

Die Fahrt zum Revier verbringen wir schweigend. Eine seltsame, fast erdrückende Stille, die sich zwischen uns ausbreitet. Aber ich bin dankbar dafür. Ich brauche keine beruhigenden Worte. Die Dunkelheit, die an mir nagt, kenne ich gut genug, um zu wissen, dass sie mich nicht besiegen wird.

Ich starre aus dem Fenster, lasse die vertrauten Straßen an mir vorbeiziehen. Jede Ecke, jeder Platz ist mit Erinnerungen gefüllt. Die Momente vor meiner Entführung, als mein größtes Problem noch eine offene Akte auf meinem Schreibtisch war. Wie naiv ich doch war.

»Es wird alles gut, Cooper« sage ich plötzlich, mehr zu mir selbst als zu Cooper.

Er greift nach meiner Hand, drückt sie sanft. Diese kleine Geste gibt mir mehr Kraft, als er vermutlich ahnt.

Als wir ankommen, bleibe ich kurz sitzen. Mein Herz rast, als wäre ich auf dem Weg in einen Kampf. Vielleicht bin ich das auch. Ich atme tief durch, dann öffne ich die Tür. Die kalte Luft schlägt mir entgegen, beißt sich in meine Haut, aber ich trotze ihr.

Jeder Schritt fällt mir schwer, aber ich kämpfe mich voran. Die Tür des Reviers rückt näher. Ein vertrauter Ort, der sich plötzlich fremd anfühlt.

Ich will nicht, dass die Erinnerungen mich einholen. Die Enge. Die Dunkelheit. Das Gefühl, machtlos zu sein.

Ich werde das nicht zulassen.

Im Revier werde ich von meinen Kollegen begrüßt. Sie lächeln, manche klopfen mir auf die Schulter, andere umarmen mich. Ihre Worte sind nett, aber das unausgesprochene Mitleid ist trotzdem in ihren Augen. Ich hasse es.

Ich will nicht, dass sie mich bemitleiden.

Ich will nicht, dass sie mich als die sehen, die zerbrochen zurückgekehrt ist. Ich will, dass sie sehen, dass ich stärker zurückgekommen bin, als sie es je erwartet hätten.

An meinem Schreibtisch angekommen, lasse ich mich in den Stuhl sinken. Er ist genauso unbequem wie damals, die gleichen alten Aktenstapel, die gleiche Kaffeetasse. Aber ich bin nicht mehr dieselbe. Mein Blick fällt auf einen Strauß roter Rosen, der auf meinem Schreibtisch steht. Frisch. Makellos. Mein Magen zieht sich zusammen. Rot. Blutrot.

Für einen Moment krallen sich meine Finger in den Stuhl. Mein Atem stockt. Nein.

Die Dunkelheit droht mich wieder einzuholen, doch ich lasse es nicht zu. Nie wieder. »Hey, Chris!« Meine Stimme klingt fester, als ich mich fühle. Er bleibt stehen, runzelt die Stirn. »Ja, Emma?« Ich deute auf die Rosen.

»Nimm die mit. Finde heraus, wer sie geschickt hat. Ich will alles wissen – woher sie kommen, wer sie gekauft hat, jede verdammte Kleinigkeit.« Chris nickt, nimmt den Strauß und verschwindet. Ich sehe ihm nach, atme tief durch und richte meinen Blick auf den Computer vor mir. Meine Finger fliegen über die Tastatur, als ich eine alte Akte aufrufe. Der Vollstrecker. Das Monster, das mir das hier angetan hat. Ich lasse die Datenbank hoch- und runterlaufen, scanne jedes Bild, jede Datei. Heute finde ich nichts. Aber das ist egal. Ich habe Zeit. Der Vollstrecker hat mir etwas genommen. Etwas, das ich mir zurückholen werde – die Kontrolle über mein Leben. Ich lehne mich zurück, schließe für einen Moment

die Augen und lasse meinen Atem zur Ruhe
kommen.

Ja, ich habe Angst.

Ja, ich habe Narben – außen und innen.

Aber ich bin nicht länger das Opfer.

Ich bin Emma.

Eine Überlebende.

Eine Kämpferin.

*Und ich werde niemals wieder so machtlos sein
wie damals.*

Denn ich werde für mich kämpfen.

Für mein Leben.

Kapitel 4

VOLLSTRECKER

Die Stadt liegt vor mir, lebendig und flackernd wie ein rastloses Herz. Unruhig, getrieben – genau wie ich. Ich parke in einer dunklen Seitenstraße und beobachte die Menschen, die achtlos aneinander vorbeihasten. Heute ist der Tag. Der Tag, an dem ich Cassie endlich direkt in die Augen schauen werde.

Eine fremde Vorfreude steigt in mir auf, beinahe etwas Befremdliches. Cassie ist… besonders. Rein. Unberührt von der Fäulnis, die alles andere in dieser Welt durchdrungen hat. Sie ist das Einzige, was in meinem Kopf keine Schatten hinterlässt. Sie ist mein Licht, wie die ersten Sonnenstrahlen, die durch die dunkle Morgendämmerung brechen.

Das Café ist klein und unscheinbar, aber stets gut besucht. Ich öffne die Tür, und das sanfte Klingeln der Glocke hallt durch den Raum. Mein Herz schlägt schneller, als ich sie hinter dem Tresen erblicke. Cassie. So nah und doch noch so fern. Sie bewegt sich mit fließender Leichtigkeit, als würde sie in einer eigenen, heilen Welt leben. Ihr Lächeln – strahlend und ehrlich – lässt mich für einen Augenblick fast friedlich werden. Fast.

Ich suche mir einen Tisch am Fenster aus, nicht zu nah, nicht zu weit entfernt. Perfekt, um sie zu beobachten, jeden Moment in mich aufzusaugen. Die Karte in meinen Händen ist nur eine Ablenkung. Mein Blick wandert immer wieder zu ihr: Wie sie ein Tablett hält, wie sie mit den Gästen spricht, wie sie atmet. Sie ist makellos. Sie gehört mir, auch wenn sie es noch nicht weiß.

Nach ein paar Minuten nähert sie sich meinem Tisch. Ihr Duft – süß und fruchtig –

weht zu mir herüber. Ich sehe auf und blicke direkt in ihre Augen. Sie sind blau, so intensiv, dass man aufpassen muss, nicht darin zu ertrinken. Für einen Moment vergesse ich alles andere. Ihre Stimme klingt wie ein Lied, das nur für mich gespielt wird.

»Was darf ich Ihnen bringen?« Ihre Worte sind höflich, aber bedeutungslos. Ich will mehr als Worte. Ich will ihre Nähe.

Ich zwinge mich zu einem Lächeln und bemühe mich, normal zu wirken. »Was können Sie mir empfehlen?«

Sie denkt kurz nach, neigt den Kopf. »Die Erdbeertorte ist wirklich gut, sie wurde gerade frisch gebacken.«

»Dann nehme ich ein Stück davon. Und einen schwarzen Kaffee.«

Sie lächelt, nickt und dreht sich um. Ich beobachte jeden ihrer Schritte. Ihre Bewegungen sind anmutig, beinahe tänzerisch. Sie liebt ihren Job, das sieht man ihr an. Dieses kleine Café ist ihre Welt, ihr sicherer Hafen. Doch bald wird sie begreifen, dass Sicherheit nur eine Illusion ist... außer bei mir.

Als sie zurückkommt, stellt sie mir den Teller und die Tasse hin und wünscht mir einen guten Appetit. Ihr Lächeln, als sich unsere Blicke kurz treffen, brennt sich in meinen Kopf, lässt die Dunkelheit für einen Moment weichen.

Ich koste die Torte. Süß, aber unwichtig. Was zählt, ist dieser Augenblick, in dem sie sich kurz mit mir unterhält, etwas Belangloses, Oberflächliches. Sie antwortet freundlich, höflich. Ich weiß, dass ich für sie nur ein Gast bin – noch. Das wird sich ändern.

Nachdem sie sich ihren anderen Gästen gewidmet hat, nutze ich die Zeit aus, um meinen strahlenden Stern weiter zu beobachten. Ihr Lächeln, ihr unbeschwerter Gang – alles zieht mich in ihren Bann. Ich gebe mich meiner Obsession hin, vergesse für einen Augenblick die Welt um mich herum. Doch ich kann nicht den ganzen Tag hier verbringen. Irgendwann muss ich weiterziehen, mich vorbereiten. Also warte ich, bis sie wieder in meiner Nähe ist, und bestelle die Rechnung. Als sie kommt, lächele ich leicht und lege mehr Geld auf den Tisch, als nötig wäre. Ein großzügiges Trinkgeld – ein Zeichen, dass ich sie sehe, dass sie mir wichtig ist, auch wenn sie es noch nicht ahnt.

Dann verlasse ich das kleine Café, ohne mich noch einmal umzudrehen. Draußen im Wagen lehne ich mich zurück und warte. Geduld war schon immer meine Stärke. Ich habe alle Zeit der Welt, um zu beobachten, was sie nach der Arbeit tut, wohin sie geht, mit wem sie spricht. Ich muss alles wissen.

Die Stunden vergehen, und irgendwann sehe ich sie endlich das Café verlassen. Mein Puls beschleunigt sich, doch die Ruhe bleibt. Sie läuft die Straße hinunter, und dann taucht er auf: ein Mann, groß, jung, mit einem überheblichen Lächeln, das mich sofort anwidert. Er wartet auf sie. Cassie geht direkt auf ihn zu, mein Atem stockt, als er sie in die Arme nimmt. Sie lachen, wirken vertraut. Zu vertraut. Und dann… der Kuss.

Ich starre die Szene an, unfähig, den Blick abzuwenden. Meine Finger umklammern das Lenkrad so fest, dass meine Knöchel weiß hervortreten. Wer ist dieser Mann? Ein

Freund? Ihr Freund? Nein. Das darf nicht sein. Cassie gehört nicht ihm, sondern mir.

In meinem Kopf breitet sich eine eisige Kälte aus, klar und gnadenlos. Er ist ein Hindernis in einem sonst perfekten Bild. Fehler müssen korrigiert werden. Meine Gedanken werden dunkler, präziser. Er weiß nicht, was ihn erwartet. Aber bald wird er es erfahren.

Denn heute war nur der Anfang von etwas Großem. Der erste Schritt eines Plans, der Cassie unwiderruflich an meine Seite bringen wird, für immer. Und dieser Fremde wird lernen, was es bedeutet, sich zwischen mich und mein Licht zu stellen.

Kapitel 5

Cooper

Ich werde ihn finden, koste es, was es wolle.
Es gibt keine andere Option. Der Vollstrecker
hat Emma mehr genommen, als ich je zugeben
könnte. Er hat nicht nur versucht, ihr das Leben
zu nehmen – er hat etwas zerstört, das viel
tiefer geht.

Ihre Sicherheit, ihre Unbeschwertheit, das
Gefühl, frei zu sein. Jetzt liegt ein Schatten über
unserem Leben, dunkel und unnachgiebig.
Und diese Rosen ... was soll das bedeuten? Ein
Gruß? Eine Botschaft? Oder einfach nur seine

verdrehte Art, Macht zu demonstrieren? Was auch immer es ist, es endet hier.

Ich sitze im Wagen, die Hände fest um das Lenkrad geschlossen, und denke an nichts anderes als an meinen nächsten Schritt. Ich kann es nicht riskieren, sie ungeschützt zu lassen, nicht jetzt und auch niemals wieder. Solange dieser Wahnsinnige frei herumläuft, bleibt jede Sekunde ohne Schutz ein Spiel mit ihrem Leben. Ich werde meine Schichten so legen, dass wir immer zusammenarbeiten. Wenn ich nicht bei ihr sein kann, wird Tom da sein – selbst wenn er heute nicht mit ihr zusammen im Büro war, hat er immer nach ihr gesehen, und sich erkundigt. Emma wird nie wieder allein sein.

Denn Emma ist mein Anker. Ohne sie würde ich in diesem Meer aus Chaos versinken. Sie ist das Licht, das mich durch die Dunkelheit führt, meine einzige Konstante in einer Welt, die aus den Fugen geraten ist. Und ich werde sie um jeden Preis beschützen. Sie ist mehr als nur mein Halt, sie ist mein Grund zu kämpfen.

Nach ihrem ersten Tag im Revier will ich sie irgendwie von ihren Gedanken ablenken. Ein ruhiger Abend zu Hause, etwas, das die Spannung für einen Moment auflöst. Ich beschließe, Tom einzuladen – er ist für uns beide stets eine gute Stütze – und werde ein paar harmlose Filme ausleihen. Nichts, das schwere Gedanken hervorruft. Nur etwas, das Emma zum Lächeln bringt.

Ich warte bereits vor dem Revier, als sie Feierabend hat. Sie kommt die Treppen herunter, ihr Gang ist fest und entschlossen. Sie hat den Tag überstanden, ohne sich etwas anmerken zu lassen, doch ich kenne sie gut genug, um die Erschöpfung in ihren Augen zu sehen. Ich steige aus und trete ihr entgegen. »Hey, wie war dein Tag?« frage ich, auch wenn ich genau weiß, was sie belastet.

»Es war okay,« sagt sie, ihre Stimme ruhig, fast zu ruhig. Aber ich höre den Kampf in ihr. »Bis auf … du weißt schon.«

»Die Rosen.« Mein Magen verkrampft sich, als ich das Wort ausspreche.

Sie nickt, ihr Blick gleitet kurz zu Boden. »Ich will ihm nicht die Macht geben, mich einzuschüchtern. Aber es ... es lässt mich nicht los.«

Ich lege meine Hand auf ihre Schulter und versuche, meine eigene Anspannung zu verbergen. Das wird er nicht. Wir werden ihn finden, Emma. Ich verspreche es dir.« Und diesmal werde ich sicherstellen, dass er nicht entkommt.

Tom kommt gerade aus dem Gebäude und nickt uns freundlich zu. »Guter erster Tag, Emma,« sagt er mit dieser ruhigen Zuversicht, die ihn auszeichnet. Obwohl Tom heute in derselben Schicht war, arbeitete er in einem anderen Abteilung des Reviers.

Zwischendurch hatte er immer mal wieder bei Emma vorbeigeschaut oder Kollegen gebeten, ein Auge auf sie zu haben, und wir telefonierten, damit er mich auf dem Laufenden hielt. Dabei erzählte er mir auch von den Rosen, die Emma erhalten hatte. So wusste ich genau, wie gut sie sich geschlagen hatte.

»Danke, Tom,« erwidert sie, und ich merke, wie seine Worte ihr einen Hauch von Erleichterung verschaffen.

»Hör zu, Tom,« sage ich, »wir machen heute Abend einen ruhigen Filmabend. Steak, Kartoffeln, ein bisschen Plaudern. Du solltest vorbeikommen.«

Tom grinst. »Klingt gut. Ich bringe einen guten Wein mit.«

Später zu Hause, während das Fleisch in der Pfanne brutzelt und der Duft von Gewürzen die Luft erfüllt, fühle ich für einen Moment so etwas wie Normalität.

Doch sie ist zerbrechlich, wie eine dünne Schicht Eis über kaltem Wasser. Ich weiß, dass unter der Oberfläche immer noch Dunkelheit lauert, der Schatten des Mannes, der uns verfolgt. Emma ist unter der Dusche. Die Badezimmertür steht einen Spalt offen, wie immer. Seit diesem Tag hasst sie es, wenn Türen verschlossen sind. Ich habe nie etwas dazu gesagt. Wenn es ihr hilft, sich sicherer zu fühlen, ist es in Ordnung.

Als sie wenig später in der Küche erscheint, nur in ein Handtuch gewickelt, für einen Moment befreit von jeder Last, raubt mir ihr Anblick fast den Atem. Sie tritt zu mir, ihre

Hände gleiten sanft auf meine Hüften, und sie gibt mir einen flüchtigen Kuss. »Das riecht gut,« sagt sie leise, mit einem Lächeln, das so selten geworden ist, dass ich es am liebsten festhalten würde. Ich will sie festhalten, sie nie wieder loslassen, doch ich weiß auch, dass sie Zeit braucht, um alles zu verarbeiten. Zeit, um zu heilen, um wieder Vertrauen zu finden. Also streiche ich nur eine Haarsträhne aus ihrem Gesicht und lächle zurück. »Nicht halb so gut wie du duftest.«

Sie schmunzelt, drückt mir einen Kuss auf die Wange und verschwindet in unser Schlafzimmer, um sich anzuziehen.

Der Abend verläuft genau wie geplant. Tom kommt mit einer Flasche Wein, und wir machen es uns auf der Couch bequem. Wir schauen einen Film, nichts Besonderes, und reden über Belangloses. Emma lacht, und für einen Moment scheint der Schatten des Vollstreckers weit entfernt zu sein. Doch tief in mir wird die Entschlossenheit nur noch stärker.

Ich werde diesen Bastard finden. Den Mann, der ihr all das schreckliche Leid angetan hat.

Das Monster, das glaubt, es könnte uns immer noch Angst einjagen.

Das alles ist kein Spiel. Es war nie eines. Hier herrscht Krieg. Und wir werden als Sieger aus ihm hervorgehen. Ich werde ihn beenden.

Kapitel 6

Ich weiß, dass Cooper sich unendlich viele Gedanken macht – über mich, über den Vollstrecker, über jeden einzelnen Schritt, den wir jetzt gehen. In seinen Augen liegt ein Versprechen, das mir auch in den dunkelsten Stunden Trost spendet. Wenn ich an ihn denke, fühle ich, wie jeder liebevolle Blick, jede zarte Berührung, mich Stück für Stück wieder zu mir selbst zurückführt. Er ist so unglaublich beschützend, aufmerksam und geduldig mit mir – als hätte er die verlorenen Splitter meiner Seele gefunden und sie mit unendlicher Sorgfalt wieder zusammengesetzt. Er ist alles, was ich jemals gebraucht habe, und mehr, als ich je zu hoffen gewagt hätte.

Die letzten Wochen und Monate waren ein ständiger Kampf zwischen Verzweiflung und dem zarten Neubeginn, den Cooper mir schenkte. Jede Umarmung, jedes leise Wort hat mir gezeigt, dass ich mehr bin als das, was mir die Vergangenheit aufzubürden versuchte.

Manchmal, in den stillen Momenten der Nacht, frage ich mich, wie ein Mensch so viel Last schultern kann, ohne selbst daran zu zerbrechen – eine Frage, die mir zugleich Ehrfurcht und tiefe Dankbarkeit für ihn vermittelt.

Heute war mein erster Tag zurück im Revier. Jeder Schritt durch die vertrauten Gänge fühlte sich an wie ein kleiner Sieg, obwohl ich wusste, dass ein Schatten aus der Vergangenheit immer noch über mir schwebt. Der Geruch von Papier und kaltem Metall, das leise Murmeln der Kollegen – all das weckte Erinnerungen an Zeiten, in denen ich mich verloren und unbedeutend fühlte. Doch heute war etwas anders. Ich spürte, wie jeder Schritt mir ein Stück mehr von mir zurückgab.

Tom war in derselben Schicht, aber in einem anderen Abteil. Sein gelegentlicher Blick, sein leises Nicken – all das signalisierte, dass er ein wachsames Auge auf mich hatte, auch wenn er selbst nicht ständig bei mir sein konnte. Später erzählte er Cooper von den Rosen und davon, wie ich mich geschlagen habe. Diese kleinen Gesten der Fürsorge berührten mich tief, denn sie erinnerten mich daran, dass ich niemals allein bin. Ohne dass ich es erbitten muss, wissen sie immer, wann ich ihre Unterstützung brauche.

Die Rosen – diese scheinbar unschuldigen Blumen, die doch so viel Angst in mir hervorrufen – begleiten mich wie stille Mahnmale. Ihre zackigen Blätter erinnern mich daran, dass der Vollstrecker immer noch irgendwo im Dunkeln lauert. Doch heute Abend lasse ich diese Furcht nicht in meine Gedanken. Ich will nicht, dass sie den Frieden in meinem Inneren stören. Ich entscheide mich bewusst, die Nacht in Geborgenheit zu verbringen.

Im Schlafzimmer angekommen, spüre ich den vertrauten Übergang, den das Ablegen der

Jeans und des Pullovers mit sich bringt – als würde ich eine Schutzkleidung ablegen, die mich so lange geschützt, aber auch gefangen gehalten hat. Ein bequemes Shirt, weich und einladend, empfängt mich, als wolle es mir sagen, dass ich endlich zu Hause bin. Im sanften Licht des Raumes finde ich Cooper bereits, eine stille Präsenz, die mir das Gefühl gibt, angekommen zu sein.

Er lässt mir den nötigen Raum, immer darauf bedacht, meine Grenzen zu respektieren, und ich sehe in seinen Augen nicht nur Zärtlichkeit, sondern auch die Sorge, die er in sich trägt. Es ist, als ob er Angst hat, mir zu nahe zu kommen, weil er befürchtet, mich zu verletzen – sei es körperlich oder seelisch. Doch in diesem Moment erkenne ich, dass ich nicht mehr die Frau bin, die in einer dunklen Kiste gefangen war. Ich bin Emma, die Überlebende, die sich trotz aller Narben wieder ins Licht wagt.

Langsam rutsche ich näher, lege meine Hand behutsam auf seine Brust und lausche dem gleichmäßigen Schlag seines Herzens – ein beruhigendes Echo, das mir versichert, dass ich willkommen bin. »Ich brauche dich«, flüstere ich, meine Stimme leise und doch erfüllt von einer Entschlossenheit, die all die Zweifel fortzuspülen vermag. »Jetzt.«

Er zieht mich in seine Arme, so zärtlich und vorsichtig, als wäre ich zerbrechliches Porzellan. „Ich wollte dir Zeit geben", murmelt er sanft gegen mein Haar, seine Worte wie ein Versprechen, das all meine Ängste mildern soll. »Ich weiß.« Meine Antwort ist kaum mehr als ein Hauch, aber in ihr schwingt eine feste Entschlossenheit mit: Ich will nicht mehr warten.

In diesem Augenblick, in der Geborgenheit seiner Umarmung, vergesse ich für einen Moment den Vollstrecker, die stachelnden Rosen und die allgegenwärtige Angst. Ich bin einfach Emma – eine Frau, die gelernt hat, dass es immer Hoffnung gibt, solange man sich traut, sie anzunehmen.

Und tief in meinem Herzen weiß ich: Gemeinsam können wir es schaffen. Gemeinsam können wir den Schatten vertreiben und ein neues Licht entzünden.

Kapitel 7

Cooper

Ist es richtig, ihr jetzt so nahe zu kommen? Ich weiß es nicht. Sie sagt, dass sie es möchte, dass sie bereit ist. Aber ein Teil von mir bleibt wachsam, zerrissen zwischen dem tiefen Wunsch, ihr zu geben, was sie braucht, und der Angst, etwas falsch zu machen. Sie hat genug Schmerz erlebt – musste genug Schmerzen erleiden. Ich werde vorsichtig sein… immer vorsichtig. Ich will ihr nichts nehmen, sondern ihr etwas zurückgeben: Kontrolle, Vertrauen, Sicherheit.

Meine Lippen streifen sanft ihren Hals, während meine Hand langsam über ihren Arm gleitet, weiter hinunter zu ihrem Rücken und schließlich zu ihrem Bauch. Ihre Haut fühlt sich kühl an, trotz der Wärme des Zimmers. Zerbrechlich und doch stark – so ist Emma in meinen Augen.

Doch als ich näherkomme, höre ich plötzlich ein ersticktes Schluchzen, einen Laut, der mir sofort durch Mark und Bein geht. Sofort lasse ich meine Hände von ihr ab, als hätte ich mich verbrannt, und ziehe mich einen Schritt zurück. »Emma?« flüstere ich, bemüht, ruhig zu klingen. Sie schüttelt stumm den Kopf, dreht sich weg und verschwindet ins Badezimmer. Die Tür bleibt einen Spalt offen, und kurz darauf höre ich das gleichmäßige Rauschen der Dusche.

Mein Herz schlägt schwer in meiner Brust. Was habe ich getan? Was soll ich jetzt tun? Soll ich ihr hinterhergehen? Allein lassen – auch nur für einen Augenblick – kommt für mich nicht in Frage. Mein ganzer Instinkt drängt mich, ihr den Raum zu geben, den sie braucht, doch gleichzeitig kann ich sie nicht zurücklassen – nicht in diesem Zustand, nicht, wenn sie allein mit ihrer Angst kämpft.

Ich nehme einen tiefen Atemzug und trete langsam ins Badezimmer.

Der Raum ist bereits voller Dampf, die Luft feucht und warm. Die Tür zur Dusche steht halb offen, und dann sehe ich sie – sie sitzt auf dem kalten Boden, die Knie angezogen, während das heiße Wasser auf sie herabprasselt. Ihr Körper zittert, ihre Schultern beben unter den unkontrollierten Schluchzern, und das Geräusch zerreißt mir das Herz. Ich kann nicht anders, ich muss zu ihr.

Langsam ziehe ich mein T-Shirt aus und trete mit meinen Shorts in die Dusche. Das Wasser ist fast zu heiß, doch ich spüre es kaum. Alles, was zählt, ist Emma. Vorsichtig knie ich mich vor ihr hin, das Wasser rauscht über uns hinweg, als könnte es all das Schwere, das Dunkle zwischen uns fortspülen. Für einen Moment rühre ich mich nicht, lasse ihr die Zeit, mich wahrzunehmen, mich in ihrer Nähe zu akzeptieren.

»Emma,« sage ich schließlich leise, meine Stimme fast verloren im Rauschen des Wassers. Doch sie reagiert nicht, scheint in ihrer eigenen Welt gefangen zu sein, irgendwo zwischen

Angst und Schmerz. Ich lege behutsam meine Hände an ihr Gesicht, spüre die Kälte ihrer Haut, wo das heiße Wasser nicht ankommt. Langsam hebe ich ihren Kopf an, bis unsere Blicke sich treffen. Ihre Tränen mischen sich mit dem Wasser, das ihr Gesicht hinabläuft.

»Du musst nicht weinen,« sage ich leise, so ruhig, wie ich nur kann. »Es ist okay. Alles ist okay. Du kannst dir die Zeit nehmen, die du brauchst.« Ich hoffe, dass sie meine Worte spürt, dass sie versteht, dass es keine Eile gibt – dass sie nichts überstürzen muss, nur um mir gerecht zu werden. Doch sie schüttelt den Kopf, und neue Tränen füllen ihre Augen. »Cooper...« flüstert sie, ihre Stimme bricht beinahe. »Ich liebe dich so sehr, aber... jedes Mal, wenn du mich berührst, wenn ich meine Augen schließe, sehe ich sein Gesicht. Das Gesicht des Vollstreckers.

Dieses... grausame, böse Gesicht.« Ihre Stimme zittert, und ich sehe, wie sie gegen die aufsteigende Panik ankämpft. »Ich habe solche Angst. Nicht nur vor ihm, sondern davor, dass ich uns zerstöre. Dass ich dir nicht das geben kann, was du verdienst.« Ihre Worte treffen mich härter, als ich erwartet habe. Es fühlt sich an, als hätte mir jemand den Boden unter den Füßen weggezogen. Doch ich lasse nicht zu, dass sie sich in ihrer Angst verliert. Ich rücke noch näher zu ihr, bis ich direkt vor ihr bin. Unser Atem vermischt sich im warmen Dampf, und ich lege meine Stirn an ihre – unsere Gesichter sind nur Millimeter voneinander entfernt. »Emma,« beginne ich mit einer Festigkeit in der Stimme, die selbst mich überrascht. »Du bist alles für mich. Alles. Es spielt keine Rolle, wie lange es dauert oder wie schwer es wird. Ich werde an deiner Seite bleiben. Immer.« Für einen Moment scheint sie meine Worte zu verarbeiten, als würde sie prüfen, ob ich es ernst meine, ob sie mir wirklich glauben kann. Ihre Augen suchen meinen Blick, und ich sehe all das darin: Angst, Schmerz, Liebe und etwas, das wie Scham aussieht. Es tut weh, das zu sehen, aber ich weiß, dass ich nicht aufgeben darf.

»Ich weiß nicht, ob ich jemals wieder so normal wie früher sein kann,« sagt sie schließlich, ihre Stimme kaum mehr als ein Flüstern.

Ich halte ihr Gesicht sanft in meinen Händen und antworte: »Du bist normal, Emma. Du bist die stärkste und mutigste Frau, die ich kenne. Und egal, was passiert, ich werde dich nie verlassen. Für nichts auf der Welt. Du bist meine Welt.« Meine Worte kommen ruhig, aber entschlossen, und ich hoffe, dass sie ein Stück davon auffängt – ein Stück von der Sicherheit, die ich ihr geben will.

Dann drücke ich einen sanften Kuss auf ihre Stirn, ohne Eile, ohne Erwartung. Es ist nur ein Kuss, der ihr sagen soll, dass ich hier bin, dass ich sie liebe, ohne Druck, ohne Forderungen. Das Wasser prasselt weiter auf uns herab, und die Hitze breitet sich in der kleinen Kabine aus. Doch in diesem Moment zählt nur eines: Emma weiß, dass sie nicht allein ist. Ich werde ihr all die Zeit geben, die sie braucht. Ich werde geduldig sein, weil ich weiß, dass sie es wert ist. Emma ist mein Herz, mein Licht, und solange sie kämpft, werde ich an ihrer Seite kämpfen. Denn ihr Schmerz ist auch mein Schmerz – und ich werde alles tun, damit sie eines Tages wieder lächeln kann. Ganz ohne Schatten.

Kapitel 8

VOLLSTRECKER

Der Anblick von Cassie und diesem Kerl war wie ein heißes Messer, das tief in meine Brust stach und dort stecken blieb, pulsierend, brennend. Wie er sie hielt, war zu nah, viel zu nah. Wie sie ihn ansah, als ob er das Zentrum ihres Universums wäre. Und dann dieser Kuss… Ich spürte das Feuer hinter meinen Augen, die Wut, die durch meinen Schädel tobte und jede vernünftige Stimme in meinem Kopf erstickte. Es fraß sich wie Säure durch meine Gedanken, durch meine Kontrolle. Er hat dort nichts verloren. Er gehört nicht zu ihr. Cassie ist mein.

Mein, ganz allein.

Ich habe Stunden damit verbracht, diesen Moment aus meinen Gedanken zu vertreiben. Es ging nicht. Jedes Mal, wenn ich die Augen schließe, sehe ich sie.

Die Art, wie sie lächelte, als sie aus dem Café trat, sorglos, wunderschön, so nah an der Perfektion, dass es schmerzte. Das Licht, das in ihren Haaren tanzte, wie ein verdammter Heiligenschein. Sie hätte in meine Arme laufen sollen. Dieses Lächeln hätte mir gelten sollen. Aber nein, er war da, dieser… Eindringling. Ein Fremder in einer Geschichte, die nicht für ihn geschrieben wurde. Das wird nicht mehr lange so bleiben.

Er muss verschwinden.

Morgen werde ich wieder ins Café gehen. Ich will sie sehen, ihre Stimme hören. Ihre Anwesenheit ist wie ein warmer Mantel, der mich umhüllt, auch wenn sie noch nicht weiß, wie sehr ich ihr gehöre. Aber sie wird es bald erfahren. Ich werde es ihr zeigen, jeden Tag, jede Stunde, bis sie mich sieht. Wirklich sieht. Bis sie erkennt, dass ich der Einzige bin, der sie versteht, der sie wirklich liebt.

Ich habe einen Plan. Es muss subtil sein, elegant. Sie darf nicht verängstigt sein, nicht sofort. Vertrauen, das ist der Schlüssel. Jeden Morgen wird Cassie eine Botschaft von mir erhalten. Ein Strauß roter Rosen, perfekt ausgewählt, frisch und makellos. Sie wird sie vor ihrer Wohnung finden, vielleicht auch an ihrem Arbeitsplatz, ja, das wäre besser. An beiden Orten. Zwischen den samtigen Blütenblättern werden kleine Zettel versteckt sein, die ich mit Bedacht geschrieben habe. Worte, die direkt zu ihrem Herzen sprechen sollen.

»Für dich, meine Cassie. Mein Herz gehört dir.« Und: *»Du bist mein Licht in der Dunkelheit.«*

Langsam, ganz langsam. Sie muss sich sicher fühlen. Geborgen. Sie soll spüren, dass ich anders bin als er, dieser Mann, der glaubt, sie für sich beanspruchen zu können. Cassie verdient mehr als das. Sie verdient jemanden, der bereit ist, alles für sie zu tun. Jemanden, der ihre Seele erkennt, ihr wahres Ich.

Es ist mitten in der Nacht, aber Schlaf ist längst ein Luxus, den ich mir nicht mehr leisten kann. Ich sitze in meinem Arbeitszimmer. Vor mir auf dem Schreibtisch liegt die Zeitung, die ich mir vor Tagen besorgt habe. Es ist ein kleiner Artikel über das Café, und auf der dritten Seite prangt ihr Bild. Cassie lächelt. Sie sieht aus wie ein Engel, unberührt von der Dunkelheit dieser Welt. Sie weiß nicht, wie viel Gefahr sie umgibt. Sie weiß nicht, wie viele Augen sie beobachten. Aber ich werde sie beschützen. Ich bin der Einzige, der sie beschützen kann. »Sie verdient mehr,« flüstere ich, während meine Finger sanft über das Bild in der Zeitung gleiten. »Sie verdient jemanden, der sie wirklich sieht. Jemanden, der bereit ist, für sie zu kämpfen. Für sie zu sterben.« Mein Blick wandert zu der scharfen Klinge meiner Machete, die im Licht der Schreibtischlampe glitzert.

Die Klinge ist blank poliert, spiegelglatt, fast schön. Sie ruht auf dem Holz wie ein treuer Begleiter, bereit, wenn die Zeit kommt. Es braucht nur Geduld. Und ich habe Geduld. So viel Geduld, wie nötig ist, um alles richtig zu machen.

Neben der Machete liegt die Notiz, die ich vorhin geschrieben habe. Die Worte flossen mühelos aus meinem Inneren, wie ein Lied, das nur für sie gedacht ist. Es ist meine erste Botschaft an sie. Sie muss wissen, wie besonders sie ist.

»Manchmal begegnet man Menschen, die die Welt mit einem einzigen Lächeln verändern können. Du bist dieser Mensch, Cassie. Mein Leben beginnt mit dir.«

Ich stelle mir vor, wie sie die Rosen findet, ihre Finger sanft über die Blüten streichen, vielleicht lächelt sie ein wenig, wenn sie die Worte liest. Ich will dieses Lächeln sehen. Ich will, dass sie versteht, dass sie geliebt wird, nicht oberflächlich, nicht flüchtig, sondern wirklich geliebt, mit jeder Faser meines Seins.

Morgen beginnt es. Morgen beginnt unser Weg, Cassie. Und nichts wird mich aufhalten. Ihr sogenannter Freund ist ein Hindernis. Aber Hindernisse sind dazu da, überwunden zu werden. Manchmal braucht es Geduld. Manchmal braucht es… andere Mittel. Es spielt keine Rolle, wie lange es dauert. Am Ende wird sie bei mir sein. Sie gehört zu mir. Sie war schon immer mein.

Das Schicksal hat uns zusammengeführt. Sie ist das Licht in meiner Dunkelheit, mein Anker in einer Welt voller Chaos. Ohne sie bin ich nichts. Und ich werde alles tun, um sicherzustellen, dass sie das versteht. Wir werden zusammen sein. Bald.

Sehr bald.

Kapitel 9

Nachdem ich meinen zweiten Tag im Revier – ohne besondere Überraschungen, aber mit Cooper, der nie mehr als ein paar Schritte entfernt ist und mir stets Sicherheit schenkt – hinter mir gelassen habe, finde ich mich heute in einer Sporthalle wieder. Vor mir hängt ein abgenutzter Boxsack, und der Klang meiner Schläge füllt den Raum. Hier, inmitten von Schweiß, Gummi und dem dumpfen Pochen meines eigenen Herzschlags, will ich etwas zurückerobern, das ich verloren geglaubt habe: meine Stärke.

Ich erinnere mich noch an jene stillen Momente, als wir in der Dusche sind – kein großes Drama, keine übertriebenen Worte, nur ein Blick, der mir in seiner Sanftheit Trost spendet. In diesen flüchtigen Augenblicken fühle ich mich geborgen, doch ich weiß auch: Solche Momente allein lösen nicht das, was in mir zerbröckelt ist. Es liegt an mir, den Kampf gegen die Dunkelheit aufzunehmen, die mich so lange beherrscht hat.

Mit jedem gezielten Schlag gegen den Boxsack entlade ich einen Teil der inneren Anspannung. Jeder Treffer ist mehr als nur ein körperlicher Akt – er ist ein stilles Bekenntnis an mich selbst, dass ich nicht länger das Opfer meiner Ängste bin. Der rhythmische Klang meiner Fäuste gegen den Beutel wird zur Melodie meines Neubeginns. Während ich zuschlage, schließen sich die schmerzlichen Erinnerungen und die lähmende Angst für einen Moment; sie werden ersetzt durch den puren Willen, wieder Kontrolle über mein Leben zu erlangen.

Ich atme tief durch, spüre, wie der Schweiß meinen Körper hinabläuft, und lasse meine Gedanken freien Lauf. Die Worte meiner Therapeutin hallen in mir nach: Es geht nicht darum, keine Angst zu haben, sondern trotz der Angst weiterzumachen – Schritt für Schritt, Atemzug für Atemzug. Und genau das tue ich heute. Jeder Schlag, jeder schnelle Schritt, den ich auf dem weichen Boden der Halle mache, ist ein Versprechen an mich selbst, nicht aufzugeben.

Die Umgebung um mich herum – das stetige Klatschen der Handschuhe, das dumpfe Dröhnen des Aufpralls – wird zum Spiegel meines inneren Kampfes. Hier zählt nicht der Alltag im Revier, nicht die ständige Furcht vor dem, was draußen lauern könnte. Heute geht es einzig und allein um mich. Um die Erkenntnis, dass ich, trotz allem, in der Lage bin, mich selbst zu verteidigen, sowohl körperlich als auch seelisch.

Auch wenn Cooper heute nicht in dieser Halle an meiner Seite steht, spüre ich dennoch seine Präsenz. Sein Versprechen, immer für mich da zu sein, ist wie ein unsichtbarer Schild, der mir den Rücken stärkt, während ich mit jedem Schlag einen kleinen Sieg erringe. Ich weiß: Seine Unterstützung – so leise sie auch sein mag – hilft mir, mich selbst zu behaupten.

Als ich für einen Moment innehalte und den Boxsack betrachte, wird mir klar, dass jeder Treffer, der gegen den Beutel einschlägt, ein Schritt in Richtung Freiheit ist. Freiheit von den Schatten der Vergangenheit, von der Angst, die mir so lange mein Lächeln geraubt hat. Ich weiß, der Weg ist noch lang und steinig, und die Narben werden bleiben. Aber in diesem Augenblick, inmitten des harten Trainings, fühle ich, wie ein Funke neuer Stärke in mir aufglüht.

Mit festem Entschluss und einem klaren Blick verlasse ich die Halle – nicht als die verletzte Frau von gestern, sondern als jemand, der gelernt hat, für sich selbst zu kämpfen. Heute gehört mir wieder ein Stück von mir, und egal, wie sehr der Vollstrecker in meinen Gedanken sein grausames Gesicht trägt, ich werde niemals zulassen, dass er mich endgültig kontrolliert. Nicht heute, nicht morgen – niemals.

Kapitel 10

VOLLSTRECKER

Die Tage vergingen in einem monotonen, vorhersehbaren Rhythmus an mir vorbei.

Doch diese Routine war nicht bedeutungslos – sie war meine Kontrolle, mein sorgfältig gezeichneter Plan. Ich beobachtete sie, lernte jede Nuance ihrer Bewegungen, jedes noch so kleine Zucken ihrer Lippen.

Cassie wusste nicht, was ich bereits für sie getan hatte. Sie glaubte, ihr Leben habe sich aus eigener Kraft verändert. Doch es war mein Wirken, meine Führung, die sie aus dem schmutzigen Teil ihres Lebens geholt hatte. Sie sah sich als starke Frau, die sich von ihrer Vergangenheit gelöst hatte – aber sie hatte nur getan, was ich für sie vorgesehen hatte. Ich war ihr Retter, lange bevor sie es erkannte. Wer hätte sie sonst vor sich selbst bewahrt? Wer hätte ihr die Hand gereicht, als sie begann, sich in die falsche Richtung zu bewegen?

Ihre damalige Welt war gefährlich, verdorben. Sie hatte nicht verstanden, in welche Abgründe sie sich begab, mit ihren naiven Versuchen, Geld mit Dessous zu verdienen. Sie war sich der Männer nicht bewusst gewesen, die hinter den Kulissen lauerten, die nicht wie ich waren – die sie wirklich zerbrochen hätten. Doch ich hatte sie davon abgehalten. Unbemerkt hatte ich ihre Schritte gelenkt, ihr einen anderen Weg eröffnet. Jetzt war sie rein, jetzt war sie meine Cassie.

Heute war der Tag gekommen, um sie daran zu erinnern, dass ich immer noch da war. Dass ich über sie wachte. Sie mochte glauben, frei zu sein – doch ich war der unsichtbare Faden, der sie hielt. Ich betrat das Café, wie ich es so oft tat, und ließ meinen Blick auf ihr ruhen. Die Nachmittagssonne ließ ihre blonden Haare schimmern, und für einen Moment erlaubte ich mir, das Bild zu genießen. Meine Prinzessin. Sie bemerkt mich und lächelt – ein Lächeln, das sie jedem schenkte. Noch wusste sie nicht, dass es bald nur mir gehören würde.

»Wieder der übliche Erdbeerkuchen mit schwarzem Kaffee?« fragte sie mit ihrer sanften Stimme. Ich ließ mir Zeit, neigte den Kopf nachdenklich. »Gibt es heute eine besondere Empfehlung?«

Sie wirkte überrascht, dann überlegte sie kurz. »Nun… Ich könnte dir ein Stück Apfelkuchen mit Sahne empfehlen, aber…«

„Klingt gut." Mein Lächeln war breiter als sonst. »Und, wenn du Feierabend hast, würde ich dich gerne zum Abendessen einladen.«

Ich sah, wie ihr Ausdruck sich veränderte. Ein Schatten huschte über ihr Gesicht. Sie versuchte, höflich zu bleiben, suchte nach den richtigen Worten. »Oh… Es tut mir leid, aber ich habe einen Freund.«

Ein Hindernis. Nicht mehr. Kein Grund zur Eile. »Verstehe,« sagte ich ruhig. »Vielleicht ein anderes Mal.« Sie wandte sich ab, bewegte sich schneller als sonst. Ich hatte sie aus dem Gleichgewicht gebracht – genau wie geplant.

Als sie zurückkam, war ihr Lächeln gezwungen, unsicher. Sie stellte den Apfelkuchen und den Kaffee vor mich ab und drehte sich hastig um.

Ich blieb sitzen, genoss den Moment. Das Essen war nebensächlich. Alles war nebensächlich, bis auf sie. Nachdem ich eine Weile beobachtet hatte, wie sie versuchte, meine Anwesenheit zu ignorieren, stand ich langsam auf. Ich griff in meine Jackentasche und zog eine einzelne rote Rose hervor – frisch, makellos. Bedacht legte ich sie auf den Tisch, direkt neben den unberührten Kuchen.

Ohne ein weiteres Wort verließ ich das Café. Ich wusste, dass sie mir nachsehen würde. Ich wusste, dass sie die Rose bemerken würde. Und ich wusste, dass sie sich fragen würde, was sie bedeutete.

Dieses Zeichen war nur der Anfang.

Denn Cassie gehört mir. Sie wusste es nur noch nicht. Doch bald würde sie es verstehen. Sie würde erkennen, welche Rolle ich in ihrem Leben gespielt hatte. Dass ich ihr dunkler Prinz war, der sie vor den bösen Monstern beschützt und gerettet hatte. Und wenn dieser Tag kommt, wenn sie endlich begreift, dass es kein Entkommen gibt, wird sie an meiner Seite stehen.

Denn es gibt keine andere Möglichkeit. Sie wird mein sein – ganz und gar.

Und nichts, wirklich nichts, wird mich aufhalten.

Kapitel 11

Warum taucht er jeden Tag hier auf? Diese Frage lässt mir inzwischen keine Ruhe mehr. Kann es wirklich nur wegen des Kuchens sein? Nein… das erscheint mir immer weniger plausibel. Nicht nach gestern. Nicht, nachdem er mich um ein Date gebeten hat. Ich habe abgelehnt, natürlich, ich habe Steven. Aber wenn ich ehrlich bin, bleibt mir sein Blick im Gedächtnis haften, dieser Ausdruck in seinen Augen, als hätte er mehr erwartet. Viel mehr.

Dieser Mann… er ist anders. Älter, ja, aber genau das macht ihn so eindrucksvoll.

Er strahlt etwas aus – etwas Starkes, Unerschütterliches, das mich verunsichert, das mich anzieht und gleichzeitig alarmiert.

Und dann sind da seine Augen… tief, durchdringend, beinahe seelenverschlingend. Es fühlt sich an, als könnten sie all meine Gedanken lesen, als würden sie etwas in mir erkennen, das selbst mir verborgen bleibt. Selbst wenn ich die Augen schließe, verfolgt mich sein Blick.

Ich versuche, mich zu konzentrieren, meinen Verstand klar zu halten. Ich habe Steven. Wir sind zusammen und es läuft gut. Er ist liebenswürdig, vernünftig, jemand, mit dem ich mir eine Zukunft vorstellen kann. Aber er ist auch… anders. Nicht wie dieser Fremde, der hier jeden Tag auftaucht und mich wortlos in eine Spirale aus Zweifeln und Unruhe zieht. Steven ist die sichere Wahl. Eine gute Partie. Genau das, was ich brauche.

Und doch… dieser Mann. Er hat etwas, das ich nicht greifen kann, etwas, das mich beunruhigt und gleichzeitig seltsam fasziniert.

Ich kann ihn nicht einfach ignorieren. Jedes Mal, wenn ich ihm den Kuchen bringe, spüre ich, wie seine Augen auf mir ruhen, wie er mich studiert, viel zu aufmerksam, viel zu intensiv. Es ist, als würde er mich durchschauen, jede kleine Unsicherheit, jede Maske, die ich trage, einfach durchbrechen.

Gestern war es schlimmer als sonst. Irgendetwas an seinem Verhalten hat sich verändert, subtil, aber spürbar. Als ich seinen Tisch abräumen wollte, bemerkte ich es. Er hat seinen Kuchen und auch den Kaffee nicht angerührt, und statt zu bezahlen, lag etwas anderes auf dem Tisch. Eine einzelne, makellose rote Rose. Mein Atem stockte, und für einen Moment schien die Welt um mich herum stillzustehen. Ich nahm die Rose vorsichtig in die Hand, ihre samtigen Blütenblätter fühlten sich fast unwirklich an.

Der Duft stieg mir in die Nase, süß, verführerisch und irgendwie bedrohlich. Rosen.

Meine Gedanken begannen zu rasen. Seit Tagen finde ich sie überall – auf der Arbeit, vor meiner Haustür, einmal sogar an beiden Orten gleichzeitig. Immer dieselben roten Rosen. Immer begleitet von kleinen Botschaften, handgeschrieben, liebevoll formuliert.

Nachrichten, die mich gleichermaßen verunsichern und verstören. Steven hatte mir versichert, dass er nicht dahintersteckt. Ich hatte ihm geglaubt, weil es nicht zu ihm passt. Zu brav, zu… gewöhnlich.

Aber wenn nicht Steven… wer dann? Mein Blick fiel wieder auf die Rose auf dem Tisch. Mein Herz begann schneller zu schlagen, ein kalter Schauer lief mir über den Rücken. Kann es sein? Kann es wirklich sein, dass sie von ihm kommen? Von dem Fremden, der seit Tagen hier auftaucht und mich so unablässig beobachtet?

Es ergibt Sinn. Unheimlich viel Sinn. Einen Tag nach seinem ersten Besuch begannen die Rosen mich auf Schritt und Tritt zu verfolgen. Zuerst hatte ich es für einen Zufall gehalten, eine harmlose Geste von jemandem, der anonym bleiben wollte. Aber jetzt fühlt es sich anders an. Drohender.

Ein beklemmendes Gefühl breitet sich in mir aus, eines, das ich zu gut kenne. Ich habe es schon einmal gespürt. Damals. Als ich glaubte, die Kontrolle über mein Leben zu haben, als ich dachte, niemand könnte mir schaden. Doch dann kamen die Botschaften. Der Moment, in dem mir bewusst wurde, dass ich nicht nur beobachtet wurde, sondern dass jemand sich in mein Leben drängen wollte.

Und jetzt? Jetzt ist es wieder da. Dieses Wissen, dass jemand im Schatten lauert, dass jemand um meine Aufmerksamkeit buhlt, ohne dass ich es will. Der Fremde im Café. Die Rosen. Die Worte auf den kleinen Kärtchen, die immer deutlicher wurden. Warum? Warum schickt er mir diese Blumen? Was will er wirklich von mir? Und warum auf diese Art, so still, so beunruhigend? Ein Teil von mir möchte einfach weglaufen, diesen Gedanken auslöschen und weitermachen, als wäre nichts passiert. Doch ich weiß, dass ich das nicht kann. Nicht mehr. Die Unruhe hat sich längst in mir festgesetzt, und sie lässt mich nicht los. Ich werde ihn fragen. Heute. Wenn er wiederkommt, werde ich ihn zur Rede stellen. Vielleicht kann ich meine Unsicherheit damit beenden, vielleicht kann ich so herausfinden, was er wirklich will. Oder aber es wird nur noch schlimmer. Aber egal, was passiert, ich kann nicht länger so tun, als wäre alles in Ordnung. Nicht, solange dieser Fremde jeden Tag auftaucht und mich mit seiner bloßen Anwesenheit aus der Balance bringt.

Kapitel 12

VOLLSTRECKER

Die Nacht kriecht wie eine giftige Schlange über die Stadt, kalt, feindselig – genau wie ich es mag. Sie hüllt mich ein, macht mich unsichtbar, während ich warte. Heute wird sich alles ändern. Heute werde ich das Hindernis beseitigen, das sich zwischen Cassie und mich gestellt hat. Dieser Wurm… der den lächerlichen Namen Steven trägt. Er ist nichts weiter als ein Klotz am Bein, eine vorübergehende Ablenkung, die sie glauben lässt, sie wäre in Sicherheit. Aber ich sehe die Wahrheit. Sie gehört nicht zu ihm. Sie gehört zu mir. Sie weiß es nur noch nicht.

Ich lehne an der Wand, einer dunklen Ecke der Straße, im Schatten verborgen, wo mich niemand bemerken wird. Bald wird er hier vorbeikommen, wie immer, pünktlich und ahnungslos. Und genau wie immer wird er versuchen, den großen Beschützer zu spielen. Wie erbärmlich. Doch heute wird er lernen, dass Schutz nur eine Illusion ist.

Da ist er. Schlaksig, ungeschickt, mit diesem selbstgefälligen Ausdruck auf dem Gesicht. Ein Witz von einem Mann, der glaubt, er könnte jemanden wie Cassie halten. Aber das endet jetzt.

»Hey, Mann, weißt du, wie spät es ist?« Meine Stimme ist ruhig, fast freundlich, die perfekte Falle. Er hält inne, dreht sich um, nichtsahnend, wie ein dummes Tier, das zur Schlachtbank geführt wird. Er schaut auf seine Uhr. Ein fataler Fehler. Bevor er auch nur den Kopf heben kann, ramme ich meine Faust in sein Gesicht. Das befriedigende Knacken seiner Nase mischt sich mit seinem keuchenden Atem. Er taumelt rückwärts, überrascht, schwach… genauso schwach, wie ich ihn mir vorgestellt habe.

Er versucht, die Hände zu heben, ein jämmerlicher Versuch, sich zu verteidigen. Ich lache leise. »Das kannst du dir sparen.« Meine Faust trifft seinen Kiefer, schickt ihn benommen gegen die Wand. Er keucht, Blut tropft von seinem Gesicht auf den Boden, aber ich gebe ihm keine Pause. Noch ein Schlag. Und noch einer. Jeder Treffer vertreibt ein Stück seiner erbärmlichen Existenz. Es gibt keine Eile, keine Hast, nur die reine, kalte Kontrolle.

Jetzt liegt er am Boden. Sein Gesicht ist eine entstellte Masse aus Blut, Schwellungen und zerschmettertem Stolz. Ich betrachte ihn für einen Moment, genieße das Gefühl der völligen Macht. »Du warst nie gut genug für sie.« Die Worte kommen leise, fast wie ein Flüstern über meine Lippen, aber ich weiß, dass er sie noch hört, bevor er bewusstlos wird. Nicht, dass es noch eine Rolle spielen würde

Mit festem Griff packe ich ihn an den Armen und ziehe seinen leblosen Körper über den Bürgersteig. Es ist beinahe… enttäuschend, wie leicht das geht. Ein paar Meter weiter steht eine Mülltonne, groß genug, um ihn zu verschlucken. Mit einem Ruck hieve ich ihn hinein. Der Deckel fällt zu, das dumpfe Geräusch hallt in der Nacht wider und verstummt. Niemand wird ihn hier finden. Nicht heute. Nicht morgen. Vielleicht auch niemals.

Aber das ist nur der erste Schritt. Der wichtigste Teil meines Plans beginnt jetzt.

Ich ziehe den vorbereiteten Brief aus meiner Jackentasche, sorgfältig gefaltet, jedes Wort darin mit Bedacht gewählt. Ein Abschiedsbrief. Angeblich von ihm geschrieben. Darin gesteht er, dass er Schulden hat, dass er fliehen musste.

Ein hübsches Konstrukt, das niemand hinterfragen wird. Sie wird es lesen und verstehen: Er ist fort. Für immer.

Mit der Präzision eines Chirurgen schiebe ich den Brief in ihren Briefkasten. Alles ist perfekt. Kein Detail dem Zufall überlassen.

Mein Herz schlägt ruhig, gleichmäßig. Kein Zögern, keine Zweifel. Nur Vorfreude. Ich stelle mir vor, wie sie dasteht, auf ihn wartet, verwirrt und enttäuscht, wenn er nicht auftaucht. Und dann werde ich, ganz zufällig, dort sein. Ich werde ihr meine Hilfe anbieten.

Ich werde sie nach Hause begleiten, ihr das Gefühl geben, sicher zu sein. Sie wird beginnen, mich zu brauchen. Cassie gehört mir. Sie hat es von Anfang an getan. Das Schicksal hat uns zusammengeführt, und niemand wird uns jetzt mehr trennen. Nicht sie. Nicht irgendjemand. Ich bin der Einzige, der sie verstehen kann. Der Einzige, der weiß, was sie wirklich braucht.

Heute ist der Anfang unserer Geschichte. Heute wird sie ein Teil meines Lebens. Egal, ob sie es will oder nicht.

Kapitel 13

Wo bleibt Steven denn nur? Er ist sonst nie zu spät. Ja, es sind erst fünf Minuten, aber er ist immer pünktlich und ich hasse es, zu warten.

Fünf Minuten fühlen sich gerade wie eine Ewigkeit an. Vielleicht ist etwas dazwischengekommen oder schlimmer noch, vielleicht ist ihm etwas passiert. Dieser Gedanke lässt mich frösteln, obwohl die Nacht mild ist. Ich ziehe meine Jacke enger um mich und schaue die Straße hinauf und hinunter. Keine Spur von ihm. Ein paar Minuten gebe ich ihm noch. Dann gehe ich allein nach Hause, obwohl ich das nicht mag. Die Straßen sind leer, und irgendetwas an dieser Stille macht mich nervös. Vielleicht liegt es daran, dass ich in den letzten Tagen öfter das Gefühl hatte, beobachtet zu werden. Vielleicht bilde ich es mir auch nur ein.

Ich wippe unruhig auf den Zehenspitzen und sehe mich erneut um, und da auf der anderen Straßenseite, erkenne ich ihn. Den Fremden, von dem ich vermute, dass er mir all die roten Rosen geschickt hat. Er läuft langsam, fast beiläufig, als wäre er tief in Gedanken versunken. Seine Schritte sind gleichmäßig, kontrolliert. Seine Schultern aufrecht, sein Gang selbstsicher.

Meine Hand hebt sich wie von selbst. »Hey, Fremder!« rufe ich, bevor ich es mir anders überlegen kann.

Er bleibt stehen, hebt den Kopf und sieht mich an. Für einen Moment scheint er überrascht, dann breitet sich ein sanftes Lächeln auf seinen Lippen aus. Er überquert die Straße mit jener lässigen Eleganz, die ich schon beim ersten Mal bemerkt habe, als er das

Café betrat. »Hi, na? Feierabend?« fragt er, seine Stimme tief und angenehm, wie ein leises Summen, das mir durch Mark und Bein geht.

Ich nicke. »Ja. Eigentlich holt mein Freund mich immer ab, damit ich nicht allein im Dunkeln laufen muss. Aber heute...« Ich zucke mit den Schultern und bemühe mich, meine Unsicherheit nicht zu zeigen. „Heute kommt er einfach nicht. Er reagiert weder auf Anrufe noch auf Nachrichten.“

Er sieht mich an, mit einem Blick, der mehr sagt als Worte. Es ist kein mitleidiger Blick, eher etwas, das wie Verständnis wirkt oder vielleicht etwas anderes, das ich nicht ganz greifen kann.

»Also,« sagt er schließlich mit ruhigem Ton, »ich weiß ja nicht, wo genau du hinmusst, aber ich kann dich gern ein Stück begleiten. Vielleicht ist deinem Freund ja etwas dazwischengekommen.«

Er macht eine kleine Geste, als wäre das alles ganz selbstverständlich.

»Macht mir nichts aus.«

Ich zögere. Mit einem Fremden gehen? Ist das nicht genau das, wovor meine Eltern mich immer gewarnt haben? Aber irgendwie… fühlt es sich nicht falsch an. Ganz im Gegenteil. Es fühlt sich fast sicher an.

»Danke, ich nehme dein Angebot gerne an.« Ich lächle leicht, versuche, meine Nervosität mit einem Scherz zu überspielen. »Es sei denn, du bist ein Serienkiller.«

Er grinst breit, ein Grinsen, das sowohl harmlos als auch ein wenig gefährlich wirkt. »Hi, ich bin Ric, der Nicht-Serienkiller von nebenan.«

Ich lache leise und strecke ihm meine Hand entgegen. »Hi, ich bin Cassandra. Nett, dich kennenzulernen.« Einen Moment halte ich inne, dann sprudelt es einfach aus mir heraus: »Und wenn wir gerade dabei sind… Kann es sein, dass du schon weißt, wie ich heiße und wo ich wohne?«

Wir setzen uns langsam in Bewegung, die Straße hinunter, denn meine Wohnung ist nicht weit entfernt. Ric wirft mir einen Seitenblick zu, und sein Lächeln bekommt etwas Schelmisches. »Wie kommst du darauf?« fragt er, seine Stimme bleibt ruhig, beinahe spielerisch. »Du hast dich mir nie mit Namen vorgestellt.«

»Nun ja,« beginne ich und blicke ihn von der Seite an, »es ist so... Seitdem du ins Café kommst, bekomme ich jeden Tag rote Rosen mit kleinen Nachrichten. Und genau so eine Rose hast du gestern auf dem Tisch liegen lassen, bevor du gegangen bist.«

Er bleibt kurz stehen, sieht mich an, als würde er meine Worte abwägen. Dann lächelt er wieder, ein Lächeln, in dem jetzt etwas Geheimnisvolles liegt. »Das muss ein dummer Zufall sein,« sagt er schließlich. »Ich habe dir keine Rosen geschickt, auch wenn du jede einzelne davon verdient hättest.«

Ein Flattern breitet sich in meinem Bauch aus, unkontrollierbar und unangenehm aufregend.

»Die Rose, die ich im Café liegen gelassen habe,« fährt er fort, »habe ich ein paar Läden weiter mitgenommen. Eigentlich... in der Hoffnung, dass du zu einem Date ja sagen würdest. Aber leider hast du mir einen Korb gegeben.«

Sein Charme ist überwältigend, bringt mich völlig aus dem Konzept. Meine Wangen werden heiß, und ich senke den Blick. »Wenn ich keinen Freund hätte,« murmele ich, »dann hätte ich bestimmt ja gesagt.«

Daraufhin herrscht eine Stille zwischen uns, die weder unangenehm noch peinlich ist. Im Gegenteil, sie ist fast… elektrisch. Ein Knistern liegt in der Luft, als wären wir beide auf eine merkwürdige Weise miteinander verbunden, ohne es wirklich zu wollen.

Wir gehen weiter, bis wir vor meiner Wohnung stehen. Ich bleibe einen Moment unschlüssig stehen, halte den Schlüssel in der Hand, unsicher, was ich sagen soll.

»Danke, dass du mich begleitet hast,« sage ich schließlich leise.

»Gern geschehen.« Seine Stimme ist weich, fast sanft, aber da ist noch etwas anderes, ein Hauch von Intensität in seinem Blick, den ich nicht deuten kann.

Er verabschiedet sich höflich, dreht sich um und geht die Straße hinunter. Ich bleibe stehen und sehe ihm nach, bis er um die nächste Ecke verschwindet. Erst dann drehe ich mich um, schließe die Tür auf und trete ein.

Mit einem leisen Seufzen schließe ich die Tür hinter mir, lehne mich dagegen und lasse die letzten Minuten noch einmal Revue passieren. Mein Herz schlägt schneller, meine Hände zittern leicht, und ich spüre dieses seltsame Kribbeln in meinem Bauch.

Was ist das nur? Steven war mein sicherer Hafen, mein Fels in der Brandung. Aber Ric… Ric hat etwas an sich, das ich nicht einordnen kann. Er ist wie ein Sturm, unberechenbar und gefährlich. Und doch… fühlt es sich an, als könnte er mich mitreißen, wie ein Sog, dem ich nicht entkommen kann.

Ich schüttle den Gedanken ab und versuche, mich zu beruhigen. Steven wird morgen bestimmt alles erklären. Aber warum fühle ich mich so, als wäre das hier gerade erst der Anfang gewesen? Als hätte Ric eine Tür geöffnet, die ich nicht mehr schließen kann.

Kapitel 14

VOLLSTRECKER

Das lief perfekt. Alles verläuft genau nach meinem Plan. Cassie ist jetzt allein. Ihr Freund ist entsorgt, das erste Stück ihrer kleinen, makellosen Welt liegt in Trümmern. Aber das reicht mir noch nicht… noch lange nicht. Die Risse, die gesät habe, werden wachsen, werden sie mit jeder Stunde mehr verunsichern, bis nichts mehr von ihrer Sicherheit übrig ist.

Geduld. Das ist der Schlüssel. Die nächsten Tage werde ich fernbleiben. Ich will, dass sie mich vermisst. Sie wird mich vermissen. Jeder Mensch spürt es, wenn etwas, das so konstant und zuverlässig war, plötzlich fehlt. Sie wird sich fragen, wo ich bin, warum ich nicht mehr wie sonst auftauche. Und diese Unsicherheit wird sie innerlich auffressen.

Jeden Abend wird sie jetzt allein nach Hause laufen. Ein süßes, verletzliches Geschöpf, umhüllt von einer Hülle aus Stärke, die bei jeder Begegnung mit der Dunkelheit dünner wird. Sie hasst es, allein zu sein, das weiß ich. Ich habe es in ihren Augen gesehen, diese winzigen Funken Angst, die sie so gut zu verbergen versucht. Aber ich werde da sein. Unsichtbar. Ein Schatten in der Dunkelheit, der sie begleitet, beschützt. Sie wird keine Ahnung haben, wie nah ich ihr bin. Doch ich bin es, immer. Cassie gehört mir. Und bald wird sie es auch begreifen.

Für den Moment bin ich zurück in dieser verkommenen Absteige, die ich einst Wohnung nannte. Ein Ort voller Erinnerungen, die ich längst hinter mir gelassen habe. Es ist nur eine Zwischenstation. Der Mietvertrag ist gekündigt, der Koffer gepackt. Dieses Loch hat keinen Platz mehr in meinem Leben, seit ich das Haus für Cassie und mich vorbereitet habe. Unser Haus. Ein Ort, an dem sie endlich begreifen wird, dass sie nirgendwo anders hingehört als an meine Seite.

Ich setze mich an meinen Laptop. Das vertraute Summen der Maschine beruhigt mich, wie ein leises Flüstern, das nur ich hören kann. Meine Liste erscheint auf dem Bildschirm, Namen in schlichten Buchstaben, die für mich jedoch Schicksale repräsentieren. Phil. George. Brian. Und dann Tom. Ein besonderes Ziel.

Tom. Ich lehne mich zurück, lasse den Namen auf meiner Zunge zergehen wie Gift, das ich langsam wirken lasse. Ein Cop. Nicht irgendein Cop – der Cop, der sich immer wieder in Cassies Nähe gedrängt hat. Der glaubt, er könne sie aus ihrer Welt retten, ihr ein besseres Leben bieten. Ein dämlicher Traum von einem Saubermann, der nicht versteht, dass Cassie keine Rettung braucht. Nicht von ihm. Nicht von irgendwem.

Tom ist anders als die anderen Männer, die ihre billigen Tricks versucht haben. Er hat nie offen eine Grenze überschritten, aber ich habe seine Nachrichten gesehen. Ich habe gespürt, wie er sie begehrt hat. Dieses kranke Bedürfnis, das er in seiner Uniform versteckt hat. Und dann war da die Nachricht, die er ihr geschickt hat, nachdem sie zum ersten Mal auf dem Revier war:

»Du bist wunderschön, Cassie. Es ist schade, dass du so einem Job nachgehen musst.«

Ein erbärmlicher Versuch, sie auf seine Seite zu ziehen. Er dachte, ein paar nette Worte würden ausreichen, um sie weichzuklopfen. Aber Cassie ist kein naives Mädchen. Sie wusste, dass er wie alle anderen ist. Ein Schwächling, der mehr will, als ihm zusteht. Sie hat ihn durchschaut, ihn in die gleiche Schublade gesteckt wie die ganzen anderen Würstchen.

Aber Tom ist nicht wie die anderen. Er ist ein Cop. Und Cops sind ein Problem. Cops glauben, sie hätten die Kontrolle. Sie denken, sie wären unantastbar. Doch niemand ist unantastbar. Nicht in meiner Welt. Jeder, der auf meiner Liste steht, wird verschwinden. Cop oder nicht.

Ich lasse meinen Blick auf seinem Namen ruhen, spüre die Vorfreude in mir aufsteigen. Ich stelle mir vor, wie er sich hinter seiner sauberen Fassade versteckt, wie er glaubt, er sei sicher. Aber Sicherheit ist eine Illusion, eine Lüge, die sich nur die Schwachen einreden.

Das Spiel hat sich geändert. Es ist größer geworden, intensiver, aber das Prinzip bleibt dasselbe: Ich gewinne. Immer.

Ich klappe den Laptop zu. Das Echo des Klickens hallt in dem kleinen Raum wider. Bald wird dieser Ort Geschichte sein. Bald wird es nur noch Cassie und mich geben.

Kapitel 15

Der Arbeitstag verläuft ruhig, zumindest bis jetzt. Cooper ist unterwegs, um anderen Aufgaben nachzugehen und ich versuche, mich auf die Akten vor mir zu konzentrieren. Doch die monotone Stille in meinem Büro wird durchbrochen, als ein Kollege an die Tür klopft und hereinschaut.

»Detective Wilson, eine Cassandra Lokau möchte mit Ihnen sprechen. Sie besteht darauf, nur mit Ihnen zu reden.«

Der Name lässt mich kurz innehalten. Cassandra Lokau… Er kommt mir bekannt vor, doch ich kann ihn nicht sofort zuordnen.

»Schicken Sie sie rein,« sage ich schließlich und richte mich auf.

Als die Tür sich öffnet und Cassandra eintritt, trifft es mich wie ein Blitz. Es ist Cassie. Mein Herz setzt einen Schlag aus, und für einen Moment fühlt es sich an, als würde der Boden unter meinen Füßen nachgeben. Sie steht direkt vor mir, die Frau, die der Vollstrecker im Visier hatte.

Doch ich lasse mir nichts anmerken. Stattdessen halte ich meine Miene neutral, professionell. »Miss Lokau, setzen Sie sich bitte.« Ich deute auf den Stuhl gegenüber von mir und bemühe mich, ruhig zu wirken, auch wenn mein Kopf längst auf Hochtouren läuft.

Sie setzt sich zögernd und sieht mich mit einer Mischung aus Nervosität und Verzweiflung an. »Detective Wilson,« beginnt sie stockend, »es geht um meinen Freund, Steven Remond. Er ist seit Tagen verschwunden.« Ihre Stimme bricht, und ihre Augen füllen sich mit Tränen.

»Er geht nicht ans Handy, und jetzt ist es sogar ausgeschaltet. Das passt überhaupt nicht zu ihm.« Sie greift in ihre Tasche und zieht einen zerknitterten Brief hervor, den sie mir mit zitternden Händen reicht. »Ich habe das in meinem Briefkasten gefunden. Ich weiß nicht, wie lange er dort lag… Ich bekomme nicht oft Post, deswegen schaue ich nicht jeden Tag nach.«

Ich nehme den Brief und lese ihn aufmerksam. Die Worte wirken hastig, beinahe panisch. Steven schreibt, dass er Schulden bei gefährlichen Leuten habe und das Land verlassen müsse. Der Ton ist hektisch. Etwas stimmt hier ganz und gar nicht.

»Können Sie mir mehr über Steven erzählen?« frage ich ruhig und beobachte dabei jede ihrer Reaktionen. »Er ist ein guter Mensch,« sagt sie, ihre Stimme brüchig. »Er studiert Jura und wollte Anwalt werden. Er war immer so verantwortungsvoll…« Sie hält inne, schnappt nach Luft und wischt sich eine Träne weg. »Ich verstehe nicht, wie er in solche Schwierigkeiten geraten konnte.«

Ich nicke langsam. »Wir werden dem nachgehen. Bitte geben Sie mir alles, was Sie über ihn wissen – Telefonnummer, ein Foto, Orte, die ihm wichtig waren.«

Dankbar überreicht sie mir die Informationen. Nachdem ich sie beruhigt und versprochen habe, sie auf dem Laufenden zu halten, verabschiede ich sie. Doch sobald die Tür hinter ihr ins Schloss fällt, spüre ich, wie meine Nerven zum Zerreißen gespannt sind.

Ich stehe auf und gehe direkt zu Cooper, der gerade von seinem Einsatz zurückkommt. Als ich ihm alles schildere, sehe ich, wie sein Gesicht sich verhärtet. »Das klingt nicht gut,« murmelt er schließlich. »Wir müssen sofort handeln.«

Gemeinsam übergeben wir die Informationen an die IT-Abteilung, die wenig später eine Spur liefert. »Letzter bekannter Standort seines Handys war eine Mülldeponie, zwei Städte entfernt,« meldet einer der Techniker.

Ein mulmiges Gefühl breitet sich in meinem Magen aus. »Ich will mitfahren,« sage ich entschlossen.

Cooper schüttelt jedoch den Kopf. »Nein, Emma. Du bleibst hier. Ich nehme jemanden mit und halte dich auf dem Laufenden.«

Ich öffne den Mund, um zu widersprechen, doch der Ausdruck in seinen Augen lässt mich verstummen. Widerwillig nicke ich und sehe ihm nach, wie er mit einem Kollegen das Revier verlässt.

Allein in meinem Büro versuche ich, mich wieder auf die Akten zu konzentrieren, doch es fällt mir schwer. Meine Gedanken wandern immer wieder zu Cassie.

Cassie. Jetzt ergibt alles einen beunruhigenden Sinn. Der Vollstrecker hatte sie von Anfang an im Visier. Und Steven? War er nur ein Hindernis, das er aus dem Weg räumen musste? Mein Herz zieht sich zusammen, als mir klar wird, dass Cassie in größerer Gefahr schwebt, als sie ahnt.

Ich greife zum Telefon und wähle Coopers Nummer. »Cooper, was wenn alles wieder von vorne los geht, es kann doch kein Zufall sein, dass Cassies Freund spurlos verschwindet« sage ich.

Eine Pause, dann ein leises Fluchen. »Verdammt. Vielleicht ist das alles ein dummer Zufall, aber vielleicht auch nicht. Cassie und der Vollstrecker haben eine Vorgeschichte,« sagt Cooper.

»Steven ist nicht einfach nur verschwunden. Ich glaube, er ist tot. Und ich glaube, Cassie ist sein eigentliches Ziel.«

»Wir werden das klären,« sagt Cooper entschlossen. »Bleib konzentriert, Emma. Wir sind dran.«

Noch während ich auflege, weiß ich, dass wir uns auf dünnem Eis bewegen. Cassie ist in ernster Gefahr, und ich fürchte, dass der Vollstrecker uns längst einen Schritt voraus ist.

Kapitel 16

VOLLSTRECKER

Es gibt keinen Raum mehr für Unsicherheit. Kein Zögern, kein Innehalten. Cassie hat die erste Figur auf dem Brett bewegt, indem sie ihren Freund als vermisst gemeldet hat. Die Uhr tickt, und wenn ich nicht handle, werden diese einfältigen Cops bald begreifen, dass alles viel näher liegt, als sie ahnen. Ich muss eingreifen, bevor mir das Spiel entgleitet. Ich fahre voraus, scanne die Straßen, suche den perfekten Ort. Kein beliebiger, sondern ein Ort, an dem sie unvorsichtig wird, wo sie denkt, sie sei sicher. Ein Ort, wo ich die Fäden in der Hand halte. Eine kleine Seitenstraße zieht meine Aufmerksamkeit auf sich. Sie ist ruhig, unscheinbar. Genau richtig. Ich parke und warte. Die Minuten vergehen. Dann sehe ich sie. Cassie. Ihr Kopf ist gesenkt, ihre Schultern wirken schlaff, als würde sie die Welt um sich herum kaum noch wahrnehmen. Sie sieht müde aus, erschöpft… perfekt. Sie läuft direkt auf mich zu, ohne mich zu bemerken. Ein leises Lächeln breitet sich auf meinen Lippen aus. »Hi, na, träumst du von mir?« Meine Stimme ist leicht spielerisch, als wäre das hier nichts weiter als eine zufällige Begegnung. Ich setze mein bestes Grinsen auf, freundlich und harmlos. Sie blinzelt, ihre Augen treffen meine, überrascht. »Oh, hi... Entschuldigung, ich war in Gedanken und hab dich gar nicht bemerkt,« murmelt sie verlegen. Sie wirkt abgelenkt, unachtsam, genau wie ich es wollte. Ein bisschen Geplänkel, nicht mehr als ein oberflächliches Gespräch. Cassie erzählt mir, dass sie sich heute frei genommen hat. Ihre Stimme klingt weich, aber ich höre den Unterton von Unsicherheit. Sie hat keine Ahnung, was vor ihr liegt, keine Ahnung, wer direkt vor ihr steht.

»Soll ich dich nach Hause fahren?« Mein Angebot klingt freundlich, fast fürsorglich. Ein perfekter Köder. Doch sie lehnt ab, dankt mir und geht weiter. »Cassie.« Sie bleibt stehen und sieht mich an. Ihr Blick ist verwirrt, sie versteht nicht, was gerade passiert. Noch nicht. Ich komme näher, langsam, jede Bewegung kontrolliert. »Ich habe es mir anders überlegt. Ich möchte nicht mehr warten.« Ihre Stirn legt sich in Falten. »Was soll das heißen?« Ihre Stimme ist vorsichtig, als würde sie instinktiv spüren, dass die Gefahr näher ist, als sie glaubt. Ich lächle nicht mehr. Meine Stimme wird leiser, intimer. »Steig ein. Ich fahre dich. Aber nicht nach Hause.« Ich beuge mich ein wenig vor, senke den Tonfall, sodass sie jedes Wort deutlich hören muss. »Ich habe etwas Besonderes für dich vorbereitet.« »Nein, danke.« Ihre Antwort kommt sofort, begleitet von einem Schritt zurück. Doch ich bin schneller. Meine Hand legt sich um ihre Taille, fest, ohne Gewalt, aber unmissverständlich. »Cassie,« flüstere ich, mein Atem streift ihr Haar. »Du kannst jetzt kooperieren und einsteigen. Oder…« Ich lasse die Drohung in

104

der Luft hängen. Worte sind nicht nötig. Meine Hand spricht eine deutliche Sprache und mein Blick verrät, dass ich keinen Widerspruch dulde. Ihre Augen flackern, ihre Gedanken rasen. Ich sehe es an den kleinen Bewegungen ihrer Finger, an dem Zittern in ihrer Haltung. Sie sucht nach einem Ausweg. Vergeblich. »Ich habe keinen Kopf für deine Spielchen,« sagt sie schließlich, ihre Stimme brüchig. »Ich vermisse meinen Freund. Das ist alles, woran ich denken kann.« Ein kaltes Lächeln schleicht sich auf mein Gesicht. Ihre Worte sind bedeutungslos, nur leere Laute. »Mach dir darüber keinen Kopf mehr, meine Süße.« Meine Stimme ist sanft, fast beruhigend. »Komm mit mir. Nur einen Moment. Du wirst es nicht bereuen.« Sie bleibt stehen, ihre Augen weiten sich, als würde sie begreifen, dass sie längst keine Kontrolle mehr hat. Das ist der Moment, den ich erwartet habe, dieser winzige Augenblick des Zögerns, der mir alles gibt, was ich brauche. »Vertrau mir,« flüstere ich, meine Stimme sanft und warm, während ich ihren Blick halte. Ich lasse ihr keine Zeit zu antworten. Mit einem geschickten Druck

meiner Hand lenke ich sie in Richtung meines
Wagens.

Der Augenblick gehört mir. Sie gehört mir.
Endlich.

Kapitel 17

Der Motor summt leise, aber in meinen Ohren klingt es wie ein Raubtier, das knurrend auf seine Beute wartet. Der Sicherheitsgurt schneidet mir in die Haut, und meine Hände zittern, als ich sie auf meinen Schoß lege, um meine Angst zu verbergen. Ich bin im Auto. Neben ihm. Ich habe es zugelassen. Aber warum? Ich hätte wegrennen sollen. Ich hatte die Chance. Noch vor wenigen Minuten stand ich auf der Straße, frei, und jetzt bin ich hier. Eingesperrt in diesem engen Raum, umgeben von seiner Präsenz, die mir die Luft zum Atmen nimmt. Mein Herz hämmert gegen meine Rippen, als wolle es mich wachrütteln. Ich spüre seinen Blick auf mir, ruhiger, als er sein sollte. Berechnend. Genügend Abstand, um nicht bedrohlich zu wirken, aber nah genug, um mir klarzumachen, dass er die Kontrolle hat. Ich wage es nicht, ihn anzusehen. Stattdessen starre ich aus dem Fenster, doch die Straßen verschwimmen zu Schatten. Ich weiß nicht, wohin er mich bringt. Und das ist das Schlimmste.

Ich kenne dieses Gefühl. Es ist nicht neu. Es ist das gleiche bedrückende Unbehagen wie damals, als ich zum ersten Mal erkannte, dass ich nicht unverwundbar bin. Dass ich in meiner Naivität geglaubt habe, alles im Griff zu haben. Und doch sitze ich hier, gefangen in einer Situation, die ich hätte verhindern können. Meine Finger graben sich in den Stoff meiner Jeans. Ich möchte etwas sagen, irgendetwas, um die Stille zu durchbrechen, aber meine Kehle ist trocken. Ich versuche, tief durchzuatmen, aber selbst das fällt mir schwer. Er will etwas von mir. Und er wird nicht lockerlassen, bis er es bekommt.

Der Griff um meine Taille vorhin war nicht fest gewesen, nicht schmerzhaft. Aber er war eindeutig gewesen. Eine Warnung. Eine Grenze, die nicht mehr existiert. Mir wird bewusst, dass er mich niemals gefragt hat. Nicht wirklich. Er hat mich nicht gebeten, einzusteigen. Er hat es entschieden.

Ich presse die Lippen aufeinander, zwinge mich zur Ruhe. Ich muss nachdenken. Ich muss einen Ausweg finden. Aber mein Kopf ist ein einziges Chaos aus Angst und Verwirrung. Meine Gedanken kreisen um Steven. Würde er mich suchen? Würde irgendjemand merken, dass ich verschwunden bin?

Ich werfe ihm einen verstohlenen Blick zu. Seine Hände ruhen locker am Lenkrad, seine Miene ist entspannt. Als wäre das hier das Normalste auf der Welt. Doch ich sehe es jetzt. Die Fassade bröckelt, wenn man genau hinsieht. Die Ruhe ist gespielt. Dahinter lauert etwas anderes. Etwas Gefährliches.

Er ist ein Raubtier.

Und ich bin seine Beute.

Kapitel 18

Ein beunruhigendes Gefühl hat sich in meiner Brust festgesetzt. Ich muss Cassandra anrufen. Die Unruhe in mir wächst mit jeder Sekunde, in der ich daran denke, was ihr widerfahren könnte. Sie darf nicht das Gleiche durchmachen wie ich. Nicht, wenn ich es verhindern kann.

Ich greife nach meinem Telefon und wähle ihre Nummer, doch sie geht nicht ran. Mein Herz rast. Das beklemmende Gefühl in mir verstärkt sich, als ich es noch einmal versuche, wieder nichts.

»Tom«, sage ich mit fester Stimme, obwohl sich in mir alles anspannt. »Wir fahren zu ihr. Ich muss sicherstellen, dass es ihr gut geht.«

Tom nickt ohne Zögern. »In Ordnung. Lass uns losfahren.«

Wir machen uns auf den Weg zu ihrer Wohnung. Der Abend ist kalt, und die Straßen wirken still und unheimlich. Mein Handy klingelt plötzlich, und für einen Moment hoffe ich, dass es Cassandra ist. Doch als ich auf das Display schaue, sehe ich Coopers Namen.

»Emma, wir haben den genauen Standort von Stevens Handy ausfindig machen können«, sagt er direkt und ohne Umschweife. »Es kommt aus einem großen Müllberg der Deponie. Wir haben ein Team angefordert, um den Bereich abzusuchen.«

Ich schließe die Augen und atme tief durch. »Glaubst du, er hat das Handy absichtlich entsorgt? Oder…?« Ich kann den Satz nicht beenden.

Cooper zögert kurz. »Entweder hat er es verschwinden lassen, oder… er ist dort. Wir wissen es noch nicht. Es kann Stunden dauern, bis wir Klarheit haben.«

Die Unsicherheit in seiner Stimme macht mich nervös, aber ich weiß, dass Cooper alles tun wird, um Antworten zu finden. »Okay«, sage ich schließlich. »Halte mich auf dem Laufenden. Tom ist bei mir, und wir fahren jetzt zu Cassandra.«

»Gut«, erwidert Cooper. »Seid vorsichtig. Und Tom soll dich nach Feierabend nach Hause bringen. Warte dort auf mich.«

»Verstanden«, antworte ich und beende das Gespräch.

Als wir vor Cassandras Wohnung stehen, klopfen wir an die Tür, aber niemand öffnet. Ich drücke die Klingel, rufe erneut ihren Namen, lausche, doch in der Stille höre ich nur das Klingeln ihres Handys, es kommt aus der Wohnung.

»Ihr Handy ist hier«, sage ich leise und blicke Tom an. »Aber sie nicht. Das bedeutet, sie ist ohne ihr Handy unterwegs, das ist sehr ungewöhnlich für jemanden in ihrem Alter.«

Tom nickt nachdenklich. »Vielleicht sollten wir zu ihrer Arbeit fahren. Ihre Kolleginnen wissen vielleicht, wo sie ist.«

»Gute Idee«, stimme ich zu.

Wir fahren zu dem Café, in dem sie arbeitet, doch auch dort ist sie nicht. Eine Kollegin hinter der Theke schüttelt den Kopf, als wir nach Cassandra fragen.

»Sie hat sich heute freigenommen«, sagt sie. »Ich weiß nicht, wo sie sein könnte. Sie hat nichts gesagt.«

Ein ungutes Gefühl breitet sich in mir aus. Ich bedanke mich und werfe Tom einen besorgten Blick zu. »Was jetzt?«

»Zurück zum Revier?«, schlägt er vor. »Vielleicht gibt es inzwischen Neuigkeiten von Cooper.«

Ich nicke langsam. »Ja… zurück zum Revier.«

Während der Fahrt unterhalten wir uns kurz über den Fall. Tom denkt laut darüber nach, ob Stevens Verschwinden mit den alten Fällen zu tun haben könnte, an denen ich gearbeitet habe. Ich kann seine Sorge verstehen. Irgendetwas daran fühlt sich zu geplant an. Zu gezielt.

Zurück im Revier kommt Captain Reynolds mit einem ernsten Gesichtsausdruck auf uns zu. »Detective Wilson, Detective Baker«, beginnt er mit schwerer Stimme. »Ich habe gerade mit Cooper gesprochen. Sie haben eine männliche Leiche gefunden.«

Meine Kehle schnürt sich zu, als ich diese Worte höre. »Wissen wir, wer es ist?«, frage ich, obwohl ich die Antwort schon ahne.

Reynolds schüttelt den Kopf. »Noch nicht. Das Gesicht der Leiche ist unkenntlich. Es ist so stark zertrümmert, dass wir nicht sagen können, wer es ist oder wie alt er war. Die Mordkommission ist vor Ort, aber sie müssen auf die Ergebnisse der Gerichtsmedizin warten.«

Meine Gedanken rasen. Es fühlt sich an, als würde die Luft in diesem Raum immer dicker werden. »Wie… wie ist er gestorben?«, frage ich leise. »Er wurde schwer verletzt und dann vermutlich bewusstlos entsorgt«, antwortet Reynolds. »Ob er durch die Verletzungen starb oder erst dort, wissen wir noch nicht. Die Autopsie wird es zeigen.«

Ich schlucke schwer. Die Vorstellung ist grausam, und doch kann ich die Bilder in meinem Kopf nicht abwenden. Was, wenn es Steven ist?

»Gab es bei euch Fortschritte?«, fragt Reynolds schließlich und schaut abwechselnd Tom und mich an.

»Leider nein, Sir«, antwortet Tom, während ich stumm den Kopf schüttle. Reynolds seufzt, nickt kurz und zieht sich zurück. Ich spüre Toms Blick auf mir, doch ich kann ihm nicht begegnen. Es fühlt sich an, als würde ich jeden Moment die Fassung verlieren, also atme ich tief ein und fixiere den Flur, der zu meinem Büro führt. »Ich gehe arbeiten«, sage ich leise und mache mich auf den Weg. Als wir später bei Cooper in der Wohnung ankommen, setzt Tom sich kurz zu mir. Wir reden noch einmal über Cassandra, über die Leiche, über die Möglichkeiten, die uns bleiben. Es tut gut, wenigstens für einen Moment nicht alleine mit den Gedanken zu sein. Es dauert nicht lange, bis Cooper eintrifft. Seine Anwesenheit füllt den Raum auf eine Art und Weise aus, die ich kaum beschreiben kann. Ohne große Worte verabschiedet sich Tom kurz darauf, mit einem knappen Nicken in unsere Richtung und lässt uns mit sorgenvollen Gedanken alleine.

Kapitel 19

VOLLSTRECKER

Wow. Sie sitzt tatsächlich neben mir, so wie es schon immer hätte sein sollen. Es ist fast... magisch. Wer steigt schon bei einem fast Fremden ins Auto? Aber Cassie hat es getan. Vielleicht habe ich etwas in ihr geweckt... etwas, das sie jetzt in meinen Bann zieht. Und das werde ich nie wieder zerstören. Sie gehört jetzt zu mir. Sie wird niemals mehr entkommen.

Diese Schönheit, die sie ausstrahlt, ist überwältigend. Ihr Profil, ihr Haar, wie sie nervös aus dem Fenster schaut. Ich könnte sie die ganze Fahrt über anstarren, aber ich habe dafür noch genug Zeit. Und das ist das Wichtigste. Denn eines steht fest: Sie wird nie wieder aus meinem Leben verschwinden.

Die Fahrt verläuft in einer seltsamen, unbehaglichen Stille, während ich immer wieder heimlich einen Blick auf sie werfe. Ihre Gedanken scheinen woanders zu sein, ihre Finger spielen mit einer Haarsträhne, als könnte sie die Nervosität, die sie überkommt, damit in den Griff bekommen. Als wir schließlich vor meinem Haus halten, sehe ich, wie sie die Stirn in Falten legt. Sie zögert.

»Wo sind wir?« Ihre Stimme ist leise, zögerlich. Ich genieße die Unsicherheit in ihren Augen.

Ich parke den Wagen und schalte den Motor aus, dann drehe ich mich zu ihr. »Das ist das Haus meiner Kindheit«, sage ich mit einem Hauch Nostalgie in meiner Stimme und blicke auf unser zukünftiges zu Hause. »Hier bin ich mit meiner Mutter aufgewachsen. Es bedeutet mir viel.«

Ich kann ihre Augen auf mir spüren, wie sie mich mustern, als suche sie nach einer

Erklärung, einem Hinweis, einem Zeichen, dass sie mir vertrauen kann. Ich frage sanft: »Willst du reinkommen? Ich mache dir einen Kaffee.«

Sie schüttelt den Kopf, ihre Hände umklammern nervös ihre Tasche. »Ich weiß nicht… ich glaube, das ist keine gute Idee«, sagt sie zögernd. »Ich kenne dich doch gar nicht. Ich weiß nicht mal, warum ich überhaupt in dein Auto gestiegen bin. Das war ein Fehler. Kannst du mich bitte wieder nach Hause bringen?«

Ihre Worte treffen mich, aber ich lasse es mir nicht anmerken. Ich bleibe ruhig, beobachte sie, während ich aus dem Auto steige, um die Tür für sie zu öffnen. Mein Blick ist fest, aber sanft. Ich neige mich zu ihr.

»Cassie«, sage ich ruhig, »ich werde dir niemals etwas tun. Bei mir bist du sicher. Sicherer als irgendwo sonst auf der Welt. Kein Abschaum, keine Gefahr kann dir je etwas anhaben, solange du bei mir bist.«

Ich sehe, wie sie mich mit großen Augen anstarrt, als begreift sie gerade, was ich ihr sage. Sie rutscht erschrocken im Sitz zurück, als versuche sie, zwischen uns beiden Abstand zu schaffen. Ihre Atmung wird schneller und dann sehe ich es: Tränen sammeln sich in ihren Augen.

»Du bist es...« flüstert sie, ihre Stimme bricht. »Der Vollstrecker. Der Killer.« Ihre Stimme zittert, sie holt hastig Luft. »Oh mein Gott, hast du etwas mit Stevens Verschwinden zu tun?«

Ich bleibe ruhig. Ich studiere sie, lese ihre Reaktionen. Es ist ein interessanter und bedeutungsvoller Moment. »Komm mit rein«, sage ich ruhig und bestimmt. »Ich werde dir alles erklären. Und Cassie, hör mir gut zu: Ich würde dir niemals wehtun. Niemals.« Sie zögert. Ihre Hände zittern leicht, sie versucht, sich zu sammeln, während ich geduldig bleibe. Keine plötzlichen Bewegungen, kein Zwang. Ich will sie nicht erschrecken, aber sie muss verstehen: Hier beginnt ihr neues Leben.

»Es gibt keinen Grund, Angst zu haben«, füge ich hinzu, meine Stimme fast beschwörend. »Ich bin hier, um dich zu beschützen. Ich werde dir alles erzählen, was du wissen willst.«

Cassie sagt nichts, doch ich sehe es in ihren Augen. Sie versteht noch nicht, dass wir zusammengehören, aber das wird sie. Es wird nicht lange dauern. Mit der Zeit wird sie es verstehen, und sie wird es akzeptieren.

Ich strecke meine Hand zu ihr aus und warte. Es liegt an ihr, den nächsten Schritt zu machen. Doch eines weiß ich mit Sicherheit: Sie wird nicht mehr gehen. Wird mich niemals mehr verlassen Nicht heute. Nicht morgen. Niemals.

Kapitel 20

Mein Kopf fühlt sich an, als würde er gleich platzen. Er ist es. Er ist wirklich der Vollstrecker. Er hat es nicht verneint, nicht ein einziges Wort des Widerspruchs kam über seine Lippen. Und ich? Ich bin ihm in die Falle gegangen, mitten ins Nichts. Kein Haus in der Nähe, keine Menschenseele weit und breit. Noch schlimmer ist: Ich habe mein Handy nicht dabei.

Panik kriecht in mir hoch wie eisige Finger, die mein Innerstes umklammern. Was soll ich tun? Wenn er mich wirklich nur beschützen will, muss ich darauf vertrauen, dass er mir nichts antut. Aber wie soll ich ihm vertrauen, wenn mein Verstand mir ständig zuflüstert, dass dieser Mann ein Mörder ist?

»Komm mit rein,« sagt er, seine Stimme ruhig, beinahe sanft. Er hält mir die Hand hin, doch ich schüttele stur den Kopf. »Danke, ich kann allein gehen,« erwidere ich zickig und steige aus.

Seine Lippen zucken leicht, vielleicht ein amüsiertes Lächeln, das er nicht ganz verbergen kann. Mit einer Armbewegung deutet er in Richtung des Hauses, als wolle er mir den Weg weisen. Widerwillig gehe ich voran, mein Blick bleibt auf das kleine, einsam gelegene Gebäude gerichtet.

Ich muss zugeben, das Haus ist schön. Die weiße Fassade leuchtet im schwächer werdenden Licht des späten Nachmittags, umgeben von hohen Bäumen, die es fast wie ein kleines Märchenschloss wirken lassen. Es könnte perfekt für eine Familie sein, denke ich unwillkürlich. Doch dann durchfährt mich ein eisiger Schauer. Wie einsam muss er hier als Kind gelebt haben? Ein Gedanke, der mich automatisch. Mitleid empfinden lässt. Aber ich schüttle das Gefühl ab. Er ist der Böse in dieser Geschichte. Dieser Mann hat getötet. Kaltblütig. Und mein Gefühl sagt mir, dass Steven mehr ist, als nur ein Vermisster. Wahrscheinlich hat er ihn auf dem Gewissen.

Wir erreichen die Eingangstür, und er öffnet sie mit einem leichten Druck auf die Klinke. »Nach dir,« sagt er freundlich und hält mir die Tür auf. Zögernd trete ich ein. Das Innere des Hauses überrascht mich, es ist warm, hell und einladend. Die Möbel sind aus hellem Holz, weiche Teppiche dekorieren den Boden und dezente Dekorationen an den Wänden. Es wirkt so… normal. So gar nicht wie das Zuhause eines Mannes, der angeblich ein Killer ist.

Ich drehe mich zu ihm um, meine Nerven sind zum Zerreißen gespannt. „Was willst du von mir?" frage ich mit bebender Stimme. »Und warum mussten diese Männer sterben?«

Er bleibt ruhig, fast schon gelassen, und schließt die Tür hinter uns. »Setz dich,« sagt er, »ich koche uns einen Kaffee, und dann erzähle ich dir eine kleine Geschichte.«

Misstrauisch folge ich ihm in die Küche. Die Anspannung in meinem Körper ist allgegenwärtig, mein Herz schlägt wie verrückt, aber ich will mir keine Schwäche anmerken lassen. Ich setze mich auf einen der Stühle am Küchentisch, die Hände auf meinen Schoß gelegt und beobachte ihn.

Er wirkt so gelassen, so kontrolliert. Während er Wasser aufsetzt und die Kaffeebohnen mahlt, spricht er kein Wort, doch seine Bewegungen sind ruhig und präzise, sie könnten hypnotisch wirken. Es ist, als würde er in einer völlig anderen Welt leben. Einer Welt, in der Mord und Normalität Hand in Hand gehen.

Schließlich stellt er zwei Tassen auf den Tisch und setzt sich mir gegenüber. Einen Moment lang herrscht absolute Stille. Nur das Ticken einer alten Küchenuhr ist zu hören.

»Also, Cassie,« beginnt er langsam, seine Stimme ruhig, aber durchdringend, »du wolltest wissen, warum diese Männer sterben mussten.«

Ich schlucke hart, sage aber nichts. Meine Kehle ist wie zugeschnürt.

»Es ist einfach,« fährt er fort, seine Augen fest auf mich gerichtet. »Diese Männer… sie waren Abschaum. Sie lebten Doppelleben, belogen ihre Familien, täuschten ihre Frauen.

Sie gaben vor, ehrenhafte Menschen zu sein, doch hinter verschlossenen Türen waren sie etwas ganz anderes.«

Seine Worte hallen in meinem Kopf nach und obwohl ich Angst habe, spüre ich, dass in ihnen eine verdrehte Art von Wahrheit liegt. »Aber das gibt dir doch nicht das Recht, sie zu töten,« flüstere ich.

Er lehnt sich zurück, die Hände um die Tasse gelegt. »Vielleicht nicht in deinen Augen. Aber in meinen, Cassie. Jemand musste es tun.«

Ich weiß nicht, wie ich reagieren soll. Er ist gefährlich, das ist mir klar. Doch gleichzeitig ist da etwas an ihm, das mich verwirrt. Seine Stimme, sein Blick, es ist, als würde er wirklich glauben, dass er das Richtige getan hat. »Und was ist mit Steven?« frage ich leise. »Hast du ihm auch das Leben genommen?«

Er neigt den Kopf leicht zur Seite, mustert mich lange, bevor er antwortet. »Steven…« Er seufzt. »Er war schwach. Er hätte dich niemals beschützen können. Ich dagegen, Cassie, ich werde alles tun, um dich zu beschützen. Du musst keine Angst haben.«

Seine Worte lassen mir das Blut in den Adern gefrieren. Ich höre sie, weiß was sie bedeuten, doch sie dringen nicht zu mir durch. So als ob mein Geist mich vor der nackten Realität beschützen will.

Ich weiß, dass ich mich hier auf gefährlichem Terrain befinde. Doch irgendetwas an ihm zieht mich in seinen Bann. Es ist, als ob ich verstehen will, warum er so geworden ist. Als ob ich die Wahrheit hinter seinen Taten erkennen will.

Doch eines ist sicher: Ich werde wachsam bleiben. Denn auch wenn er behauptet, mich zu beschützen, weiß ich tief in meinem Inneren, dass ich ihm nicht trauen darf.

Kapitel 21

Cooper

Nach einem langen Einsatz bin ich endlich
zurück. Zurück im Revier, endlich. Der Tag
war lang, viel zu lang, und mein Kopf ist
schwer von all den Gedanken und
Eindrücken. Zum Glück hat Tom Emma
schon, wie abgesprochen, nach Hause
gebracht. Sie ist sicher, und das ist im Moment
alles, was zählt.

Ich erledige noch schnell den Papierkram
für heute. Jeder Handgriff fühlt sich träge an,
als würde die Müdigkeit meine Bewegungen
bremsen. Als ich schließlich die Unterlagen
beiseitelege und meine Jacke greife, ist es

bereits nach Mitternacht. Zeit, endlich nach Hause zu fahren.

Während der Fahrt denke ich an den Fund auf der Deponie. Das Handy allein hätte vielleicht noch Hoffnung gelassen, aber die Leiche ... Sie ist ein eindeutiges Zeichen. Noch wissen wir nicht mit Sicherheit, ob es wirklich Steven ist, aber tief in mir spüre ich bereits die Antwort. Ich werde Emma die Wahrheit sagen müssen – vorsichtig, aber schon bald. Sie hat ein Recht darauf, es zu erfahren.

Als ich die Tür zu Hause öffne und eintrete, sehe ich Emma und Tom auf dem Sofa. Emma ist bereits eingeschlafen, ihr Gesicht entspannt, eine Hand ruht auf der Decke, die sie halb bedeckt. Tom sitzt neben ihr, den Fernseher leise laufen lassend. Er steht auf, als er mich sieht, begrüßt und verabschiedet sich in einem Atemzug.

»Sie hat's heute echt gebraucht,« sagt er leise, während er zur Tür geht. »Kümmere dich gut um sie, Cooper.«

»Immer,« antworte ich, und er nickt kurz, bevor er geht.

Ich bleibe noch einen Moment stehen und sehe Emma an. Die Erschöpfung der letzten Wochen steht ihr ins Gesicht geschrieben, aber sie wirkt friedlich. Ich will sie nicht gleich wecken, also lasse ich sie schlafen und gehe ins Bad, um eine schnelle Dusche zu nehmen. Das heiße Wasser prasselt auf mich herab, und für einen Moment lasse ich die Anspannung des Tages von mir abfallen.

Zurück in der Küche bemerke ich den Stapel Teller im Abwaschbecken. Tom und Emma haben bereits gegessen, was mir das Kochen erspart. Dankbar mache ich mir die Reste warm, es ist nicht viel, aber genug, um mich zu sättigen. Ich esse im Stehen, den Blick gedankenverloren auf die dunklen Fenster gerichtet.

Nach dem Essen räume ich still die Küche auf, werfe einen letzten Blick ins Wohnzimmer und schalte den Fernseher aus. Dann beuge ich mich vorsichtig zu Emma hinunter, ihre weiche Atmung erfüllt den Raum.

»Emma,« flüstere ich und streiche ihr sanft über die Wange. Ihre Augenlider flackern, und sie murmelt etwas Unverständliches, bevor sie langsam die Augen öffnet.

»Hey,« sagt sie schläfrig, ihre Stimme ist kaum mehr als ein Flüstern.

»Komm, wir gehen ins Bett,« sage ich leise, und sie nickt, während sie sich müde aufrichtet. Ich lege eine Hand auf ihren Rücken, um sie zu stützen, und führe sie in Richtung Schlafzimmer.

Im Bett angekommen kuschelt sie sich an mich, ihre Arme fest um meinen Körper geschlungen, als suche sie Halt. Innerhalb von Sekunden schläft sie wieder ein, ihr gleichmäßiger Atem beruhigt mich.

Ich bleibe noch einen Moment wach, sehe sie an, wie sie in meinem Arm liegt, und drücke einen sanften Kuss auf ihre Stirn.

»Ich liebe dich,« flüstere ich, auch wenn sie es in diesem Moment nicht hören kann.

Es ist spät, fast ein Uhr morgens, und der Tag war hart, doch in diesem Augenblick fühle ich mich unendlich dankbar, sie hier bei mir zu haben. Während ich langsam in den Schlaf falle, denke ich daran, wie ich ihr morgen schonend die Wahrheit sagen werde.

Kapitel 22

VOLLSTRECKER

Cassie sitzt vor mir, ihre Augen groß und voller Emotionen. Sie versucht, meine Worte zu verdauen, während ich die Stille zwischen uns auskoste. Ich erzähle ihr Dinge, die niemand sonst je erfahren wird, und ich sehe den Konflikt in ihrem Blick. Doch das ist es, was uns verbinden wird – die Wahrheit, so schwer sie auch sein mag.

Ich lehne mich zurück und atme tief durch, bevor ich beginne. »Cassie, du verdienst es, die ganze Geschichte zu hören. Wenn wir zusammen sind, musst du wissen, wer ich bin und wie ich zu dem wurde, der vor dir sitzt.«

Sie schüttelt leicht den Kopf, ihr Blick wandert zur Tür, als würde sie einen Ausweg suchen. »Du hast Steven getötet«, sagt sie leise. Ihre Stimme ist unsicher, aber es steckt Widerstand darin. »Und jetzt soll ich dir vertrauen?«

»Steven hat dich nicht verdient«, sage ich ruhig. »Er hat dich belogen, dich betrogen. Ich habe nur getan, was nötig war.«

Cassie presst die Lippen aufeinander. »Wer gibt dir das Recht, darüber zu entscheiden?«

Ich halte ihrem Blick stand. »Jemand muss es tun. Jemand muss dafür sorgen, dass die Schuldigen nicht ungestraft davonkommen.«

Sie schüttelt den Kopf, fährt sich mit den Fingern durchs Haar. »Das ist verrückt«, flüstert sie. »Du… du bist verrückt.«

»Nein, Cassie«, entgegne ich ruhig. »Ich bin der Einzige, der bereit ist, die Wahrheit zu sehen. Die Welt ist nicht fair. Sie war es nie. Wenn du das einmal erkannt hast, kannst du nicht einfach die Augen davor verschließen.«

Cassie atmet schwer. Sie sieht mich an, und ich erkenne den inneren Kampf in ihr. Angst. Zweifel. Aber auch Neugier.

»Warum erzählst du mir das?« fragt sie schließlich, ihre Stimme schwankend.

»Weil ich möchte, dass du verstehst, warum ich das tue. Ich bin nicht nur ein Mann, der tötet, Cassie. Ich bin derjenige, der die Dinge richtigstellt. Und du… du kannst ein Teil davon sein.«

Sie sieht mich an, sucht in meinem Gesicht nach Antworten. »Ich soll dir helfen, Männer zu töten?«

Ich schüttle den Kopf, ein Lächeln umspielt meine Lippen. »Nein, Cassie. Ich möchte, dass du dein Profil wieder aktivierst. So können wir sie anlocken, sie aus der Deckung holen. Ich verspreche dir, niemand wird verletzt. Ich werde nur mit ihnen reden, ihnen zeigen, dass ihr Verhalten Konsequenzen hat.«

Cassie kneift die Augen zusammen. »Und warum sollte ich dir das glauben? Du hast doch schon einmal gelogen.«

Ich beuge mich vor, meine Stimme wird sanfter. »Weil ich dir nichts antun will. Ich brauche dich, Cassie. Und du willst doch auch, dass sich etwas ändert, oder? Denk an all die Männer, die dich belogen haben. An die, die dich nur ausgenutzt haben.«

Sie schluckt, sieht zur Seite. Ihre Finger trommeln nervös auf ihrem Knie. »Ich weiß nicht…«

»Ich verlange nichts von dir, das du nicht willst«, sage ich ruhig. »Du hast die Kontrolle.«

Sie zögert. Ihre Zweifel sind offensichtlich, doch sie ringt mit etwas anderem – mit dem Wunsch, dass es vielleicht doch einen Weg gibt, die Dinge besser zu machen, ohne selbst zur Täterin zu werden. Schließlich atmet sie tief durch.

»Okay«, sagt sie leise. »Aber nur, wenn du mir versprichst, dass niemand mehr stirbt.«

Ich trete näher und lege meine Hände sanft auf ihre Schultern. »Ich verspreche es dir«, sage ich, meine Stimme voller Überzeugung. Natürlich ist es eine Lüge. Aber sie muss es glauben.

Ich sehe, wie ein Hauch von Vertrauen in ihren Augen aufblitzt. Perfekt. Sie ist genau da, wo ich sie haben wollte. Sie wird mir helfen, die Männer zu fangen, und dann… dann werde ich den Rest erledigen.

»Cassie«, sage ich leise und streiche eine Haarsträhne aus ihrem Gesicht. »Zusammen können wir diese Stadt verändern.«

In ihrem Blick liegt immer noch Unsicherheit, aber auch ein Funken Hoffnung. Das reicht mir. Sie ist jetzt Teil meines Plans, und es gibt keinen Weg zurück.

Kapitel 23

Das alles hier ist so schräg, dass ich kaum glauben kann, wirklich mitten in dieser Situation zu stecken. Mein Kopf dröhnt, mein Herz rast, und ich versuche verzweifelt, meine Gedanken zu ordnen. Wie bin ich hier gelandet? Wie konnte ich nur so dumm sein?

Ich will schreien, weglaufen, kämpfen – aber ich tue nichts davon. Stattdessen zwinge ich mich, ruhig zu bleiben. Ich darf keine unüberlegten Entscheidungen treffen. Panik wird mich nicht retten. Ich atme tief durch und sage das Erste, was mir einfällt, um Zeit zu gewinnen.

»Das Haus ist... schön.« Meine Stimme ist leise, zögerlich, fast mechanisch. Ich sehe ihn direkt an, obwohl mir bei seinem Blick eiskalt wird. »Vielleicht kannst du mir ein bisschen mehr zeigen? Und den Garten?«

Mein Herz pocht so laut, dass es fast schmerzt. Ich weiß nicht, ob das eine kluge Idee ist, aber ich muss irgendetwas tun. Vielleicht finde ich eine Möglichkeit zur Flucht.

Er hebt eine Augenbraue, als wäre er überrascht von meiner Bitte, aber dann nickt er. »Natürlich. Komm, ich zeige dir alles.« Seine Stimme ist ruhig, fast sanft – und genau das macht mir noch mehr Angst. Wie kann jemand, der so viele Menschen getötet hat, so... normal wirken? Er führt mich durch die Zimmer. Wohnzimmer, Küche, Schlafzimmer. Alles ist aufgeräumt. Zu sauber. Zu perfekt. Ein kalter Schauer läuft mir über den Rücken. Wer lebt so? Alles hier schreit nach Kontrolle. Nach jemandem, der nichts dem Zufall überlässt.

Als wir wieder im Wohnzimmer stehen, sagt er: »Und jetzt der Garten.«

137

Ich folge ihm hinaus, obwohl meine Beine sich anfühlen, als würden sie jeden Moment nachgeben. Die kühle Abendluft schlägt mir entgegen, aber sie bringt keine Erleichterung – nur die Erkenntnis, dass ringsum nichts ist außer Dunkelheit und Wald.

Weit und breit niemand, der mich hören könnte.

Ich lasse meinen Blick schweifen. Der Garten ist unspektakulär. Eine Grünfläche, eine Art Gewächshaus, und ein großes Fass, das mir seltsam fehl am Platz vorkommt. Ich deute darauf und frage vorsichtig: »Wofür ist das?«

Er zögert einen Moment, als würde er überlegen, wie ehrlich er sein will. »Für die Tiere, die ich mir zulegen möchte.«

Tiere? Was für Tiere? Und warum fühlt sich diese Antwort so... falsch an? Ein ungutes Gefühl breitet sich in mir aus.

Dann sieht er mich direkt an. Sein Blick ist durchdringend, sein Ton ruhig. »Ich möchte, dass du hierbleibst, Cassie.«

Mir wird eiskalt.

»Wenn du bleibst, werde ich niemanden mehr töten. Keine Morde mehr.«

Mein Magen zieht sich schmerzhaft zusammen. Mein Kopf schreit, dass ich weglaufen muss, dass das hier falsch ist. Aber ich bin gefangen. Gefangen von einem Mann, der denkt, er wäre ein Richter über Leben und Tod.

Ich schüttle leicht den Kopf, mein Atem geht flach. »Das… das kann doch nicht dein Ernst sein.« »Doch.« Er tritt einen Schritt näher. »Wenn du bleibst, werde ich nur noch mit ihnen reden. Ich werde ihnen zeigen, dass ihr Verhalten Konsequenzen hat. Aber keine Gewalt mehr.« Mein ganzer Körper schreit Widerspruch, aber meine Stimme bleibt mir im Hals stecken. Ich will ihm nicht glauben. Ich kann ihm nicht glauben.

Ich denke an Steven. Ich denke an das, was er getan hat. Was, wenn ich Nein sage? Was, wenn ich es nicht schaffe, hier rauszukommen? Wird er weitermachen? Wird er mich dann auch…? Ich kämpfe gegen die Übelkeit an. »Also… wenn ich hier bleibe, wirst du wirklich niemanden mehr umbringen?« Meine Stimme ist brüchig, unsicher. Ich hasse es, wie schwach ich klinge, aber ich muss eine Antwort haben.

Er nickt. »Ja. Du wirst mir helfen. Gemeinsam werden wir die Männer zur Vernunft bringen. Keine Gewalt, nur Worte.«

Mein Verstand schreit, dass das eine Falle ist. Dass er mich nur manipulieren will. Aber was soll ich tun? Weglaufen? Jetzt? Wohin? Ich bin allein. Er hat die Kontrolle. Ich muss Zeit gewinnen. »Okay.« Es kommt mir wie ein Verrat an mir selbst vor. »Ich… ich bleibe.«

Mein ganzer Körper widersetzt sich diesen Worten, aber ich bringe sie über die Lippen. Vielleicht kann ich ihn überzeugen. Vielleicht kann ich einen Moment finden, in dem ich fliehen kann. Vielleicht…

Er lächelt. Ein zufriedenes, ehrliches Lächeln. Und genau das macht mir am meisten Angst. »Du wirst es nicht bereuen, Cassie. Ich verspreche es dir.« Ich erwidere sein Lächeln, schwach, gezwungen. Innerlich bin ich ein einziges Chaos. Ich weiß nicht, ob ich es schaffe, dieses Spiel mitzuspielen, aber ich muss.

Ich muss überleben. Und dann werde ich einen Weg finden, ihn aufzuhalten.

Kapitel 24

VOLLSTRECKER

Perfekt. Endlich läuft alles genau nach meinem Plan. Cassie ist hier, bei mir, und das bedeutet alles. Sie ist mehr als nur ein Teil meines Vorhabens – sie ist der Grund, warum all das hier Sinn macht. Ihre Anwesenheit erfüllt mich auf eine Weise, die ich nie für möglich gehalten hätte. Ihre Schönheit zieht mich an, aber es ist ihr Wesen, ihre Stärke und die Tiefe in ihren Augen, die mich wirklich faszinieren. Ich habe sie immer mehr gewollt, nicht nur für das, wobei sie mir helfen kann, sondern weil ich sie als meine Freundin, als meine wahre Liebe an meiner Seite haben möchte. Ich habe sie zu diesem Moment geführt, und ich weiß, dass sie jetzt genau da ist, wo sie hingehört. Bei mir.

Wir betreten das Wohnzimmer, und ich beobachte sie aus dem Augenwinkel. Ihr Blick gleitet über die große Tafel an der Wand, die mit Fotos und Informationen meiner nächsten Ziele bedeckt ist. Auf dem Tisch steht mein Laptop, bereit für den nächsten Schritt.

Sie sagt nichts, aber ich sehe das Zögern in ihren Augen – eine Mischung aus Nervosität und Unsicherheit, vielleicht auch Neugier. Das ist gut. Sie muss verstehen, dass sie nicht in der Lage ist, einfach zu entkommen, aber ich will sie nicht dazu zwingen. Ich will, dass sie von selbst zu mir kommt, dass sie erkennt, dass wir zusammen das Richtige tun können.

»Setz dich«, sage ich ruhig, fast freundlich, während ich selbst Platz nehme und den Laptop öffne. Sie tut es, ihre Bewegungen sind vorsichtig, aber sie vertraut mir zumindest ein kleines Stück. Ich schiebe ihr das Gerät entgegen. »Du kannst dein Profil wieder aktivieren. Wir wollen doch, dass es glaubwürdig bleibt.« Mein Tonfall ist sanft, aber bestimmt. Sie denkt, sie hat eine Wahl, aber ich weiß, dass sie sich irgendwann in meine Richtung bewegen wird.

Ich lasse sie glauben, dass es darum geht, die Männer zur Vernunft zu bringen – ohne Gewalt, ohne Druck. Solange sie das glaubt, wird sie mitmachen. Und das ist in Ordnung, weil es ihr hilft, in die Rolle zu schlüpfen, die wir beide brauchen. Aber in Wahrheit weiß ich, dass sie eine wichtige Rolle in meinem Plan spielt – nicht nur als Werkzeug, sondern als Partnerin, die mich wirklich versteht.

»Aktiviere dein Profil wieder,« sage ich ruhig, fast wie ein Vorschlag, »Der Rest liegt bei mir.«

»Und… was genau soll ich tun?« fragt sie leise, ihre Stimme zittert ein wenig, aber sie versucht, die Fassung zu bewahren. Ich sehe die Anspannung in ihr, und ich will ihr zeigen, dass sie bei mir sicher ist – dass sie mir vertrauen kann.

»Du musst nichts weiter tun, als ein paar Nachrichten zu schreiben und Treffen zu vereinbaren«, erkläre ich ruhig. »Ich werde mich um den Rest kümmern. Keine Gewalt, wie ich es dir versprochen habe. Ich werde mit ihnen reden, sie zur Verantwortung ziehen. Aber du bist der Schlüssel dazu. Du hilfst mir, ihnen zu zeigen, dass sie keine Ausflüchte mehr haben.«

Sie nickt langsam, aber ich sehe das Zögern in ihren Augen. Sie vertraut mir noch nicht ganz – nicht jetzt, aber ich weiß, dass das Vertrauen wachsen wird. Sie wird erkennen, dass ich sie nicht nur brauche, um meinen Plan umzusetzen, sondern weil ich sie an meiner Seite haben will. Dass sie mehr für mich ist als ein Mittel zum Zweck. Während sie beginnt, ihr Profil zu reaktivieren, formt sich ein Plan in meinem Kopf. Es ist wichtig, dass sie keinen Fluchtversuch unternimmt, während ich unterwegs bin. Ich kann es mir nicht leisten, dass sie verschwindet, und die Polizei auf mich hetzt. Sie muss bei mir bleiben, weil ich weiß, dass sie das Richtige für uns beide tun wird, auch wenn sie es noch nicht ganz versteht.

Also muss ich vorsichtige Vorkehrungen treffen. Wenn sie später eingeschlafen ist, werde ich das Haus sichern. Fenster und Türen werden von außen verriegelt, die schweren Klappen über die Fenster gezogen. Und Cassie selbst? Sie wird nichts davon mitbekommen. Ich werde ihr Schlaftabletten verabreichen und sie im Schlafzimmer einschließen. Nicht, weil ich ihr schaden will, sondern weil ich weiß, dass ich sie nur dann für uns beide sicher in dieser Nacht halten kann. Sie ist mir zu wichtig, um sie in Gefahr zu bringen. Ich will, dass sie in einem sicheren Raum bleibt, während ich meine Mission vollende.

Am Abend liegt Cassie friedlich in meinem Bett. Ihr Atem geht gleichmäßig, ihre Augen sind geschlossen. Sie sieht so unschuldig aus, so ruhig, und doch weiß ich, dass sie mir gefährlich werden könnte, wenn sie die Wahrheit erfährt. Ich beuge mich über sie, streiche sanft eine Strähne aus ihrem Gesicht und flüstere leise: »Schlaf gut, meine Schöne. Ich bin bald zurück.«

Nachdem ich sichergestellt habe, dass sie fest schläft, verschließe ich jede Tür im Haus. Niemand wird hinein- oder hinauskommen, bis ich es will. Schließlich ziehe ich meine Jacke an, nehme die vorbereiteten Utensilien und gehe hinaus zu meinem Van.

Die Stadt liegt vor mir, dunkel und ruhig. Doch in dieser Nacht wird sie erneut zum Schauplatz meiner Gerechtigkeit werden. Ich habe über Cassies Profil drei Männer kontaktiert. Tom, George und Brian. Allesamt widerliche, heuchlerische Typen, die glauben, sie könnten im Schatten ihrer respektablen Fassaden tun und lassen, was sie wollen.

Mein erstes Ziel wartet bereits auf dem verlassenen Parkplatz, genauso wie vereinbart. George lehnt an einer Laterne und wirkt nervös, sein Blick huscht immer wieder umher. Er sucht etwas... Jemanden. Mich. Nein, Cassie.

Ich brauche mich nicht anzuschleichen, das hier ist kein Versteckspiel. Es ist ein Urteil, das längst gefällt wurde. Ich gehe direkt auf ihn zu, meine Schritte fest und zielstrebig. Als er mich bemerkt, zieht er die Stirn kraus, verwirrt. »Cassie?« fragt er unsicher, vielleicht hoffend, dass ich in der Dunkelheit eine vertraute Silhouette bin.

»Nicht ganz«, antworte ich kalt. In dem Moment ziehe ich meine Machete, das Metall blitzt im schwachen Licht der Laterne auf. Ehe er begreift, was geschieht, ramme ich ihm die Klinge in den Bauch. Einmal, zweimal, immer wieder. Sein Gesicht verzieht sich vor Schmerz, ein keuchender Laut entweicht seinen Lippen. Doch ich höre nicht auf.

Ich lasse erst los, als er blutüberströmt auf dem Boden zusammensackt. Sein lebloser Blick starrt ins Leere. Ich knie mich hin, greife in meine Jackentasche und ziehe eine einzelne rote Rose hervor. Behutsam lege ich sie auf seine Brust. Mein Zeichen.

Ohne zurückzusehen, wende ich mich ab und gehe zum Wagen. Die Nacht hat gerade erst begonnen, und ich habe noch Arbeit vor mir.

Mein nächstes Ziel, Brian, wartet an einem anderen Treffpunkt – einem verlassenen Parkplatz vor einem geschlossenen Einkaufszentrum. Ich sehe ihn schon von Weitem. Er sitzt in seinem Wagen, das Licht seines Handydisplays beleuchtet sein Gesicht. Perfekt.

Ich beschleunige. Der Motor heult auf, und ich steuere direkt auf seine Fahrerseite zu. Ein dumpfer Aufprall erschüttert meinen Wagen, als ich ungebremst in seinen rase. Er hat keine Zeit zu reagieren. Ich setze ein Stück zurück, steige aus und sehe ihn benommen hinter dem Lenkrad hängen. Blut läuft ihm über die Stirn, sein Kopf kippt nach vorn. Ohne Zögern ziehe ich meine Machete, auf der noch das Blut meines ersten Opfers klebt, und setze sie an seinem Hals an. Ein einziger Schnitt. Blut spritzt gegen die Innenseite der Scheibe. Mit einem letzten Gurgeln sackt er endgültig in den Sitz zurück.

Ich greife erneut in meine Jackentasche, ziehe eine Rose hervor und lege sie vorsichtig auf seine blutüberströmte Hose. Eine letzte Würdigung für einen Mann, der es nicht verdient hat.

»Zwei von drei«, murmle ich und wische die Machete ab. Jetzt bleibt nur noch der letzte für heute.

Tom. Der Cop. Ich habe mich auf diesen Moment gefreut. Er verdient eine besondere Behandlung.

Ich fahre eine Runde um den Treffpunkt, checke die Umgebung. Es wäre dumm, unvorbereitet auf seine Kollegen zu stoßen. Doch die Gegend scheint ruhig. Kein Einsatzwagen, keine Streifen. Tom steht allein an einem Wagen gelehnt, die Hände in den Taschen, den Blick immer wieder auf die Uhr gerichtet. Er wartet.

Ich parke ein Stück entfernt, steige aus und gehe direkt auf ihn zu. Dieses Mal gibt es kein Versteckspiel. Er soll mich sehen. Er soll wissen, wer ich bin.

Als er mich bemerkt, erstarrt er für einen Moment, dann realisiert er, dass ich nicht Cassie bin. Seine Augen weiten sich vor Schreck, und seine Hand greift instinktiv zur Dienstwaffe. Der Lauf ist auf mich gerichtet.

»Ruhig, Tom«, sage ich gelassen. »Ich will doch nur reden.«

»Keine Bewegung!« brüllt er, seine Stimme fest, aber ich höre das Zögern darin.

»Du weißt genau, wer ich bin«, sage ich ruhig. »Der Vollstrecker. Der Mann, der dafür sorgt, dass Männer wie du endlich für ihre Sünden bezahlen.«

»Verdammt…« flüstert er. Seine Finger zittern leicht am Abzug.

»Warum machst du das?« fragt er schließlich. »Weil ich es kann. Weil Männer wie du glauben, sie könnten sich hinter ihren glänzenden Abzeichen verstecken. Ihr spielt die Helden, aber in Wahrheit seid ihr genauso verdorben wie die, die ihr jagt.«

Er schluckt. »Du kennst mich nicht.«

»Oh, Tom. Ich weiß, dass du heimlich Gefühle für Emma hast. Doch du wagst es nicht, sie zu gestehen. Stattdessen schaust du Cassie hinterher und glaubst, du wärst anders als die Männer, die du jagst. Aber du bist genau wie sie.«

Seine Wangen werden blass.

Plötzlich, schneller als er es erwartet, bewege ich mich. Ein gezielter Tritt gegen seine Hand – die Waffe fliegt zur Seite. Er reagiert zu langsam. Meine Faust trifft ihn hart im Magen, er keucht, sackt leicht zusammen.

»Das war's, Tom«, flüstere ich und packe ihn am Kragen. Ich schleudere ihn gegen das Auto, seine Stirn schlägt auf das kalte Metall. Ein dumpfer Laut, sein Körper erschlafft für einen Moment.

Ich hebe meine Machete. Der letzte Schnitt. Doch dann… Schritte.

Verdammt.

Ich blicke über die Schulter. Eine Gestalt am Ende des Parkplatzes. Sie hat mich noch nicht gesehen, aber das könnte sich ändern. Ich kann kein Risiko eingehen.

Mit einem letzten Schlag gegen Toms Kopf lasse ich ihn bewusstlos zu Boden sinken. Ich stecke die Machete zurück in den Bund meiner Hose, dann gehe ich schnell zu meinem Wagen. Die Gestalt scheint nichts bemerkt zu haben. Perfekt.

Ich steige ein, starte den Motor und fahre langsam davon. Das war knapp. Aber das Spiel ist noch nicht vorbei. Tom lebt noch – aber nicht mehr lange.

Beim nächsten Mal, wird er nicht so viel Glück haben.

Kapitel 25

Cooper

Mitten in der Nacht reißt mich das schrille Klingeln des Telefons aus dem Schlaf. Neben mir liegt Emma, friedlich atmend, völlig in ihre Traumwelt versunken. Ich möchte sie nicht wecken – vielleicht ist es nichts Wichtiges.

Aber ein Anruf um diese Uhrzeit? Unwahrscheinlich.

Unruhe kriecht mir den Rücken hinauf, während ich aus dem Bett steige, den Hörer abnehme und leise ins Wohnzimmer gehe.

»Cooper!« Toms Stimme dröhnt mir entgegen, laut, panisch, rastlos. Ich muss nichts sagen – er redet einfach weiter, hektisch, außer sich.

»Er war hier! Der Vollstrecker, verdammt! Er stand direkt vor mir!«

Meine Augen weiten sich, ich setze mich abrupt auf die Armlehne des Sofas.

»Er hat sein Äußeres verändert, deshalb konnte Emma ihn nicht finden. Kommt sofort ins Revier, alle beide!«

Ehe ich etwas erwidern kann, legt Tom auf.

Ein eiskalter Schauer läuft mir den Rücken hinunter. Der Vollstrecker war da. Direkt vor ihm. Dieser Wahnsinnige, der Emmas Leben zerstört hat, treibt wieder sein perfides Spiel. Ich atme tief durch, zwinge mich zur Ruhe. Jetzt nicht aus der Fassung geraten.

Ich gehe zurück ins Schlafzimmer und berühre sanft Emmas Schulter. »Emma, wach auf«, flüstere ich ruhig, obwohl mein Herz rast. »Wir müssen ins Revier.«

Sie blinzelt verschlafen, setzt sich langsam auf. Ihr Blick wird wacher, schärfer. »Was ist passiert?«

»Tom hat angerufen«, sage ich. »Er hat den Vollstrecker gesehen.«

Ohne zu zögern steht sie auf, zieht sich an. Keine weiteren Fragen. Die Stille im Auto ist erdrückend. Emma starrt aus dem Fenster, während ich mich auf die Straße konzentriere. Meine Gedanken rasen.

Tom klang völlig aufgelöst.

Als wir das Revier erreichen, steuern wir direkt den großen Besprechungsraum an. Tom, Captain Reynolds und einige Kollegen sitzen bereits dort, ihre Gesichter angespannt.

»Tom«, sage ich knapp, während wir eintreten. Die Blicke richten sich auf uns. Emma setzt sich neben mich, ihr Blick auf Tom geheftet.

Er sieht mitgenommen aus. Seine Hände zittern, als er beginnt zu reden.

»Er war direkt vor mir, Cooper«, seine Stimme bricht fast. »Ich habe ihn erkannt. Ich wusste sofort, dass er es ist, aber… er sieht anders aus. Das Äußere – Haare, Bart, sogar die Augenfarbe – alles verändert. Deshalb konnte Emma ihn nicht finden.“

Seine Worte sitzen wie ein Schlag in die Magengrube. Der Vollstrecker ist ein verdammtes Chamäleon.

Dann kommt das, womit ich nicht gerechnet habe.

»Ich dachte, Cassie würde kommen«, murmelt Tom. »Ich wusste nicht, dass ich damit in sein Spiel geraten würde.«

Ein kalter Knoten zieht sich in meinem Magen zusammen. Cassie?

Mein Blick verengt sich. Niemand wusste von irgendeiner Verbindung zwischen Tom und Cassie. Ich wusste es nicht. Emma wusste es nicht.

Wie zum Teufel kannte Tom Cassie?

Ich sage nichts. Noch nicht. Aber ich muss dringend mit Emma reden. Hat Tom ihr etwas erzählt, das mir entgangen ist?

Bevor jemand auf das Gesagte reagieren kann, stürmt ein Kollege in den Raum.

»Zwei Leichen wurden gefunden, beide an unterschiedlichen Orten, beide Männer. Die Mordkommission ist bereits unterwegs.«

Einige Kollegen erheben sich sofort, eilen hinaus. Emma und ich bleiben bei Tom. Die Anspannung ist fast greifbar.

»Er hat keine Zeit verloren«, murmelt Emma. Ihre Hände sind zu Fäusten geballt.

»Wir müssen das Phantombild aufnehmen«, sage ich. Ich sehe Tom an. »Alles, was du gesehen hast. Jede Kleinigkeit.«

Er nickt, beginnt mit dem Zeichner zusammenzuarbeiten. Währenddessen leiten Emma und ich die Daten an die IT-Abteilung weiter, geben das Bild in die Kamerasysteme der Stadt ein.

Es dauert Stunden. Keine Treffer. Zu viele Menschen, zu viele Möglichkeiten.

»Verdammt«, knurre ich und lasse mich in einen Stuhl sinken.

Emma steht neben mir, starrt auf den Bildschirm. Ihre Gedanken sind unruhig.

»Er ist clever«, sagt sie schließlich, ihre Stimme leise, fast kalt. »Aber er wird einen Fehler machen. Und dann werden wir da sein.«

Ich sehe sie an. Bewundere ihre Stärke. Trotz allem, was sie durchgemacht hat.

»Wir kriegen ihn, Emma«, sage ich fest. »Wir lassen nicht zu, dass er noch jemanden verletzt.« Die Nacht zieht sich in die Länge. Aber wir bleiben dran.

Und eines ist sicher: Tom hat uns nicht alles gesagt.

Kapitel 26

Es fühlt sich an, als würde ich in einem endlosen Albtraum leben.

Der Besprechungsraum ist erfüllt von angespannter Stille – dieser bedrückenden, zermürbenden Stille, die sich immer dann einstellt, wenn die Last der Situation jeden erdrückt. Sie liegt in der Luft, schwer wie Blei, legt sich auf meine Schultern, drückt mich nieder. Vor mir liegt das Phantombild des Mannes, der sich »der Vollstrecker« nennt. Sein Gesicht – fremd und doch so vertraut. Kalt. Berechnend. Emotionslos.

Mein Atem geht flacher, während mein Blick an den groben Strichen des gezeichneten

Gesichts hängen bleibt. Ich kann nicht wegsehen. Ich will nicht wegsehen. Aber mit jeder Sekunde, die vergeht, kriechen die Erinnerungen näher. Ich spüre wieder das Kratzen der Fesseln an meiner Haut. Höre seine Stimme, ruhig, fast freundlich, während er mir die schlimmsten Dinge antat. Rieche den metallischen Geruch von Blut in der Luft.

Seine Präsenz damals war nicht nur körperlich – sie war ein schwarzes Loch, das alles verschlang. Licht, Hoffnung, Kraft. Sie war ein Schatten, der mich umklammerte und mich bis heute nicht loslässt.

Ich schließe für einen kurzen Moment die Augen und zwinge mich, nicht in die Vergangenheit abzurutschen. Dann hebe ich den Blick und sehe zu Tom hinüber.

Er sitzt zusammengesunken auf seinem Stuhl, die Hände ineinander verschränkt, als könne er sich an ihnen festhalten. Blass, aufgewühlt. Seine Schultern hängen herab, als würde er eine unsichtbare Last tragen. Ich kenne Tom lange genug, um zu wissen, dass ihn etwas zerreißt.

Das Zusammentreffen mit dem Vollstrecker hat ihn erschüttert – aber da ist noch mehr.

Er kann sich kaum selbst in die Augen sehen. Weil er Cassie von dieser Plattform kannte.

Wieder drängt sich dieser nagende Gedanke in meinen Kopf, frisst sich wie Gift in mein Bewusstsein. Ich liebe Tom wie einen Bruder, aber zu wissen, dass er sich auf solchen Seiten herumgetrieben hat, will mir nicht in den Kopf. Es passt einfach nicht zu dem Mann, den ich zu kennen glaubte.

Wie konnte er sich in diese Welt verirren?

Eine Welt, in der Frauen wie Cassandra zur Ware gemacht werden. In der Männer ihre Begierden hinter anonymen Profilen ausleben, ohne die Konsequenzen zu bedenken.

Ich habe gesehen, was Frauen auf solchen Plattformen anbieten. Und es ist nicht nur das, was man sich vielleicht vorstellt – nicht nur getragene Unterwäsche, nicht nur harmlose Fantasien. Es geht um so viel mehr.

Mir läuft ein kalter Schauer über den Rücken, wenn ich an die Bilder denke. An die Angebote, die ich dort gesehen habe. Frauen, die benutzte Binden und Tampons verkaufen, als wäre es eine Ware wie jede andere. Männer, die sich in Foren darum streiten, wer für eine Flasche Urin – oder wie sie es verharmlosend nennen, »Natursekt« – mehr zahlt.

Ekelhaft.

Das hier hat doch nichts mehr mit normalen Begierden oder Sehnsüchten zu tun. Das ist etwas anderes. Etwas Dunkleres. Etwas, das ich nicht einmal wirklich begreifen will.

Und Tom war dort.

Ich will mir gar nicht vorstellen, welche Interessen er dort verfolgte. Welche Seiten er besucht hat, welche Gespräche er geführt hat. Ich will es nicht wissen, weil ich Angst habe, dass die Antwort mir endgültig das Bild von ihm zerstört, das ich so lange hatte.

Ich versuche, die Wut niederzuringen, aber sie lodert tief in mir. Tom ist besser als das. Zumindest will ich das glauben.

»Emma, alles okay?«

Coopers Stimme reißt mich aus meinem Gedankenkreis. Ich blinzele, schaue in seine besorgten Augen. Seine Stirn ist leicht gerunzelt, als hätte er genau gesehen, wie ich für einen Moment weggedriftet bin.

Ich fühle mich schrecklich schwach.

Sein Blick ist durchdringend, als könnte er die Fassade sehen, die ich mühsam aufrechterhalte. Und für einen winzigen Moment will ich ihm sagen, dass nichts okay ist. Dass mich all das hier zerfrisst. Dass ich mich fühle, als würde mich die Vergangenheit mit eiskalten Fingern zurückziehen.

Aber ich sage es nicht.

»Ja«, antworte ich stattdessen und zwinge mich zu einem Nicken. Meine Stimme zittert kaum merklich. »Wir müssen ihn finden, Cooper. Bevor es zu spät ist.«

Er hält meinem Blick stand, ruhig, entschlossen. Sein Nicken ist mehr als eine Antwort – es ist ein Versprechen.

Aber Worte reichen nicht. Ich brauche Taten.

Ich stehe auf und verlasse den Raum. Das Phantombild des Vollstreckers hat sich tief in meine Gedanken gebrannt.

In meinem Büro angekommen, schließe ich die Tür hinter mir und lasse meinen Kopf auf meine Hände sinken. Für einen Moment gebe ich der Erschöpfung nach. Lasse meine

Schultern sacken. Lasse den Knoten in meiner Brust sich lockern. Aber es dauert nur einen Herzschlag lang. Dann sind sie wieder da – die Gedanken, die mich nicht loslassen. Cassandra ist vermutlich in seiner Gewalt.

Steven ist verschwunden – wahrscheinlich der Tote, von der Mülldeponier. Und der Vollstrecker zieht weiter seine blutige Spur durch die Stadt. Ich stelle mir Cassandra vor.

Allein mit diesem Monster.

Hat sie Angst? Kämpft sie? Oder versucht sie, so stark zu bleiben, wie ich es damals versucht habe?

Ich schließe die Augen und will es nicht, aber die Bilder kommen trotzdem. Erinnerungen, die so tief in mir verankert sind, dass sie sich nicht abschütteln lassen.

Die Dunkelheit.

Die Kälte des Bodens.

Seine Hände.

Ich schnappe nach Luft, zwinge mich, den Kopf zu heben.

Ich bin nicht mehr dort.

Ich bin nicht mehr sein Opfer.

Aber Cassandra ist es – und das darf nicht so bleiben.

Mein Magen zieht sich zusammen, als ich mir vorstelle, was sie gerade durchmacht. Was er ihr vielleicht schon angetan hat. Ich will nicht daran denken, aber ich kann nicht anders.

Ich werde sie retten.

Ich muss sie retten. Das bin ich ihr schuldig. Das bin ich mir selbst schuldig.

Ein Klopfen an der Tür reißt mich hoch. Ich reiße mich zusammen, atme tief durch.

Ein Kollege steckt den Kopf herein. „Emma, Cooper will dich sehen. Es gibt Neuigkeiten."

Ich nicke, richte mich auf. Fahre mir mit der Hand über das Gesicht.

Es gibt keine Zeit zu verlieren. Der Vollstrecker hat bereits zu viel genommen – und ich werde nicht zulassen, dass er noch mehr zerstört. Cassandra braucht mich.

Und ich werde nicht ruhen, bis wir ihn haben und Cassandra aus seiner Gewalt befreien können .

Kapitel 27

VOLLSTRECKER

Es kann nicht wahr sein. Nichts lief so, wie es sollte. Der Cop auf meiner Liste – der dritte – hat nochmal Glück gehabt und überlebt. Ein Fehler, der nicht hätte passieren dürfen. Die Wut in mir brodelt, steigt mit jeder verfehlten Entscheidung der letzten Stunden. Mein Kopf brummt. Ich muss sie loswerden. Ich muss etwas tun, um mich zu beruhigen, sonst explodiere ich.

Ich lasse das Auto langsam rollen, während der Regen gegen die Scheiben peitscht. Es ist spät, doch die Straßen sind noch voll. Die Lichter der Stadt blenden, die Geräusche hallen, die Nacht lebt. Ich ziehe die Handbremse und parke direkt dort, wo das Leben auf der Straße am intensivsten ist – in der Nähe der Rotlichtviertel. Prostituierte, die sich an Fremde verkaufen, an die, die keine Fragen stellen, die für ein paar Minuten alles vergessen. Ihre Freier, die kaum mehr sind als Schatten in der Nacht.

Ich steige aus, ohne Ziel, ohne Plan. Der Puls schlägt wild in meinem Hals. Adrenalin fließt durch meinen Körper. Ich gehe einfach los, lasse den Zorn mich führen. Die ersten, die ich sehe, sind zwei Männer, die gerade einen Deal mit einer Frau in einem dunklen Eingang machen. Sie lachen. Ihr Blick ist trübe, von Alkohol und Drogen benebelt. Ich gehe auf sie zu, lasse sie nicht einmal reagieren, als der erste zusammenbricht. Der andere, verwirrt und schockiert, versucht zu fliehen – doch das hat keinen Sinn. Die Wut überflutet mich, und ich bringe ihn schnell zum Schweigen.

Ich lasse die Leichen hinter mir, gehe weiter. Die Nacht scheint in den Wänden dieser Stadt zu leben, und ich spüre, wie sie mich anzieht.

Es ist keine Lust, kein Verlangen. Es ist nur Zorn, der sich den Weg nach draußen bahnt.

Ich sehe eine weitere Prostituierte, die an einem Wagen lehnt, ihre Hand an der Tür, wartend. Ihr Gesicht ist blass, die Augen leer. Sie merkt mich nicht, bis ich direkt vor ihr stehe. Ich sehe ihr in die Augen und befehle ihr, sich wortlos zu verpissen. „Ich hab was mit diesem Wichser hier zu besprechen", sage ich knapp und spüre, wie der Zorn in mir noch mehr anschwellen will. Sie dreht sich ohne ein Wort um, geht schnell und lässt den Wagen hinter sich. Der Typ, der eben noch in die Richtung geschaut hat, dreht sich nun zu mir. »Was willst du, Arschloch?« brüllt er, doch er kommt nicht weit. Ich packe ihn an den Hals, ziehe die Machete und ramm es ihm von unten durch den Mund, bis die Klinge durch den Schädel bricht. Der Widerstand ist minimal. Keine Zeit für Schnickschnack.

Ich gehe weiter, als wäre es das Selbstverständlichste der Welt. Kein Aufschrei, keine Panik. Sie sind nichts für mich. Nur eine Möglichkeit, den Druck, der in mir wächst, endlich loszuwerden.

166

Es ist das Unkontrollierbare, das mich jetzt antreibt. Kein Plan, keine Konsequenzen. Nur die pure Wut. Und die muss raus.

Ich kehre zurück zum Auto. Doch ich fühle mich nicht besser. Das konnte ich nicht erwarten.

Die seelenzerfressende Wut legt sich wieder auf mich, als ich den Motor starte. Aber als ich die Straße entlangfahre, spüre ich, dass das noch nicht genug war. Vielleicht wird es nie genug sein. So mache ich mich auf den Weg nach Hause, ich muss mich sauber machen, bevor Cassie wach wird. Und ab morgen muss einfach alles anders laufen. Ich will sie. Sie muss es akzeptieren.

Kapitel 28

Mein Kopf ist ein einziges Chaos, als ich mich im Schlafzimmer anziehe. Die Kleidung im Schrank passt tatsächlich, als hätte er sie speziell für mich besorgt. Der Gedanke, dass dieser Mann – der Vollstrecker, ein Mörder – so etwas geplant haben könnte, lässt mich innerlich schaudern. Und doch… irgendwo in mir flüstert eine leise Stimme, dass er auf mich nicht wie ein gewöhnlicher Mörder wirkt. Er hat mich nicht bedroht oder verletzt. Stattdessen kocht er Kaffee und bereitet Frühstück vor, als wären wir ein ganz normales Paar.

Aber ich weiß es besser. Was für ein seltsames Spiel spielt er mit mir? Warum habe ich das Gefühl, dass seine Ruhe eine Maske ist? Eine Maske, die er sich nur für mich aufsetzt.

Ein Teil von mir will einfach nur fliehen, schreien, weglaufen – aber wohin? Hier draußen, mitten im Nirgendwo, ohne Handy und ohne Hilfe, wäre es ein sinnloses Unterfangen. Ich weiß, dass er mir nicht trauen würde, wenn ich jetzt versuche, das Haus zu verlassen. Also bleibt mir nur eins: nachdenken, wie ich hier raus kommen kann, ohne am Ende auch zu sterben.

Ich ziehe ein schlichtes T-Shirt und eine bequeme Jeans aus dem Schrank, ziehe es über und atme tief durch, bevor ich das Schlafzimmer verlasse. Als ich in die Küche komme, sehe ich ihn am Tisch sitzen, vor ihm zwei dampfende Tassen Kaffee und ein Teller mit frischen Brötchen. Er sieht mich an, dieses seltsame Lächeln auf den Lippen, das so unheimlich ruhig wirkt. Es ist das Lächeln eines Mannes, der weiß, dass er die Kontrolle hat, und es fühlt sich an, als ob er in mir sieht, als ob er mich bereits als Teil seines Plans sieht.

»Setz dich, Cassie«, sagt er ruhig und deutet auf den Stuhl ihm gegenüber. »Ich habe dir Frühstück gemacht.«

Langsam gehe ich zum Tisch und setze mich. Meine Hände zittern leicht, als ich nach der Kaffeetasse greife. Der Duft des Kaffees ist vertraut, fast beruhigend, aber mein Herz schlägt trotzdem viel zu schnell.

»Warum tust du das?« frage ich schließlich leise und sehe ihn direkt an. »Warum ich? Warum bin ich hier?«

Er lehnt sich zurück, seine Augen, diese grau-blauen Augen, mustern mich. »Weil du anders bist, Cassie. Du bist nicht wie die anderen. Du bist stark, klug und wunderschön. Bei dir fühle ich etwas, das ich noch nie zuvor gefühlt habe.«

Seine Worte klingen fast zärtlich, doch sie hinterlassen einen kalten Druck auf meiner Brust. Er spricht von mir, als wäre ich ein Objekt, das ihm gehört, als wäre ich etwas, das er für sich gewonnen hat. Ein Besitz. »Ich will dir nichts tun«, fährt er fort, als hätte er meine Gedanken gelesen. »Du bist hier, weil ich dich brauche. Ich will, dass du an meiner Seite bist.

Stell dir doch nur vor, was wir alles zusammen erreichen könnten. All diese Männer... sie verdienen es nicht besser.« »Etwas verändern?« wiederhole ich ungläubig, während ich die Kaffeetasse abstelle. »Du redest davon, Menschen umzubringen, als wäre das... als wäre das irgendeine Art von Gerechtigkeit!« Sein Gesichtsausdruck verändert sich. Die Ruhe verschwindet, und für einen kurzen Moment sehe ich etwas Dunkles in seinen Augen aufblitzen – Wut oder Enttäuschung? Ich kann es nicht genau sagen, aber es ist beängstigend.

»Diese Männer«, sagt er langsam, betont jedes Wort, »sind Dreck. Sie betrügen ihre Frauen, zerstören Familien, oder verstecken sich hinter ihren Marken, und niemand tut etwas dagegen. Das System versagt, wenn selbst ein Cop, ein Mann, der für Recht und Ordnung sorgen soll, in dieser giftigen Spirale lebt. Ich bin nur das, was es nicht sein kann: gerecht.« Mir wird kalt, trotz des warmen Kaffees. Ich verstehe jetzt, dass ich es nicht nur mit einem gefährlichen Mann zu tun habe, sondern mit jemandem, der fest an seine eigene

171

verdrehte Moral glaubt. Ein Narzisst, der sich selbst als der Vollstrecker der Gerechtigkeit sieht. Und das macht ihn noch gefährlicher.

»Und wenn ich nicht bleiben will?« frage ich vorsichtig, obwohl ich die Antwort bereits erahne.

Er lehnt sich nach vorne, seine Hände flach auf dem Tisch, als würde er mich festnageln wollen – nicht mit Gewalt, sondern mit seiner Präsenz. »Du wirst bleiben, Cassie. Du gehörst jetzt zu mir.«

Mein Herz rast. Ich weiß, dass ich keine Wahl habe. Nicht jetzt. Vielleicht irgendwann, wenn sich eine Gelegenheit bietet. Aber im Moment muss ich die Angst runterschlucken und hier bei ihm bleiben. Die nächste Gelegenheit wird kommen. Ich muss einfach geduldig sein.

»Okay«, sage ich leise und zwinge mich, ihm in die Augen zu sehen. »Ich bleibe, ich bleibe bei dir und helfe dir.«

Sein Gesicht entspannt sich, das gefährliche Funkeln in seinen Augen verschwindet, und er lächelt, als wäre alles perfekt, als hätte er genau das erreicht, was er wollte. »Das ist die richtige

Entscheidung, Cassie. Du wirst sehen, es wird dir hier gefallen.«

Während er von seinen Plänen und einem gemeinsamen Leben redet, nicke ich nur und tue, als würde ich zuhören. Doch in meinem Kopf arbeiten meine Gedanken fieberhaft. Ich muss hier überleben, komme was wolle…

Kapitel 29

Die Nacht war alles andere als gut. Ich lag wach, geplagt von Albträumen, die sich in meinem Kopf wie dunkle Schlangen wanden und mich nicht loslassen wollten. Immer wieder sah ich Tom, blass und blutend, und dann diese höhnische Stimme, die drohend im Schatten flüsterte. Die Angst, dass er es erneut versuchen könnte, Tom etwas anzutun, lastet wie eine unsichtbare Kette um meinen Hals, die mich kaum atmen lässt. Ich drehe mich zur Seite, versuche, die schweißnassen Hände von der Decke zu ziehen, doch die Schwere in meiner Brust bleibt. Es gibt keinen Moment der Ruhe, keine kleine Ecke in mir, die noch sicher ist.

Langsam ziehe ich die Decke zur Seite und zwinge mich aufzustehen, obwohl meine Beine schwer sind wie Blei. Der Boden unter meinen Füßen fühlt sich an, als ob er sich von mir wegbewegt. Ein Schritt, dann noch einer – der Weg ins Badezimmer fühlt sich unendlich an. Doch dann brennt in mir eine Wut, die so stark ist, dass ich sie nicht abwehren kann. Die Wut auf den Vollstrecker, der zurückgekehrt ist. Die Wut auf mich selbst, weil ich mich hilflos fühle, weil ich nicht genug getan habe. Die Wut auf die ständige Angst, die wie ein giftiger Schleier über allem liegt. Aber ich weiß, dass ich diese Wut nicht lange tragen kann. Ich muss sie beiseite schieben, ich muss funktionieren. Der Blick in den Spiegel zeigt mir, dass mein Gesicht müde ist. Es gibt kaum noch etwas, was sich in mir nach »Normalität« anfühlt. Zwei neue Leichen – zwei weitere Opfer. Ihre Gesichter brennen sich in mein Gedächtnis, als hätten sie sich dort festgekrallt, selbst wenn ich sie nie gekannt habe. Auch dieses Mal gab es wieder Rosen – rote Blüten, die wie immer den Tod zynisch begleiteten. Der Vollstrecker hatte sie bei jedem der Opfer hinterlassen, als ob er seinen eigenen düsteren Stempel auf ihren letzten Moment setzen wollte.

»Das wird nicht enden«, murmele ich in den Spiegel, »das wird nie enden, bis wir ihn stoppen.« Doch selbst während ich diese Worte sage, fühle ich die bittere Wahrheit in mir. Der Vollstrecker ist zurück, und das ist eine Realität, die ich akzeptieren muss. Ein neuer Abschnitt im Albtraum, der nicht nur mein Leben, sondern auch das von so vielen anderen zerstört hat.

Die Gedanken an Cassandra holen mich ein. Sie ist noch immer verschwunden. Die Ungewissheit zieht an meinem Herzen wie ein eiserner Faden. Was hat er mit ihr gemacht? Wie lange wird es dauern, bis wir sie finden? Was hat er ihr angetan? Die Vorstellung, dass sie in seinen Händen ist, dass er mit ihr spielt – es lässt mich fast ersticken. Vermutlich wird er wieder dieses verdrehte Spiel spielen, in dem er versucht, ein normales, glückliches Leben mit einer Frau an seiner Seite zu führen. Doch er ist nicht normal. Dieser Mann ist krank. Und ich weiß, dass er mit Cassandra genauso umgehen wird wie mit den anderen, wenn sie auch nur einen Fehler begeht. Einen kleinen, wie ich ihn begangen habe. Und dann wird er sie zerbrechen, wenn er es für richtig hält.

»Cassandra…«, flüstere ich leise in den Raum, als ob sie mich hören könnte. Und dann – dann sind da noch Toms Worte. Sie hallen immer wieder in meinem Kopf nach, wie ein dunkler Widerhall, der nie zu verstummen scheint. »Es ist seine Cassie. Er wird sie haben.« Was bedeutet das? Was will dieser kranke Bastard von ihr? Warum ist sie so wichtig für ihn? Warum ausgerechnet sie? Was verbindet er mit ihr? Vielleicht eine Ex-Freundin, eine Schwester? Oder erinnert sie ihn an jemanden, der längst vergessen ist? Vielleicht hat er sie schon lange im Visier, hat sie immer im Kopf gehabt. Schon damals wollte er nie wirklich mich.

Ich war nur ein Ersatz, eine Lückenfüllerin, die er sich geschnappt hat, um das Bild einer perfekten Beziehung zu vervollständigen. Aber die wahre Cassie… das war immer sie.

Ein kalter Kloß bildet sich in meinem Magen, doch ich versuche, ihn zu ignorieren. Ich kann mir keine Schwäche leisten. Jetzt ist nicht die Zeit für Zweifel, für Ängste, für die Fragen, die in meinem Kopf rotieren. Wir müssen handeln. Wir müssen Cassandra finden. Bevor es zu spät ist.

Der Blick aus dem Fenster zeigt mir einen grauen Himmel. Die Sonne versteckt sich hinter schweren Wolken, als würde sie den Atem anhalten. Die Welt da draußen fühlt sich so hohl an. Alles steht still – oder es geht geradewegs auf den Abgrund zu. Ich sehe den Tag vor mir und spüre, dass es an der Zeit ist, nicht nur zuzusehen, sondern zu handeln. Ich ziehe meine Jacke über und mache mich bereit. Die Kälte der Metallknöpfe unter meinen Fingern zieht mich in die Realität zurück, zwingt mich zu fokussieren. Der Plan ist noch vage, es gibt keinen klaren Weg, aber ich werde es trotzdem versuchen. Heute ist ein weiterer Tag im Krieg gegen die Dunkelheit. Und ich werde nicht zulassen, dass sie gewinnt. Tom wartet unten auf mich. Als ich die Treppe hinuntergehe, sehe ich sein Gesicht, angespannt und müde. Die Schatten unter seinen Augen sprechen von seiner eigenen schlaflosen Nacht. Er sagt nichts, als ich zu ihm trete, doch wir verstehen uns ohne Worte. Ein kurzer Blick, ein Nicken, und wir wissen, dass wir heute keine Zeit verlieren dürfen.

Kapitel 30

VOLLSTRECKER

Die Tage vergehen, und Cassies Gesellschaft ist alles, was ich mir erträumt habe. Sie bringt Leben in dieses Haus, welches so lange leer und still war. Sie ist wie ein Sonnenstrahl, der durch die Risse meiner dunklen Welt dringt. Doch so sehr ich ihre Nähe genieße, weiß ich, dass ich vorsichtig sein muss. Cassie ist zerbrechlich, nicht im klassischen Sinn, sondern auf eine Art, die mich dazu bringt, behutsam vorzugehen.

Ich möchte ihr die Zeit geben, die sie braucht, um sich an unser Leben hier zu gewöhnen. Aber das bedeutet nicht, dass ich sie nicht langsam in meine Nähe ziehen sollte. Kleine, zärtliche Berührungen, die zufällig wirken – ein sanftes Streifen meiner Finger über ihrer Hand, ein kurzes Berühren ihrer Schulter, wenn ich an ihr vorbeigehe. Es ist faszinierend, sie zu beobachten, ihre Reaktionen zu studieren. Manchmal wirkt sie misstrauisch, ein anderes Mal scheint sie die Zuwendung fast zu genießen.

Ich will, dass sie den guten Mann in mir sieht, den Mann, der für sie da sein will, der sie beschützt. Nicht den Mörder. Der Mörder bleibt woanders. Der Mörder ist für die Männer auf meiner Liste reserviert, die nicht wissen, dass ihre Zeit abläuft.

Ich habe eine alte, verlassene Lagerhalle gefunden. Ein perfekter Ort. Abgelegen, ohne neugierige Augen, ohne Nachbarn, die Fragen stellen. Die Halle wird mein neuer Arbeitsplatz sein, der Ort, an dem ich meinen Gerechtigkeitssinn ausleben kann. Die Werkzeuge liegen schon bereit in meinem Van, jetzt muss ich sie nur noch dorthin bringen.

Heute Abend werde ich Cassie wieder eine der Schlaftabletten geben. Nicht, weil ich sie nicht bei Bewusstsein sehen will, sondern weil ich sicherstellen muss, dass sie hier bleibt, dass sie nicht zu neugierig wird. Ihre Gesellschaft ist traumhaft, aber ich weiß, dass sie noch nicht bereit ist, die ganze Wahrheit zu erfahren.

Als sie sich später auf das Sofa setzt und ein Buch aufschlägt, beobachte ich sie aus dem Augenwinkel. Sie ist einzigartig, in einer Weise, die mich immer wieder in den Bann zieht. Doch ich darf mich nicht zu sehr von dieser Illusion einnehmen lassen. Es gibt Arbeit zu erledigen.

Ich bereite ihr einen Tee vor und rühre die Tablette vorsichtig ein. »Hier, Cassie«, sage ich mit einem sanften Lächeln, als ich ihr die Tasse reiche. Sie nimmt sie, dankt mir und ich sehe zu, wie sie trinkt. Es dauert nicht lange, bis sich ihre Augenlider schließen und sie in einen tiefen Schlaf fällt.

Perfekt. Ich decke sie mit einer Decke zu, drücke ihr einen flüchtigen Kuss auf die Stirn und mache mich auf den Weg. Die Nacht gehört einzig uns allein mir.

Die Fahrt zur Lagerhalle ist ruhig, die Straßen menschenleer. Es ist fast meditativ, wie die Schwärze sich um den Van legt, mich vor der Welt versteckt.

In der Halle ist es still, bis auf das leise Tropfen von Wasser, das irgendwo von der Decke fällt. Ich atme tief ein und beginne, meinen neuen Arbeitsplatz einzurichten. Die Plastikwände werden gespannt, der Boden wird abgedeckt, und ich richte den Tisch in der Mitte aus – mein Altar der Gerechtigkeit.

Während ich arbeite, spüre ich eine seltsame Ruhe in mir. Hier kann ich sein, wer ich wirklich bin. Hier gibt es keine Masken und keine Lügen. Hier kann ich voll und ganz der Vollstrecker sein.

Nachdem ich alles vorbereitet habe, lehne ich mich zurück und betrachte mein Werk. Es ist perfekt, funktional und sauber. Der erste Testlauf wird bald kommen, und ich freue mich darauf. Doch jetzt muss ich zurück zu Cassie, bevor sie aufwacht und sich fragt, wo ich bin.

Die Nacht ist fast vorbei, und ich habe bereits den ersten Schritt gemacht. Und mit jedem Schritt komme ich meinem Ziel näher – einem Leben mit Cassie, vielleicht sogar als meine Ehefrau, an meiner Seite und einer Welt, die ein wenig reiner ist.

Kapitel 31

Der Tag beginnt wie jeder andere, seitdem ich in diesem fremden Haus gefangen bin. Doch irgendetwas in mir fühlt sich anders an. Mir sitzt ein Kloß im Hals, der einfach nicht verschwinden will. Vielleicht sind es die letzten Tage, die ich mit ihm verbracht habe – mit **ihm**, dem Vollstrecker. Oder vielleicht ist es die Tatsache, dass ich immer noch nicht weiß, was genau ich von ihm halten soll. Er zieht mich an, auf eine Weise, die mich genauso verrückt macht, wie sie mich in Angst versetzt. Er hat eine Kontrolle, die mich gleichzeitig beunruhigt und fasziniert.

Ich ziehe mir das Shirt über den Kopf und gehe ins Wohnzimmer. Dort steht er, ruhig, wie immer. Kein Zweifel, dass er mich beobachtet. Dass er immer weiß, was als Nächstes kommt. »Guten Morgen«, sage ich leise, die Worte kommen aus meinem Mund, als ob sie von jemand anderem stammen.

»Guten Morgen, Cassie«, antwortet er ruhig, aber mit einem Blick, der so durchdringend ist, dass ich mich für einen Moment beinahe nackt fühle. Es ist nicht nur die physische Präsenz, die er ausstrahlt. Es ist die Art, wie er mit mir spricht, wie er mich betrachtet – als ob er mich kennt. Als ob er alles über mich weiß.

Es liegt eine seltsame Spannung in der Luft, und ich frage mich, ob er es merkt. Ob er spürt, dass ich ihm nicht ganz vertraue. Doch wie könnte ich? Er hat Dinge getan, Dinge, die mich in Angst versetzen. Und doch – ein Teil von mir will ihm glauben. Ein Teil von mir will verstehen, warum er tut, was er tut. Warum er nicht einfach aufhören kann. Ich weiß, dass das unfassbar toxisch ist, doch die

Anziehungskraft kann ich einfach nicht ignorieren.

Ich greife nach meiner Tasse Kaffee, die dampfend auf dem Tisch steht, und setze mich an den Tisch. »Du bist heute anders«, sage ich und versuche es locker klingen zu lassen. Doch meine Stimme verrät mich. Sie zittert leicht, als ob ich selbst noch nicht ganz weiß, was ich will.

Er sieht mich mit diesem einen Blick an, als ob er meine Gedanken lesen könnte. »Und was meinst du damit?« fragt er, ein Hauch von Interesse in seiner Stimme. Es gibt keinen Vorwurf darin, nur Neugierde.

»Ich…« Ich stocke. Was will ich ihm wirklich sagen? Dass ich in seiner Nähe immer dieses Ziehen im Magen habe? Dass ich nicht genau weiß, ob ich ihm vertrauen kann, obwohl ich mich immer wieder von ihm angezogen fühle? »Ich weiß nicht, was ich über dich denken soll. Du bist… Du bist nicht das, was du vorgibst zu sein. Aber trotzdem verspüre ich nicht die Angst, die ich vermutlich spüren sollte.«

Er sagt nichts. Stattdessen lehnt er sich zurück, verschränkt die Arme. »Du hast immer noch Zweifel an mir, Cassie. Das ist in

Ordnung. Du bist nicht die Erste, die das fühlt. Aber irgendwann wirst du dich für eine Seite entscheiden müssen«.

Diese Worte hängen wie eine Gewitterwolke im Raum. Wählst du eine Seite? Welche Seite? Ich kann kaum glauben, was er sagt. Dass er mir diese Wahl überlässt. Aber was für eine Wahl bleibt mir? Ich kann ihm nicht entkommen, selbst wenn ich wollte.

Und das Erschreckendste daran? Ich bin mir nicht sicher, ob ich es überhaupt will.

Es ist nicht nur Angst, die mich an ihn bindet. Es ist diese unerklärliche Anziehung, dieses Prickeln unter meiner Haut, wenn er mich berührt – sei es zufällig oder mit Absicht. Seine Fingerspitzen, die über meine Hand gestrichen sind, sein Atem, der meinen Nacken gestreift hat. Jedes Mal dieser kurze Moment, in dem mein Körper nicht fliehen, sondern näher rücken will.

Tief in meinem Inneren weiß ich, dass ich es wahrscheinlich nie wirklich wollen werde.

»Und was, wenn ich mich nicht entscheiden kann?«, frage ich leise. »Was, wenn ich das Gefühl habe, dass du mir etwas verschweigst?«

Er lächelt, aber es ist kein freundliches Lächeln. Es ist das Lächeln eines Mannes, der immer die Kontrolle hat. Der weiß, dass er derjenige ist, der die Fäden zieht. »Dann wirst du irgendwann lernen, dass das Leben dir keine Wahl lässt. Du wirst lernen, mit den Konsequenzen zu leben, Cassie. Denn du bist mir näher, als du denkst.«

Seine Worte schüchtern mich ein, und doch spüre ich einen Hauch von Neugierde, der sich in meinem Inneren regt. Wie viel weiß er? Wie viel hat er über mich herausgefunden, ohne dass ich es merke? Es ist eine seltsame Mischung aus Angst und Faszination, die sich in mir ausbreitet.

Ich beuge mich vor und nehme einen Schluck Kaffee, versuche, mein klopfendes Herz zu beruhigen. Doch es funktioniert nicht. Ich merke, wie die Unruhe immer stärker wird. »Ich habe das Gefühl, dass du mir immer etwas vormachst. Etwas, das du mir nicht sagen willst.«

Er schaut mich an, als hätte er diese Frage schon erwartet. »Vielleicht«, sagt er schließlich.

»Aber was, wenn du es nicht wissen solltest, Cassie? Was, wenn du schon zu viel weißt, um noch sicher zu sein?«

Eben genau das ist es. Ich habe so viele Fragen, aber je mehr ich versuche, sie zu stellen, desto deutlicher wird mir klar, dass ich vielleicht nie eine Antwort bekommen werde. Dass das, was ich wissen möchte, für mich gefährlich ist. Dass die Wahrheit etwas ist, vor der ich mich fürchte, selbst wenn ich sie begierig zu begreifen versuche.

Ich atme tief ein und versuche, meine Gedanken zu ordnen. »Was passiert jetzt?«, frage ich schließlich, obwohl ich mich in dem Moment schuldig fühle, die Frage überhaupt zu stellen.

»Jetzt?«, wiederholt er, als ob er über die Bedeutung dieses Moments nachdenkt. »Jetzt, hast du die Wahl. Bleibst du weiter an meiner Seite und haltest zu mir und versuchst meine Welt und meinen Weg zu verstehen! Und genießt alle Freiheiten die du dir vorstellen kannst! Oder entscheidest du dich gegen mich und bleibst trotz allem hier gefangen? Bedenke die Konsequenzen die auf dich zukommen, egal wofür du dich entscheidest. Aber sei vorsichtig, denn Entscheidungen haben Konsequenzen.«

Und während er das sagt, gehen mir so viele Gedanken durch den Kopf. Will ich ohne ihn sein? Fürchte ich mich wirklich vor ihm? Warum verspüre ich keine Angst? Seine Augen... sie sind so intensiv. Warum denke ich über seine Augen nach? Damit wird es mir schlagartig klar.... Ich will überhaupt nicht mehr ohne ihn sein. Er fasziniert mich und ich will ihn verstehen

Ich lehne mich zurück und sehe ihm in die Augen. Irgendwo tief in mir weiß ich, dass ich für die Konsequenzen bezahlen werde. Aber der Gedanke, nicht zu wissen, was kommen wird, ist das, was mich am meisten quält.

»Und wenn ich mich entscheide, bei dir zu bleiben?«, frage ich leise.

Er lächelt, dieses Mal ein echtes Lächeln, das mit einer dunklen Gewissheit gefüllt ist. »Dann wirst du niemals wieder zurück wollen.«

Kapitel 32

VOLLSTRECKER

Wieder ein Abend, an dem ich meiner Cassie einen Tee mit einer Schlaftablette bringen muss. Sie liegt friedlich auf dem Sofa, eingehüllt in die Decke, die ich ihr gegeben habe. Ihr Atem ist ruhig, ihre Gesichtszüge sind entspannt. Es tut fast weh, sie so unschuldig zu sehen, während ich mich bereit mache, die dunkle Seite meiner Existenz zu auszuleben. Aber es geht nicht anders. Ich brauche es, wie die Luft zum Atmen.

Ich verlasse leise das Haus und steige in meinen Van. Heute steht Derek Fields auf meiner Liste. Ein schmieriger Typ, ein ekelhafter Parasit, der glaubt, er könnte tun, was er will. Männer wie er sind der Abschaum dieser

Welt. Ich habe alles über ihn recherchiert, jedes kleine Detail. Ein Familienvater, nach außen hin ein aufrechter Bürger, aber in Wahrheit ein gewalttätiger Feigling. Er besucht regelmäßig ein bestimmtes Bordell und die Frauen, die ihm dort begegnen, hinterlässt er mit blauen Flecken und Würgemalen. Mein Kontakt in diesem Milieu – ein notwendiges Übel – hat mir seine Gewohnheiten verraten. Jeden Montag- und Donnerstagabend besucht er denselben Puff. Er denkt, niemand merkt es, niemand sieht, was er tut. Aber ich sehe es. Und heute wird er der Erste sein, der meine neue Werkstatt kennenlernen darf.

Ich parke in der Nähe des Bordells und warte geduldig auf mein erstes Spielzeug. Die Minuten ziehen sich, doch die Vorfreude hält mich wach. Pünktlich, wie ein Uhrwerk erscheint er in der Tür, verlässt das Gebäude mit einem ekelhaften Grinsen auf dem Gesicht und richtet dabei sein zerknittertes Hemd, um es umständlich in seine Hose zu stopfen. Der Gedanke daran, was er gerade getan hat, ekelt mich zutiefst an.

Ich starte den Motor, lasse die Lichter aus und verfolge ihn mit sicherem Abstand. Er scheint nervös zu sein, dreht sich immer wieder um. Vielleicht spürt er, dass heute etwas anders ist. Vielleicht flüstert ihm ein Instinkt zu, dass seine Zeit gekommen ist. Ich gebe Gas, nur ein bisschen, genug, um ihm das Gefühl zu geben, dass er nicht allein ist.

Er beschleunigt seinen Schritt, fast panisch. Als er an seinem Auto ankommt, gebe ich Gas und rase auf ihn zu. Der Aufprall ist heftig, sein Körper prallt gegen die Motorhaube und rollt auf den Boden. Ich halte an und sehe ihn dort liegen, wimmernd und vor Schmerzen gekrümmt. »Ups,« sage ich leise, während ich aussteige. »Habe ich dich wohl doch härter erwischt, als ich wollte, und dabei habe ich meinen Van doch gerade erst wieder repariert.«

Ich gehe um den Van herum und betrachte die Szene. Sein Bein steht in einem unnatürlichen Winkel ab, der Knochen ragt aus der Haut hervor und Blut fließt in einem dunklen Strom über den Asphalt. Es ist ein grotesker Anblick, aber einer, der mich zutiefst befriedigt.

»Ist das ekelhaft,« murmele ich fast beiläufig und beuge mich über ihn. »Weißt du, Derek, ich hätte das Ganze eleganter machen können. Aber ehrlich gesagt, gefällt es mir so besser.«

Er keucht, seine Augen sind weit aufgerissen vor Schmerz und Panik. »Bitte… bitte… ich hab Kinder…«

Ich lache leise, kalt und ohne Wärme. »Kinder? Meinst du die, die du ignorierst, während du hier deine Abende verbringst? Die, die dich nie sehen, weil du zu beschäftigt bist, anderen Schmerzen zuzufügen?« Ich ziehe eine kleine Spritze aus meiner Tasche und halte sie vor sein Gesicht. »Wir beide wissen, dass du das verdienst. Also hör auf zu winseln.«

Ich injiziere ihm ein Betäubungsmittel, gerade genug, um ihn ruhigzustellen, aber nicht ohnmächtig werden zu lassen. Dann packe ich ihn an seinen Beinen und schleppe ihn zum Van. Ich bin mir sicher, er wird meine Werkstatt lieben wird. Die Fahrt zur Lagerhalle ist kurz, und ich genieße die Stille, die nur von seinem leisen Wimmern durchbrochen wird. In der Halle angekommen, ziehe ich ihn aus dem Van und schleppe ihn in die Mitte des Raumes, wo mein Tisch bereits auf ihn wartet. »Willkommen,« sage ich mit einem höhnischen Lächeln, »in meiner Werkstatt der Vernunft.«

Nachdem ich ihn auf den Tisch gehievt habe, fessele ich ihn und sehe ihm in die Augen, die von Schmerz und Angst erfüllt sind. »Heute bringe ich dir bei, was es bedeutet, einem Monster gegenüber zu treten. Und wenn ich fertig bin, Derek, wirst du verstehen, warum Männer wie du keine Gnade verdienen.«

Er liegt auf der Liege ausgebreitet. Seine Glieder so stramm gezogen dass er vor Schmerzen brüllt. Er ist bereit von mir gerichtet zu werden. Jedoch fehlt… Musik um die Stimmung zu behalten. Mit einem Schmunzeln ziehe ich mein Handy aus der Tasche, verbinde es mit der Bluetooth Box, öffne die Musik-App und starte meine spezielle Playlist. Der erste Song beginnt: **„Nothing Else Matters" von Metallica.** Die Melodie dröhnt durch die Lagerhalle, eine perfekte Symphonie für das, was folgen wird. »Metallica,« sage ich, während ich das Handy auf maximale Lautstärke stelle und es auf den Tisch neben Derek lege.

»Ein Klassiker, findest du nicht auch?« Er antwortet nicht. Sein Körper zittert, sein Kopf dreht sich hektisch hin und her, als suche er nach einer Fluchtmöglichkeit. Aber es gibt keinen Ausweg. Nicht hier. Nicht bei mir.

Ich trete näher, beuge mich über ihn, bis mein Gesicht nur wenige Zentimeter von seinem entfernt ist. »Derek,« beginne ich mit einer beinahe sanften Stimme, »was ist das nutzloseste an dir?

Etwas, das du nicht wirklich brauchst?« Seine Augen weiten sich, und ich sehe, wie die Angst in ihm aufkocht. »Bitte!« keucht er, seine Stimme brüchig und zitternd. »Ich… ich gebe dir alles! Geld, mein Haus, alles, was du willst! Bitte, verschone mich!«

Seine verzweifelten Worte prallen an mir ab wie Regentropfen auf einem Felsen. Ich antworte mit einem lauten, kalten Lachen, das in der Halle widerhallt. »Dein Geld?« wiederhole ich spöttisch. »Derek, Geld hat mich nie interessiert. Denkst du wirklich, ich mache das hier für Geld?«

Ich greife nach einem Skalpell, das auf dem Metalltablett neben mir liegt, und halte es hoch, sodass es im grellen Licht der Deckenlampe funkelt. »Das hier,« sage ich, während ich die Klinge langsam drehe, »ist es, was mich interessiert. Der Prozess. Die Kunst. Der Moment, in dem Menschen wie du endlich begreifen, dass sie nicht unantastbar sind.«

Ich beuge mich wieder über ihn, halte die Klinge knapp über seiner Brust. »Also, Derek,« sage ich ruhig, »ich frage dich noch einmal: Was ist das nutzloseste an dir?«

Er wimmert, ein erbärmliches Geräusch, das mich nur noch mehr amüsiert. »Bitte... meine Finger... nimm meine Finger... ich brauche sie nicht...«

Ich ziehe eine Augenbraue hoch. »Deine Finger? Interessant.« Ich tippe mit der Klinge leicht gegen seinen rechten Zeigefinger, spüre, wie er zusammenzuckt. »Aber weißt du was? Ich denke, es gibt etwas viel Interessanteres.«

Ich setze das Skalpell an seiner Brust an, ritze die Haut oberflächlich an, nur genug, um ihn schreien zu lassen. »Deine Stimme, Derek. Dein jämmerliches, widerliches Gewinsel. Das ist etwas, auf das wir verzichten könnten, findest du nicht auch?«

Seine Schreie werden lauter, und ich merke, wie das Adrenalin durch meine Adern pumpt. Das hier ist mehr als nur Vergeltung. Es ist ein Kunstwerk. Und ich bin der Künstler.

»Soll ich dir einen Knebel in den Mund stopfen?« frage ich spöttisch und lehne mich über Derek, dessen Schreie die Halle füllen. Sein Gesicht ist eine Maske aus Panik und Schmerz während Schweiß ihm in Strömen von der Stirn läuft. »Oh, nein. Warte. Ich habe eine viel bessere Idee.«

Mit dem Skalpell in der Hand richte ich meinen Blick auf seine Hose. Die billige, ausgeleierte Jeans passt perfekt zu diesem jämmerlichen Versager. Ich setze die Klinge an und schneide den Stoff langsam auf, die Bewegung präzise und genussvoll. Dabei ritzt die scharfe Spitze immer wieder die Haut darunter, hinterlässt kleine rote Linien, die sich schnell mit Blut füllen. Seine Schreie werden ohrenbetäubend, ein schrilles, fast tierisches Wimmern.

Die Musik in der Halle erreicht einen neuen Höhepunkt – „**House of the Rising Sun**" von **Five Finger Death Punch** beginnt. Ein perfekter Moment. Während die Melodie anschwillt, summe und singe ich leise mit. Es fühlt sich an wie eine makabere Symphonie, ein Duett zwischen mir und der Band, mit Dereks Schreien als disharmonischem Hintergrund.

»Junge, was bist du nur für ein jämmerlicher Lappen,« sage ich, als ich ihm die kaputte Hose vom Körper reiße. Darunter ein Schlüpfer – weiß mit roten Herzen. Das Lachen bricht unkontrolliert aus mir heraus, ein tiefes, dunkles Grollen, das von den Wänden widerhallt. »Ein Schlüpfer mit Herzen? Ehrlich, Derek? Das macht es ja noch besser.«

Ich ziehe den Stoff hoch und halte ihn mit dem Skalpell in die Luft. »Ein Andenken,« sage ich höhnisch, bevor ich das hässliche Stück Stoff in die Ecke der Halle werfe.

Nun liegt er vor mir, halbnackt und schutzlos. Sein jämmerlicher Körper zittert, die

Arme und Beine festgeschnallt, das Gesicht verzerrt vor Angst und Schmerz. Mein Blick wandert zu seinem »Würstchen«, das kaum genug hergibt, um eine Ratte satt zu machen. »Aber für das, was ich vorhabe,« sage ich leise, während ich das Skalpell in meiner Hand wiege, »reicht es vollkommen.«

Ich beuge mich über ihn, und seine verzweifelten Augen treffen meine. »Bitte… bitte nicht… ich mache alles…« wimmert er, aber seine Worte erreichen mich nicht.

Mit einer bedächtigen Bewegung setze ich die Klinge an. Der erste Schnitt ist langsam, genüsslich, ein kunstvoller Akt. Das Blut strömt und Dereks Schreie übertönen die Musik, die inzwischen einen bedrohlichen Klang angenommen hat. »Stück für Stück,« murmele ich und halte das Skalpell ruhig, während ich weiterarbeite.

Schließlich hebe ich das abgeschnittene Stück Fleisch mit zwei Fingern hoch und betrachte es. »Das war's also, Derek. Das Zentrum all deiner schmierigen kleinen Sünden. Und jetzt?« Ich halte es ihm vor die

Augen, sein Blick verschwimmt vor Schmerz und Tränen.

»Jetzt bist du nicht mehr als ein leerer, nutzloser Mann,« sage ich leise und lasse das blutige Stück Fleisch in einen Eimer fallen. Die dumpfe Schwere des Aufpralls lässt ein zufriedenes Lächeln über mein Gesicht huschen.

Na toll. Jetzt ist er auch noch bewusstlos geworden. Ob es an den Schmerzen liegt oder am Blutverlust, kann ich nicht sagen, aber ehrlich gesagt interessiert es mich auch nicht. Dereks Körper liegt reglos auf dem Tisch, seine Brust hebt und senkt sich kaum merklich. Ein elender Anblick, aber einer, der mich zufrieden stellt.

»Das war's dann wohl, Derek,« murmele ich, während ich die blutigen Handschuhe von meinen Händen ziehe. Mit einem gekonnten Schwung landen sie im Eimer, neben dem Rest seiner »Männlichkeit«.

Die Musik auf meinem Handy läuft noch, aber ich schalte sie ab. Die plötzliche Stille fühlt sich fast surreal an, ein Kontrast zu den Schreien, die noch vor wenigen Minuten die

Halle erfüllten. »Ein guter Abend,« sage ich zu mir selbst, während ich die Werkzeuge ordentlich weglege. »Dampf abgelassen und niemanden getötet. Wenn er hier stirbt, liegt es nicht an mir.«

Ein zufriedenes Lächeln breitet sich auf meinem Gesicht aus, als ich mich zum Ausgang bewege. Ich werfe einen letzten Blick auf Derek, der in seinem eigenen Blut liegt. Sein Schicksal ist mir egal. Ob er es schafft oder nicht – das spielt für mich keine Rolle. Meine Arbeit hier ist getan.

Ich steige in meinen Van und starte den Motor. Die Nacht umfängt mich, während ich durch die leeren Straßen fahre. Die Lichter der Stadt blitzen kurz auf, doch ich lenke meinen Van zielstrebig nach Hause, wo Cassie auf mich wartet.

Zu Hause angekommen, schließe ich die Tür leise hinter mir und gehe direkt unter die Dusche. Ich lasse heißes Wasser über meinen Körper laufen, welches das Blut und den Schmutz des Abends abwäscht. Die Wärme entspannt mich, beruhigt den Rausch, der in meinen Adern pulsiert.

Nach der Dusche werfe ich einen Blick zu Cassie auf dem Sofa. Sie schläft ruhig, ihr Gesicht friedlich im Schein des Nachtlichts. Ich gehe leise zu ihr, beuge mich über sie und drücke ihr einen sanften Kuss auf die Wange.

»Gute Nacht, Cassie,« flüstere ich, während ich mich neben sie lege. Ihre Nähe gibt mir ein Gefühl von Ruhe, von Sicherheit. Heute war ein guter Abend. Glücklich und zufrieden schließe ich die Augen und lasse mich vom Schlaf überwältigen. Morgen beginnt ein neuer Tag…

Kapitel 33

Ich wache auf und spüre sofort, dass etwas nicht stimmt. Ein leises Unbehagen kriecht durch meinen Körper, noch bevor ich die Augen ganz geöffnet habe. Das erste, was ich sehe, ist, dass er auf dem Sofa neben mir liegt – direkt neben mir. Sein nackter Oberkörper hebt und senkt sich ruhig im Schlaf.

Warum zum Teufel bin ich schon wieder hier auf dem Sofa eingeschlafen? Und noch viel wichtiger – warum liegt er nicht in seinem Bett?

Langsam richte ich mich auf, versuche keine Geräusche zu machen, als er sich im Schlaf bewegt. Die Decke, die locker über ihm liegt, hebt sich ein wenig, und mein Blick bleibt daran hängen. Mein Atem stockt. Eine deutliche Beule zeichnet sich darunter ab – groß, kaum zu übersehen. Mein Gesicht brennt, und ich wende hastig den Blick ab.

Doch irgendetwas in mir zieht mich zurück. Mein Blick wandert wieder zu ihm, als hätte ich keine Kontrolle darüber. Es ist nur eine Silhouette, eine Andeutung – aber eine mehr als deutliche. Mein Puls beschleunigt sich. Was zum Teufel, Cassie?

Ich schüttele den Kopf, versuche die Gedanken loszuwerden, und stehe leise auf. Ich will ins Badezimmer verschwinden, mir kaltes Wasser ins Gesicht spritzen, als seine tiefe, raue Stimme mich erstarren lässt.

»Morgen.«

Ich wirble herum, gerade rechtzeitig, um zu sehen, wie er sich verschlafen aufsetzt. Die Decke rutscht… und mein Gehirn setzt aus.

Sein Körper ist pure Versuchung. Breit gebaute Schultern, kräftige Arme mit definierten Muskeln, die sich bei jeder Bewegung anspannen. Seine Haut ist leicht gebräunt, makellos, als wäre er einem verdammten Hochglanzmagazin entsprungen. Mein Blick wandert ungewollt tiefer, über sein festes, muskulöses Sixpack, das sich bei jedem Atemzug hebt und senkt – und dann ist da dieses V.

Dieses verdammte V, das sich tief unterhalb seines Bauches abzeichnet, wie ein leuchtender Pfeil, der auf etwas zeigt, das sich noch vor wenigen Sekunden unter der Decke erhoben hat. Ich schlucke hart.

»Oh.« Seine Stimme reißt mich aus meiner Starre. Ein belustigtes Lächeln spielt um seine Lippen, als er meine Reaktion bemerkt. »Sorry… war wohl gedankenverloren nach der Dusche. Ich schlafe eigentlich immer so.«

Sein Tonfall ist völlig entspannt – als wäre es das Normalste der Welt, dass er hier nackt vor mir sitzt, während mein Kopf mit schmutzigen Gedanken explodiert. Ohne ein weiteres Wort stürme ich ins Badezimmer und schließe die Tür hinter mir.

Was zur Hölle ist mit mir los? Ich stehe in der Dusche und lasse kaltes Wasser über meinen Körper laufen, doch es bringt nichts. Die Bilder in meinem Kopf bleiben. Ich stelle mir vor, wie er aussieht, wenn er nicht von der Decke verdeckt ist. Meine Fantasie spielt verrückt, malt sich Dinge aus, die sie nicht sollte. Ich stelle mir seine Hände auf meiner Haut vor – große, starke Hände, die mich ohne Mühe halten könnten.

Mein Atem wird schneller. Ich lehne meinen Kopf gegen die kühlen Fliesen, doch die Hitze in meinem Inneren bleibt. Was, wenn er jetzt hier wäre? Wenn er mich gegen diese Wand drücken würde, seinen heißen Atem an meinem Hals, seine Lippen auf meiner Haut?

Ein leises Stöhnen entweicht mir, als plötzlich die Tür aufgeht.

Mein Kopf schießt hoch. Mein Herz setzt für einen Moment aus.

Er steht in der Tür.

Noch immer mit nichts als dieser verfluchten Decke, die er sich lässig um die Hüften geschlungen hat. Doch jetzt fällt mir auf, wie angespannt seine Oberarme sind, wie verkrampft er den Stoff festhält. Seine Brust hebt und senkt sich schwer, sein Blick ist dunkel, verschlingend.

»Kann ich dir zur Hand gehen?« Seine Stimme ist tiefer als sonst, ein gefährliches Knurren, das mir durch Mark und Bein fährt.

Mein Körper will nachgeben, will sich ihm hingeben, und das erschreckt mich mehr als alles andere. Mein Kopf schreit Nein!, aber meine Lippen bewegen sich nicht. Ich kann mich nicht rühren.

Denn in diesem Moment weiß ich genau, dass er mich will. Und das Schlimmste?

Ich will ihn auch.

»Ich… ich brauche keine Hilfe,« stammele ich schließlich und schüttele hastig den Kopf. Doch meine Worte klingen nicht überzeugend, nicht einmal für mich selbst.

Er tritt einen Schritt näher, sein Blick unverändert intensiv. Ich presse mich gegen die Wand der Dusche, als könnte sie mich schützen, doch ich weiß, dass das eine Lüge ist.

»Cassie,« sagt er leise, fast sanft, doch da ist ein Funken von etwas anderem in seiner Stimme. »Du brauchst nicht zurückweichen.«

In diesem Moment wird mir klar, dass ich vollkommen nackt vor ihm stehe, nichts ist länger zwischen uns, außer der kleinen Distanz, die er mühelos überbrücken könnte.

Mein Verstand versinkt im Chaos. Ich sollte ihn hassen, sollte Angst vor ihm haben. Doch meine steifen Nippel, die Gänsehaut auf meinem Körper und meine stockende Atmung verraten mich, und ich hasse mich selbst dafür.

Er macht noch einen Schritt auf mich zu, und obwohl jeder vernünftige Gedanke in meinem Kopf schreit, dass ich weglaufen sollte, bleibe ich reglos stehen. Seine Augen bohren sich in meine und es ist, als würde dieser Blick mich festhalten, mich fesseln.

Mein Atem geht schneller und ich spüre, wie meine Brust sich hebt und senkt. Die Hitze des Wassers, die Enge des Raums, seine Präsenz – alles scheint die Luft elektrisch aufzuladen.

Dann lässt er die Decke fallen.

Mein Blick wandert ungewollt über seinen Körper. Er ist erregt, und obwohl ich weiß, dass ich wegsehen sollte, kann ich es nicht. Mein Verstand schreit, dass das falsch ist, dass ich diesen Moment beenden muss, doch mein Körper hört nicht auf ihn.

Ich schlucke schwer und wende den Blick ab, versuche, mich zu sammeln. Doch er merkt es. Er merkt alles.

»Cassie,« sagt er leise, seine Stimme ist rau, fast ein Flüstern. »Schau mich an.«

Langsam hebe ich den Kopf und treffe wieder auf seinen Blick. Da ist etwas in seinen Augen – etwas, das ich nicht deuten kann. Eine Mischung aus Verlangen, Dominanz und… einer seltsamen Sanftheit, die mich fast umwirft.

»Ich werde dir nichts tun,« sagt er und diesmal klingt seine Stimme fester, überzeugender. »Ich will dir nicht wehtun. Ich will nur dich.«

Doch das ist es nicht, wovor ich Angst habe. Es ist nicht er, der mir wehtun könnte – ich bin es selbst. Meine Gedanken, meine Wünsche, mein Verrat an allem, was ich glauben wollte und sollte.

Er tritt näher, das Wasser prasselt zwischen uns auf die Fliesen. Ich presse mich noch fester gegen die Wand, doch es ist nicht aus Angst.

Meine Atmung wird flacher, mein Körper reagiert, obwohl mein Verstand versucht, die Kontrolle zu behalten.

»Du bist wunderschön,« sagt er schließlich, und ich spüre seinen Atem an meinem Hals.

Und dann bricht etwas in mir. Vielleicht ist es die Spannung, die all die Wochen in mir aufgebaut wurde. Vielleicht ist es die Dunkelheit in ihm, die sich in meiner eigenen Dunkelheit spiegelt. Ich weiß es nicht. Alles, was ich weiß, ist, dass ich meine Hand hebe und sie auf seine Brust lege.

Er bleibt regungslos, seine Augen suchen meine, als würde er auf etwas warten – auf meine Entscheidung, auf eine Bestätigung.

Und obwohl ich weiß, dass ich es bereuen könnte, schließe ich die Distanz zwischen unseren Körpern.

Kapitel 34

VOLLSTRECKER

Zweifel kommen in mir auf. Ich will sie. Ich will sie mehr als alles andere auf dieser Welt… und genau das ist das Problem. Ich sollte mich zurückziehen. Nein, ich werde mich zurückziehen. Es ist noch zu früh.

Also gehe ich einen Schritt zurück, versuche die Hitze zwischen uns zu ignorieren, den Drang zu unterdrücken, mich auf sie zu stürzen und sie zu nehmen. Ich atme tief durch und zwinge mich zur Vernunft.

»Cassie, das ist nicht richtig«, sage ich schließlich, meine Stimme rauer als beabsichtigt. Ich greife nach einem Handtuch, wickele es um meine Hüften und will gerade zur Tür gehen, als...

»Warte.«

Ihre Stimme ist leise, fast ein Flüstern, doch es hält mich auf, lässt mich erstarren. Ich spüre es, bevor ich es sehe – die Veränderung in der Luft, den unausweichlichen Moment, der sich zwischen uns entfaltet. Langsam drehe ich mich um.

Da steht sie. Tropfnass, verletzlich und doch entschlossen. Ihr Blick hält mich fest, ihre Lippen leicht geöffnet, als würde sie nach den richtigen Worten suchen. Dann tut sie etwas, womit ich nicht gerechnet habe – sie nimmt meine Hand.

Ihre Finger sind warm, zittern leicht, aber der Griff ist fester, als ich erwartet hatte. Ich sehe sie an, meine Brust hebt und senkt sich schwer.

»Cassie...«, beginne ich, doch meine Worte kommen mir selbst fremd vor. Ich will sie nicht verlieren. Und vielleicht ist das hier... vielleicht ist es ein Fehler.

»Aber warum fühlt es sich jetzt gerade so richtig an?« flüstert sie, während sie näher tritt, so nah, dass ihre Haut beinahe meine berührt.

Mein Verstand kämpft. Ich sollte gehen. Ich sollte mich abwenden, aber ich kann nicht. Ihre Hand gleitet über meine Brust, ihre Berührung brennt sich in mich ein, und dann… dann steht sie auf Zehenspitzen und legt ihre Lippen auf meine.

Für einen Moment bleibe ich regungslos, überfordert von der Intensität dieses Kusses. Doch dann breche ich.

Meine Arme schlingen sich um sie, und ich erwidere den Kuss – intensiv, hungrig, als hätte ich all die unterdrückten Emotionen auf einmal losgelassen.

Ich weiß nicht mehr, wer von uns zuerst die Kontrolle verliert. Alles um uns herum verschwimmt. Sie fühlt sich an wie der einzige Halt in dieser verdammten Welt, und ich will sie, brauche sie.

»Willst du das wirklich?« frage ich, meine Stimme bricht beinahe. Ich muss es wissen. Ich brauche eine Antwort, bevor ich den letzten Rest meiner Zurückhaltung verliere.

Ihre Augen treffen meine, und ohne zu zögern, nickt sie. »Ja, ich will dich. Jetzt und hier.«

Das ist alles, was ich hören muss.

Ich hebe sie hoch, spüre, wie sie ihre Beine um meine Hüften schlingt, während ich sie gegen die kalten Fliesen der Wand drücke. Ihr Körper schmiegt sich an meinen, ihre Hände klammern sich an meinen Nacken, und ihre Lippen lassen mich keinen Moment los.

Mein Verstand schaltet ab. Alles, was zählt, ist sie.

Ich trage sie aus dem Badezimmer, ohne den Kuss zu lösen, direkt in mein Schlafzimmer. Sanft lege ich sie auf das Bett, und für einen Moment ziehe ich mich zurück, um sie zu betrachten. Sie ist atemberaubend. Jede Linie, jede Kurve brennt sich in mein Gedächtnis ein.

Ich lasse mein Handtuch fallen.

Ihre Augen weiten sich leicht, ihr Atem beschleunigt sich. Doch da ist keine Angst in ihrem Blick – nur Verlangen.

Langsam steige ich zu ihr aufs Bett, mein Körper über ihrem. Unsere nackte Haut berührt sich, und es fühlt sich an, als würde ein

Feuer durch meine Adern schießen. Ich sehe in ihre Augen, suche nach dem kleinsten Zeichen von Unsicherheit – doch da ist nichts außer Erwartung.

Ich lasse meine Lippen auf ihre Haut sinken, schmecke ihre Wärme, erkunde sie mit meinen Händen. Ihre weichen Seufzer treiben mich an, und ich verliere mich in ihr, in dem, was wir hier tun.

Ihre Haut ist weich unter meinen Händen, warm und einladend. Ich küsse mich langsam ihren Körper hinab, genieße jede ihrer Reaktionen, jedes Zittern, das durch sie geht, wenn meine Lippen über empfindliche Stellen wandern. Ich spüre ihre Finger in meinem Haar, wie sie sich an mir festhält, als könnte sie sich mir nicht nahe genug sein. Ich will sie. Nicht nur ihren Körper – ich will alles von ihr. Ihre Gedanken, ihre Berührungen, ihre unaufhaltsame Leidenschaft. Ich will, dass sie mich so sehr will, wie ich sie.

Ich gleite tiefer, küsse mich über ihren Bauch, spüre ihr Zittern, als ich meine Hände auf ihre Schenkel lege und sie sanft spreize. Mein Blick trifft ihren, und ich sehe das

Verlangen in ihren Augen, die Ungeduld, die Hitze, die sich in ihr aufbaut.

Ein leises Stöhnen entweicht ihren Lippen, als meine Zunge sie endlich berührt. Ich schmecke sie, süß und berauschend, und ein dunkles Verlangen steigt in mir auf. Sie bebt unter meinen Berührungen, ihr Rücken wölbt sich, ihre Finger graben sich fester in meine Haare, während ich sie weiter verwöhne. Ich will, dass sie zerbricht unter meinen Händen, dass sie sich verliert in dem Gefühl, das ich ihr schenke.

Ihre Atmung wird schneller, ungleichmäßiger. Ihre Oberschenkel zittern, und als ich intensiver werde, entweicht ihr ein erstickter Laut, ein leiser Schrei meines Namens, der mich fast den Verstand verlieren lässt. Sie ist wunderschön in ihrer Hingabe.

Dann spüre ich es – das unaufhaltsame Beben, das sie durchströmt. Sie kommt, ihr Körper windet sich unter mir, ihre Hände klammern sich an mich, während Welle um Welle des Höhepunkts sie mit sich reißt. Ich halte sie fest, lasse meine Bewegungen sanfter werden, leite sie durch die letzten Nachbeben, bis sie schließlich erschöpft auf das Bett sinkt.

Ich richte mich langsam auf, sehe sie an. Ihr Gesicht ist gerötet, ihr Brustkorb hebt und senkt sich schnell. Sie ist atemberaubend. Und sie ist noch nicht fertig.

Bevor sie auch nur zu Atem kommen kann, beuge ich mich über sie, meine Lippen finden ihre. Ihre Arme schlingen sich um meinen Nacken, und ich spüre, wie sie mich näher zieht, ihre Beine sich wieder um meine Hüften legen.

»Ich will dich«, flüstert sie gegen meine Lippen, ihre Stimme kaum mehr als ein heiseres Hauchen. Ein dunkles Verlangen lodert in mir auf. Ich streiche mit meiner Hand über ihren Körper, erkunde jeden Zentimeter, während ich mich langsam zwischen ihren Schenkeln positioniere. Ich halte inne, sehe ihr in die Augen, suche ein letztes Mal nach einem Zögern – doch da ist keines.

Also dringe ich langsam in sie ein.

Ein leises Keuchen entweicht ihren Lippen, als ich sie ausfülle, und ich spüre, wie sich ihre Finger in meine Schultern krallen. Ich presse meine Stirn gegen ihre, versuche, mich zu kontrollieren, doch die Hitze, die sie um mich herum ausstrahlt, droht meine letzte Zurückhaltung zu brechen.

Ich bewege mich langsam, genieße jede Sekunde, jeden Moment, in dem sie sich mir anpasst. Sie fühlt sich perfekt an, als wäre sie für mich gemacht. Ihre Hände gleiten über meinen Rücken, ihre Hüften heben sich mir entgegen, fordern mehr, und ich gebe es ihr.

Meine Bewegungen werden schneller, intensiver, jeder Stoß ein Bekenntnis dessen, was ich für sie empfinde, auch wenn ich es nicht in Worte fassen kann. Ich spüre, wie sich die Spannung in uns beiden aufbaut, wie unsere Körper sich immer weiter steigern, als wären wir zwei Flammen, die ineinander aufgehen.

Sie kommt zuerst. Ich spüre es, bevor ich es sehe – das plötzliche Zusammenziehen ihres Körpers, das Beben, das Zittern, der leise, unterdrückte Schrei, den sie mir entgegenhaucht. Ihr Höhepunkt zieht mich mit sich, zerreißt meine Kontrolle, und mit einem tiefen, kehligem Stöhnen folge ich ihr, verliere mich in ihr, in diesem Moment, in uns.

Wir bleiben eng aneinander, unsere Körper noch verbunden, während unser Atem langsam zur Ruhe kommt. Ich spüre ihr Herz gegen meine Brust schlagen, ihren warmen Atem auf meiner Haut.

Zum ersten Mal seit langer Zeit fühlt sich alles richtig an.

Kapitel 35

Cooper

Es ist wirklich verrückt. Fast schon grotesk, wie dieser Typ uns immer wieder entkommt. Die Tage vergehen, die Stunden dehnen sich wie zähe, schwere Minuten. Wir suchen, wir graben, wir fragen uns durch, und doch... nichts. Keine Spur. Kein neuer Hinweis. Wie ein Phantom bewegt er sich durch die Schatten, während wir hier sitzen und uns fragen, ob wir jemals herausfinden werden, wer er wirklich ist.

Ein tiefes Seufzen entweicht mir, als ich das nächste Dokument auf meinem Tisch ablege.

Die Aktenstapel wachsen, aber der Fall bleibt ein einziges Rätsel. Derek Fields. Ein Name, der jetzt auf den Bildschirmen aller Ermittler auftaucht. Vermisst. Vielleicht ist er der Nächste. Vielleicht ist er schon tot. Wir wissen es noch nicht. Aber die Lücke zwischen den Puzzleteilen schließt sich nicht. Gibt es überhaupt noch ein Stück, das zu passen scheint?

»Fields«, murmele ich, während ich mir die Vermisstenanzeige auf dem Bildschirm anschaue. Ein Kerl, ganz normal. Ein paar spärliche Infos, aber nichts, was uns weiterbringt. Wenn er der nächste in der Reihe ist – das Opfer des Vollstreckers, dann haben wir es vielleicht mit einem Mann zu tun, der uns in jeder Hinsicht überlistet.

Ich schließe die Akte und wende mich den anderen Berichten zu, doch ich kann mich nicht mehr konzentrieren. Der Fall hat sich wie ein Albtraum in meinem Kopf festgesetzt. Es gibt so viele Verbindungen, aber keine greifbare Lösung. Ich weiß, dass etwas in dieser Stadt nicht stimmt, dass diese Spuren uns irgendwohin führen müssen, aber der

Dreck klebt zu fest. Wir laufen im Kreis, und versinken immer tiefer in den Sumpf.

Ich schließe die Augen und lasse mich für einen Moment zurück in den Stuhl sinken. Steven… Der Freund von Cassie, das arme Schwein, das wir auf dieser Mülldeponie gefunden haben. Es ist schwer, sich diese Bilder aus dem Kopf zu schlagen. Er wurde brutal zugerichtet, so entsetzlich, dass es mir jedes Mal kalt den Rücken runterläuft, wenn ich daran denke. Aber wir wissen, dass er nicht einfach ein weiteres zufälliges Opfer war. Wir wissen, dass er ihm im Weg stand.

Es gibt keinen Zweifel mehr, dass der Vollstrecker hinter allem steckt. Der Tod von Steven war nicht nur ein Unfall. Es war gezielt. Es war geplant. Und der, der all das plant, kennt die Regeln des Spiels viel zu gut. Steven musste sterben, weil er entweder zu viel wusste, oder weil er Cassie einfach viel zu nahe war. Und das, was uns am meisten beunruhigt, ist das Wissen, dass seitdem nichts mehr von ihr zu hören ist.

»Was haben wir bisher?« murmele ich und blicke zu meinem Kollegen, der gerade hereinkommt. »Nichts Neues?«

»Nichts«, antwortet er knapp und lässt sich in den Stuhl neben meinem fallen. »Aber was mir wirklich Sorgen macht, ist die Tatsache, dass sie seit drei Wochen verschwunden ist. Es ist, als ob der Vollstrecker sie einfach ausradiert hat. Niemand hat sie gesehen. Keiner hat etwas gehört.«

»Vielleicht ist sie schon…« Ich stocke und will den Gedanken nicht zu Ende denken. Vielleicht ist sie schon tot. Oder vielleicht ist sie irgendwo, gefangen und verloren und wir tun nichts, um sie zu finden.

»Du glaubst also auch, dass es der Vollstrecker ist?«, fragt mein Kollege, als ob er die Antwort nicht schon längst wüsste.

»Was soll ich sagen? Alles deutet darauf hin. Wir haben keine anderen Antworten. Und der Zeitpunkt könnte nicht passender sein. Steven tot, Cassie verschwunden. Und dieser Derek Fields… er passt in das Muster. Es könnte sich wiederholen«, sage ich, während ich meinen Kopf gegen die Hand lehne. Der Druck in meinen Schläfen wird immer größer, je länger wir diesem Typen hinterherjagen. Wir haben es mit einem Monster zu tun, einem, das uns immer einen Schritt voraus ist.

»Und was ist mit den anderen?« fragt mein Kollege und schaut zu den Fotos der Opfer auf meinem Tisch. »Was ist mit den anderen Toten?«

»Die Verbindung ist immer noch schwammig. Aber wir wissen, dass sie alle irgendwie in der Nähe von Cassie waren, in ihrem Umfeld, in ihrem Leben. Es ist kein Zufall. Der Vollstrecker hat eine Obsession für sie, das ist klar. Und er spielt mit uns.«

Stille füllt den Raum, während wir uns beide fragen, wie weit der Vollstrecker noch gehen wird. Wie viele Opfer er noch fordern wird, bevor wir endlich einen Schritt näherkommen. Aber was mich wirklich quält, ist der Gedanke, dass wir Cassie nicht finden. Dass wir nicht rechtzeitig eingreifen können.

»Er ist immer noch da draußen«, sage ich leise. »Und er wird nicht aufhören. Nicht, bevor er uns alle in den Wahnsinn treibt.«

Wir müssen etwas tun. Etwas, das uns endlich die Antworten bringt. Aber der Druck steigt und ich frage mich, wie lange wir noch durchhalten können, bevor auch wir uns selbst verlieren.

Kapitel 36

VOLLSTRECKER

Die Zeit vergeht, und zwischen Cassie und mir hat sich etwas entwickelt, das mich auf eine Weise erfüllt, was ich lange nicht mehr gekannt habe. Es ist eine Form von Nähe, die mich zufriedenstellt, jedoch nicht vollkommen. Es reicht nicht. Etwas fehlt noch. Unsere erste intime Begegnung hat etwas verändert, doch seitdem sind wir uns nicht mehr so nah gekommen. Ich habe nicht vor, sie zu drängen, will nicht, dass sie sich zu etwas gezwungen fühlt. Es ist, wie es ist – und das scheint sie langsam zu akzeptieren. Sie fühlt sich sicher, fühlt sich wohl, und das ist für den Moment genug. Hin und wieder schenkt sie mir dieses süße, fast verlegene Lächeln, das mich immer wieder verzaubert.

Cassie ist perfekt in ihrer Unschuld, ihrer Sanftheit. Doch diese Zartheit allein reicht nicht, um meinen inneren Druck zu lindern. Es brodelt in mir. Ich muss Dampf ablassen, und vor allem muss ich noch eine Rechnung begleichen, eine, die seit zu langer Zeit offen auf meiner Liste steht. Ein hässlicher Name, den ich mit Entschlossenheit auslöschen muss. Ich kann nicht länger warten. Es ist Zeit.

Ich atme tief ein und versuche, mich zu beherrschen, doch der Zorn, der in mir lodert, ist unaufhaltsam. Jeder Moment, den ich mit Cassie verbringe, bringt mich näher an den Abgrund. Ihr Lächeln, ihre Nähe – sie sind wie ein Band, das mich festhält, mich zähmt. Aber tief in mir spüre ich das Drängen, das Verlangen, diese offene Wunde zu schließen, die mich seit Monaten quält.

Ich darf nicht vergessen, was auf dem Spiel steht. Es gibt keine Zeit für Schwäche, keine Zeit für Gefühle, die mich ablenken könnten.

Ich habe mich nicht nur um Cassie gekümmert, um sie zu beschützen, sondern auch, um einen Moment der Ruhe zu finden, in dem ich all die Dinge erledigen kann, die erledigt werden müssen. Aber das hier, dieses Gefühl von Geborgenheit, hat seine Grenzen.

Cassie merkt es nicht, aber ich spüre es. Ich spüre das Knistern in der Luft, das sich aufbaut, je länger ich bleibe. Meine Hand ballt sich zu einer Faust. Ich muss los, muss handeln, bevor das Zögern mich zerstört. Es gibt keinen Platz für Zweifel. Ich kann gerade nicht klar denken. Meine Gedanken sind ein unaufhörliches Durcheinander, der Druck in mir wächst, unaufhaltsam. Ich brauche einen Moment, um mich zu sammeln, um zu verhindern, dass ich alles über den Haufen werfe. Ich gehe in die Küche, greife nach der Teekanne und beginne, den Tee zuzubereiten. Es ist eine einfache Mischung, aber sie wird die Wirkung haben, die ich brauche. Etwas Beruhigendes, das sie in einen tiefen Schlaf versetzt. Nur für ein paar Stunden, vielleicht länger.

Während das Wasser aufkocht, lasse ich meinen Blick durch den Raum wandern, versuche, meinen inneren Sturm zu beruhigen. Es ist nicht einfach, mit dieser ständigen Präsenz in meinem Kopf, die mich immer wieder zu dem zurückzieht, was noch zu erledigen ist, durchzudrehen. Aber ich muss Geduld haben, muss sicherstellen, dass alles reibungslos läuft.

Der Tee ist fertig, und ich gieße ihn langsam in eine Tasse. Es ist nicht viel, aber es reicht, um Cassie zu helfen, den nötigen Abstand zu bekommen. Sie hat keine Ahnung, was in mir vorgeht, keine Ahnung von dem, was ich im Hintergrund plane. Und so soll es bleiben.

Ich nehme die Tasse und gehe zurück ins Wohnzimmer, wo sie sitzt und eines der Bücher liest, welche sie sich von mir gewünscht hat. Ihre Augen sind sanft, das Lächeln noch da, aber ich kann sehen, dass sie einen Moment der Ruhe braucht. Ich gebe ihr den Tee, ihre Hände berühren meine für einen Augenblick, doch ich lasse keine Emotionen durch meine Miene blitzen.

»Trink das,« sage ich ruhig, »Es wird dir helfen, zu schlafen.« Sie nickt, nimmt die Tasse und beginnt zu trinken. Ich sehe zu, wie sie sich langsam entspannt und die Müdigkeit in ihren Augen wächst.

Bald wird sie schlafen, und ich werde die Zeit haben, mich mit den dunklen Gedanken auseinanderzusetzen, die mich quälen. Aber für jetzt bleibt alles ruhig. Ich beobachte, wie sie die Tasse absetzt und ihre Augen sich schwer schließen. Es ist der Moment, den ich brauchte. Der Moment, in dem ich mich wieder auf das konzentrieren kann, was wirklich zählt. Ich stehe auf und gehe zur Tür. Einen Augenblick lang bleibe ich stehen, meine Hand auf dem Türgriff. Es ist Zeit, die Liste abzuarbeiten. Die Stille, die mich umgibt, fühlt sich schwer an, aber ich weiß, dass dies der einzige Weg ist.

Ich ziehe die Tür hinter mir zu und steige in meinen Van, der mich zu meinem Ziel führen wird. Nun gibt es kein zurück mehr.

Kapitel 37

Ich schrecke aus einem Albtraum hoch. Es mitten in der Nacht, zumindest scheint es so, denn draußen ist es noch stockdunkel. Der Raum um mich herum ist still, aber Ric... keine Spur von ihm. Ich stehe auf und suche das ganze Haus nach ihm ab. Kein Laut, kein Schatten. Nur leere Räume. Die Haustür ist verschlossen. Ein gedämpftes Gefühl von Unbehagen macht sich in mir breit. Ich sitze hier, wie in einem sicheren Unterschlupf, einem Haus, das einem Gefängnis gleicht.

Wenn ich schon mal wach bin, alleine, dann kann ich mich auch ein wenig umschauen. Vielleicht gibt es noch mehr, was ich über ihn herausfinden kann. Vielleicht finde ich Antworten. Ich gehe zu seinem Schreibtisch, der Laptop ist an, aber das Internet ist deaktiviert. Doch das macht nichts. Es gibt andere Wege, um an Informationen zu gelangen. Einige Fenster sind nur minimiert, nicht geschlossen. Ich klicke auf das erste, das sich öffnet. Es ist ein Bericht über alte Foltermethoden. Mein Herz setzt für einen Moment aus, als ich die Worte auf dem Bildschirm lese. Der Text beschreibt einen Trog, in den man jemanden nackt setzen würde, sodass nur der Kopf herausragt. Eine unfassbare Vorstellung. Aber das Schlimmste? So ein Trog steht in Rics Garten. Genau hier. Ich kann den Rest nicht ignorieren. Ich lese weiter. Die dort beschriebene Qual ist nicht zu begreifen: Die Person wird in diesen Trog gelassen, ohne Bewegung, mit nur einem schmalen Schlitz zum Atmen. Sie wird weiterhin mit Nahrung versorgt, um ihre Ausscheidungen zu fördern, und während der

Körper in seiner Qual gefangen ist, beginnen Insekten und Krabbeltiere, in die Ohren, die Nase, sogar die Augen zu krabbeln und sich einen Weg in das Innere des Körpers zu fressen. Und am Ende? Da existieren nur noch Maden, die den Körper von innen zerfressen.

Ein unaufhörliches Gefühl der Übelkeit steigt in mir auf. Was für ein krankes, abstoßendes Bild. Und noch schlimmer: Hat Ric das vielleicht schon mit jemandem gemacht? Sitzt jemand in diesem Trog, gerade jetzt? Hat er mich belogen? Hat er mich wirklich nie als Partnerin gesehen, sondern nur als ein weiteres Opfer? Mein Magen dreht sich.

Ich schließe den Laptop mit einem Ruck und lasse mich auf das Sofa zurückfallen. Die Gedanken rasen durch meinen Kopf. Ein Gefühl der Enttäuschung, des Ekels überkommt mich. Ich ziehe meine Beine nahe an meinen Körper heran und vergrabe mein Gesicht in meinen Armen. Was habe ich getan? Wie konnte ich mich nur so in ihm verlieren, ohne zu merken, was er wirklich ist?

Kapitel 38

VOLLSTRECKER

Ich fahre in die Stadt, halte das Prepaid-Handy fest in meiner Hand umklammert, wähle ich die Nummer von Tom und kaum hebt er verschlafen ab, höre ich seine müde Stimme am anderen Ende: »Wer ist da?« Ich antworte kalt, ohne Zeit zu verlieren: »In zwanzig Minuten bei der alten Lagerhalle im alten Gewerbegebiet. Keine Cops, kein Handy, sonst stirbt Cassie.«

Ich lege auf, parke unauffällig und mache mich auf den Weg zur Lagerhalle. Der Ort ist still, verlassen – perfekt, um zu warten. Der faulige Geruch von Derek steigt mir in die Nase. Aber das wird bald nicht mehr mein Problem sein. Ich positioniere mich im Dunkeln, mein Blick fest auf das einzige Ziel gerichtet: Tom.

Die Scheinwerfer seines Wagens schneiden durch die Dunkelheit und kommen näher.

Kurz darauf tritt er in die Lagerhalle, hält seine Dienstwaffe in der Hand und sucht nach mir. Er dreht sich um und seine Augen streifen durch die Dunkelheit. Doch was er entdeckt, ist nicht was er eigentlich sucht – denn, es ist Derek. Tom nähert sich der Leiche und erkennt die verrottende Gestalt. Er wendet sich angewidert ab, als er die Fratze des Verfalls sieht. Ich kann mir ein leises Schmunzeln nicht verkneifen.

Tom scheint zu spüren, dass etwas nicht stimmt. Die Stille scheint ihn zu erdrücken. Die Geräusche der Nacht sind nicht zu hören, was unnatürlich ist. Seine Schritte hallen gedämpft wider, der Atem in der kalten Luft bildet kleine Wolken. Und dann – ein Geräusch. Ein leises Klirren erklingt auf der anderen Seite von mir, weil ich eine leere Flasche rüber geworfen habe, zur Ablenkung . Tom dreht sich im Bruchteil einer Sekunde um, aber es ist zu spät. Ein harter Schlag trifft seinen Hinterkopf, der ihn ins Taumeln bringt. Er fällt mit einem dumpfen Geräusch zu Boden und gibt einen Laut voller Schmerz von sich. Die Waffe entgleitet seiner Hand, schlittert über den Beton und verschwindet im Schatten. Tom versucht, sich aufzurappeln, doch ein heftiger Tritt in seine Rippen zwingt ihn zurück zu Boden.

»Endlich sind wir allein, Tom«, sage ich ruhig, aus der Dunkelheit. Ich trete ins schwache Licht, das durch ein zerbrochenes Fenster dringt. In meiner Hand glänzt meine Machete – kalt, scharf, bereit, die Arbeit zu erledigen.

»Du hättest besser aufpassen sollen«, sage ich leise, fast teilnahmslos. »Es war ein Fehler, dich zwischen mich und Cassie zu stellen.«

Tom keucht, Blut läuft ihm von der Stirn, doch er kämpft weiter, presst durch die Zähne: »Du wirst verlieren. Cooper und Emma werden dich finden.«

Ich kann mir ein kaltes Lächeln nicht verkneifen. »Vielleicht«, murmle ich. »Aber bis dahin wirst du ihnen eine Nachricht hinterlassen.«

Mit einem schnellen Tritt gegen Toms Brust bringe ich ihn zu Boden. Er keucht, versucht sich zu rühren, aber ich bin schneller. Ich knie mich auf seinen Rücken, zücke die Kabelbinder und ziehe sie so fest um seine Handgelenke, dass das Plastik knirscht. Sein Atem geht stoßweise. Ich genieße den Moment, das Zucken unter meinen Händen.

»Rühr dich nicht.« Mein Flüstern ist sanft, fast zärtlich.

Ich erhebe mich, klappe das Stativ aus und befestige das Handy darauf. Die Kamera springt an, der Bildschirm wirft ein kaltes Licht auf Toms verschwitztes Gesicht.

»Schau in die Linse«, sage ich und trete hinter ihn.

Tom weicht meinem Blick nicht aus, starrt mich an, wütend und trotzig. Ich stelle meinen Stiefel auf seinen Kopf und drücke sein Gesicht in den Dreck.

»Du willst doch sicherstellen, dass sie dich noch einmal sehen, oder?«

Er spuckt Blut, doch sein Blick bleibt starr.

»Fahr zur Hölle.«

Ich atme tief ein. Ein ungeduldiges Prickeln läuft mir über die Wirbelsäule. Ich will es. Ich will ihn brechen. Ich will ihn hören.

Langsam ziehe ich die Machete hervor und lasse die Spitze fast liebevoll über seinen Arm gleiten. Dann übe ich Druck aus. Ein tiefer Schnitt, aber nicht tief genug, um ihn sofort zu töten. Eine blutige Spur bleibt zurück. Ich nehme mir Zeit. Genieße den Moment.

»Du wirst überrascht sein«, flüstere ich fast liebevoll, »wie lange man leiden kann, bevor das Licht erlischt.«

Ich fahre fort, die Schnitte präzise setzend. Langsam, methodisch. Jede Bewegung zählt, jeder Schnitt ist ein Schritt näher an seinem Ende. Tom beißt die Zähne zusammen, will nicht schreien, aber sein Körper verrät ihn. Die Qual beugt ihn, zwingt ihm Töne ab, die nicht einmal er kontrollieren kann. Ein erstickter Laut entweicht ihm.

Ich lache leise.

»Gut so.« Meine Stimme ist kaum mehr als ein Wispern. »Zeig ihnen, was passiert, wenn mir jemand zu nahekommt.«

Ich beobachte, wie sein Brustkorb sich hebt und senkt, wie das Blut aus ihm herausfließt. Das Zittern, das Flackern in seinen Augen. Ich will den Moment einfangen. Will, dass sie es alle sehen.

Mit einem leisen Seufzen drücke ich die Machete schließlich tief in seine Lunge, wo sich sowieso schon eine gebrochene Rippe durch den Tritt hineingedrückt hat. Ich genieße das schmatzende Geräusch, wie sich das Fleisch um die Klinge schmiegt und sie fast schon liebevoll festhält. Ich warte, sehe zu, nehme jedes Detail in mich auf. Dies ist sein Todesstoß.

Und das letzte, was er sehen wird, ist mein Lächeln.

Als Tom in die Dunkelheit seines Bewusstseins sinkt, lasse ich die Machete zu Boden fallen. Ich richte mich auf, betrachte, was ich vollbracht habe. Zufriedenheit breitet sich in mir aus. Ich lasse die Kamera weiterhin auf Tom gerichtet, während ich in die Kamera flüstere: »Das ist erst der Anfang, Cooper und Emma«, sage ich ruhig ohne in die Kamera zu schauen. »Jetzt wisst ihr, wie ernst ich es meine, wenn sich jemand zwischen mich und Cassie stellen will.«

Anschließend erhebe ich mich, nehme den Benzinkanister und begieße alles um mich herum mit Benzin. Ich fische ein Feuerzeug aus meiner Hosentasche, entzünde eine Flamme und betrachte sie für einen Moment. Noch ist sie klein, kontrollierbar und harmlos. Doch sobald ich meinem inneren Drang nachgebe, wird sie zu einem unaufhaltsamen Inferno.

Ich lasse los und das Feuer beginnt alles um mich herum zu verschlingen. Mit einem Lächeln wende ich mich ab und lasse die Beweise durch die Naturgewalt verschlingen. Das Video ist der einzige Beweis zu dem, was heute hier passiert ist.

Auf dem Weg zurück zu meinem Van sehe ich nicht einmal zurück. Denn die Flammen haben eine Last von meinen Schultern genommen, mir endlich etwas Frieden gebracht, sodass ich voller Vorfreude zu meiner Cassie zurückkehren kann.

Kapitel 39

Ich sitze immer noch auf der Couch, als ich das Geräusch des Schlosses wahrnehme. Die Tür öffnet sich, und Ric tritt ein. In seinen Händen hält er eine Tüte mit frischen Brötchen, ein breites Grinsen auf seinem Gesicht. »Oh, hey, meine Süße, du bist ja schon wach«, sagt er mit einer fast übertriebenen Leichtigkeit.

Ich stehe auf, atme tief durch und gehe direkt auf ihn zu. Mein Herz schlägt schneller, aber ich zwinge mich, ruhig zu bleiben. »Wo warst du die ganze Nacht?« frage ich, ohne Umschweife, meine Stimme so fest, wie ich es hinbekomme. »Ich bin schon seit einer Weile wach und du warst nicht da.«

Ric blinzelt, sichtlich überrascht, doch er antwortet schnell: »Ich war spazieren und hab Brötchen geholt. Ich bin ein Nachtmensch. Die Ruhe und die frische Luft tun mir gut.« Er zuckt mit den Schultern und setzt ein Lächeln auf. »Außerdem ist es sicherer, wenn ich mich nur nachts draußen aufhalte.«

Seine Erklärung klingt plausibel. Aber ich weiß, was ich auf seinem Laptop gesehen habe, und der Gedanke daran drängt sich in den Vordergrund. Ich lasse ihn nicht aus den Augen. »Ric«, sage ich schließlich, meine Stimme eine Spur leiser, aber bestimmt. »Was hat es mit dem Trog auf sich? Brauchst du ihn, um jemanden so zu foltern, wie es auf deinem Laptop beschrieben ist?«

Sein Gesicht verändert sich. Das sorglose Lächeln schwindet, und für einen Moment sehe ich eine Mischung aus Überraschung und – ja, vielleicht auch Scham. »Cassie«, beginnt er langsam, »ich weiß, dass du mir nicht vertraust. Aber ich schwöre dir, ich habe das nicht mehr vor. Ja, ich habe den Trog besorgt, um... etwas auszuprobieren.« Seine Worte hängen einen Moment in der Luft. »Aber das war, bevor du hierherkamst. Bevor du...« Er hält inne und sieht mich an, seine Stimme wird sanfter. »Du hast etwas in meinem Leben verändert. Ich möchte so etwas nicht mehr tun.« Ich verschränke die Arme vor der Brust. »Das klingt schön und gut, Ric. Aber warum hast du mich belogen? Warum war das überhaupt eine Option für dich?«

Er seufzt und fährt sich durch die Haare. »Weil ich Angst hatte, dich zu verlieren. Was hätte ich sagen sollen? ,Hi, ich habe einen Trog im Garten stehen, weil ich mal jemanden foltern wollte? Das hätte dich doch verschreckt.« Seine Stimme wird eindringlicher. »Aber hör mir zu: Wenn du mir nicht glaubst, können wir sofort rausgehen. Ich zeige dir, dass der Trog leer ist. Und ich verspreche dir, er wird auch leer bleiben – außer, du willst ihn vielleicht als Blumenkasten nutzen.« Ein schwaches Lächeln zuckt über seine Lippen, als er das sagt, aber ich bleibe ernst. Sein Blick ist aufrichtig, aber das allein reicht mir nicht. »Zeig es mir«, sage ich schließlich. »Ich will es selbst sehen.«

Ric nickt und führt mich nach draußen. Der Trog steht da, genauso wie ich ihn das erste Mal gesehen habe – leer und verlassen. Kein Anzeichen dafür, dass er kürzlich benutzt wurde. Doch der Anblick beruhigt mich kaum. Die Bilder, die ich auf seinem Laptop gesehen habe, sind noch immer in meinem Kopf.

Ich drehe mich zu ihm, mein Blick sucht den seinen. »Du musst verstehen, dass ich Angst habe«, sage ich leise. »Angst, dass dieses Monster noch in dir steckt.« Er sieht mich an, und in seinen Augen liegt etwas, das ich nicht deuten kann – Reue? Hoffnung? Mit vorsichtigen Schritten trete ich näher, lege eine Hand auf seine Wange. Seine Haut fühlt sich warm an, vertraut, aber mein Inneres bleibt kalt vor Unsicherheit. Wir gehen zurück ins Haus, die Spannung zwischen uns ist so schwer wie Blei. Ric versucht ein weiteres Mal, mir ein Lächeln zu schenken, doch ich spüre, dass es auch ihn belastet. Ich weiß nicht, ob ich ihm glauben kann. Aber solange ich nicht das Gegenteil beweisen kann, bleibe ich bei ihm..

Kapitel 40

VOLLSTRECKER

Die Finsternis kehrt zurück, schwer und allumfassend, wie eine Decke, die jede Faser meines Seins durchdringt. Meine Gedanken rasen wild hin und her. Es war knapp. Zu knapp. Cassie hätte mich fast erwischt, und das darf nie wieder passieren. Der Gedanke, sie zu verlieren, schnürt mir die Kehle zu. Die Vorstellung, dass sie mich verlässt – nein, das ist nicht akzeptabel. Sie ist die Einzige, die dieses Chaos in mir bändigen kann, die Einzige, die die Dunkelheit vertreibt. Ich brauche sie. Jetzt.

Als wir das Haus betreten, geht sie voraus, ihre Schritte zielstrebig in Richtung Wohnzimmer. Doch etwas hält mich zurück. Ein unbeschreibliches Gefühl steigt in mir auf, wie ein Sturm, der sich entfesseln will. Bevor ich es mir anders überlegen kann, packe ich ihr Handgelenk und ziehe sie zu mir. Sie dreht sich überrascht um, doch bevor sie etwas sagen kann, presse ich meine Lippen auf ihre. Mein Kuss ist fordernd, rau, ein Ausdruck von Verlangen und der Dunkelheit, die ich in mir trage. Ich gebe ihr keine Gelegenheit zu reagieren, löse mich einen Moment von ihr, um meine Jacke und Schuhe abzustreifen, während ich sie festhalte. Cassie starrt mich an, verwirrt von meiner plötzlichen Intensität. Ihr Blick wandert zwischen meinen Augen und meinem Mund hin und her, und ich spüre ihren inneren Konflikt. Doch ich lasse ihr keine Wahl – nicht jetzt. Sie muss mich retten. Sie muss diesen Druck von mir nehmen, diesen unerträglichen Knoten aus Mordlust und Verlangen, der mich zu ersticken droht. Als sie versucht, einen Schritt zurückzuweichen, greife ich nach ihrem Shirt. Mit einem schnellen Ruck ziehe ich es ihr über den Kopf. »Ich will dich«, flüstere ich heiser, meine Stimme voller Verlangen und einem Hauch von Wahnsinn.

Ich sehe den Zweifel in ihren Augen, das leichte Zittern in ihrem Körper, doch ich kann nicht aufhören. Der Kampf in mir tobt – Gut gegen Böse, Licht gegen Dunkelheit. Aber die Dunkelheit will sie besitzen, sie ganz für sich beanspruchen.

»Du verstehst es nicht«, sage ich, während meine Hände über ihre nackte Haut wandern. »Du bist die Einzige, die mich davon abhält, vollends in den Abgrund zu stürzen.«

Sie zögert, doch ich sehe auch, wie sie zwischen Angst und einer seltsamen Anziehungskraft hin- und hergerissen ist. Mein Griff wird weicher, meine Bewegungen zögerlicher, als das Licht in mir um die Kontrolle kämpft. »Cassie«, murmle ich, meine Stirn an ihre lehnend. »Bleib bei mir. Hilf mir, die Dunkelheit zu bändigen. Ohne dich bin ich verloren.«

Ihr Atem ist flach, ihr Blick voller Emotionen, die ich nicht deuten kann. Doch in diesem

Moment hält sie still, und für einen Augenblick scheint die Dunkelheit in mir zu weichen, nur um im nächsten Atemzug wieder zurückzukehren.

Kapitel 41

Mein Herz schlägt unkontrolliert, während ich vor ihm stehe, oben ohne, verletzlich und unsicher. Seine Augen brennen sich in meine, dunkel und ungestüm, voller Verlangen, aber auch mit einem Hauch von etwas Tieferem – einer Qual, die mich genauso fasziniert wie erschreckt. Er macht mir Angst, ja, aber gleichzeitig sehe ich diese Verletzlichkeit in ihm, die mich gefangen nimmt. Ich weiß nicht, was ich tun soll.

Er steht so nah vor mir, dass seine Präsenz beinahe überwältigend ist. Ich kann spüren, dass er mich jetzt will, dass er mich braucht, um gegen seine Schatten anzukämpfen. Doch bin ich bereit dafür? Die Frage bleibt unbeantwortet, denn er scheint nicht zu warten. Sein Blick lässt keinen Raum für Zweifel, seine Hände greifen nach mir, und dann legt er seine Lippen wieder auf meine. Der Kuss ist fordernd, roh, fast verzweifelt, während er mich in eine Umarmung zieht, die mich fast erstickt.

Mein Atem stockt, als ich seine Erregung durch die Stoffschicht seiner Hose spüre. Es gibt keine Zurückhaltung mehr, kein Zögern. Seine Hände wandern über meinen Körper, als wäre ich sein Rettungsanker, sein Ein und Alles. Er wird mit seinen Bewegungen immer wilder. Unberechenbar, wie eine Naturgewalt.

Seine Finger gleiten ohne zu zögern in meinen Slip. Ich keuche, als er meine empfindlichste Stelle berührt, seinen Daumen fest gegen meine Klitoris drückt und sie zu reiben beginnt. Meine Knie werden weich, und obwohl mein Kopf schreit, dass ich mich wehren sollte, tut mein Körper das Gegenteil.

Unwillkürlich spreize ich meine Beine, gebe mich dem Gefühl hin, das er in mir auslöst.

Sein Mund löst sich von meinem, wandert zu meinem Hals. Doch statt sanfter Küsse spüre ich seine Zähne, wie sie leicht in meine Haut beißen. Es ist eine Mischung aus Schmerz und Lust, die mich erzittern lässt. Er senkt seinen Kopf weiter, bis seine Lippen meine Brust erreichen. Dort knabbert er an meinem Nippel, seine Zunge und Zähne spielen miteinander, während sein Finger tiefer in mich eindringt. Ein weiterer Finger kommt hinzu, und ich verliere jeglichen klaren Gedanken.

Ich weiß nicht, wie lange er so weitermacht, bis er plötzlich innehält und sich von mir löst. Mein Körper schreit nach mehr, doch ich kann nichts sagen, nicht denken. Ich sehe, wie er sich auszieht, seine Bewegungen schnell und zielgerichtet. Dann greift er nach meinem Slip und zieht ihn mir herunter, bevor er mich mit Leichtigkeit hochhebt.

Er trägt mich zur Couch, seine Hände fest auf meiner Haut, und legt sich so mit mir hin, dass ich spüren kann, wie er direkt an meiner

Öffnung steht. Ohne Vorwarnung gleitet er mit einem Ruck in mich hinein, und ich muss schlucken, um den Schmerz und das ungewohnte Gefühl zu verarbeiten.

Er ist groß, füllt mich völlig aus, und ich keuche, als er sich langsam zurückzieht und dann wieder in mich stößt. Doch es bleibt nicht langsam. Seine Bewegungen werden schneller, härter, und jeder Stoß treibt mich näher an den Abgrund. Ich kann nicht anders als mich ihm vollends hinzugeben. Ich werfe den Kopf nach hinten, wölbe ihm meinen Körper entgegen und signalisiere so, dass ich mehr brauche. Dass ich ihn brauche.

Ich weiß, dass ich mich ihm nicht entziehen kann, dass ich jetzt ganz ihm gehöre. Seine Dunkelheit umschließt mich, verschlingt mich, doch ich spüre, dass er mich auf eine verdrehte Weise genauso braucht wie ich ihn in diesem Moment.

Kapitel 42

VOLLSTRECKER

Sie fühlt sich unglaublich an. Ihre Wärme, die Enge, die Art, wie sie sich unter mir bewegt – ich habe so lange auf diesen Moment gewartet, doch er verläuft völlig anders, als ich es mir je vorgestellt habe. Mein Verstand schaltet ab, die Kontrolle gleitet mir aus den Händen. Nicht die Liebe, treibt mich an – nicht jetzt. Es ist etwas Rohes, etwas Dunkles, das sich mir in ihr verlieren lässt. Ein animalischer Instinkt, der mich zwingt, das Biest in mir zu beruhigen.

Ich stoße immer wieder in sie, härter, schneller, versuche, mich selbst unter Kontrolle zu bringen. Ich will ihr nicht wehtun, aber ich weiß, dass ich am Rand dessen balanciere, was sie ertragen kann. Ihre gedämpften Laute, die Art, wie ihr Körper auf mich reagiert, halten mich in einem tauben, fast trügerischen Gleichgewicht.

Doch ich brauche mehr. Es reicht nicht. Die Dunkelheit in mir fordert ihren Tribut, schreit nach einem Ventil. Ich ziehe mich aus ihr zurück, nur um sie mit einem schnellen Griff auf alle Viere zu drehen. Bevor sie reagieren kann, stoße ich mich wieder in sie , diesmal von hinten. Meine Hände greifen fest um ihre Hüften, ziehen sie gegen mich, während ich tiefer in sie eindringe.

Das Geräusch unserer Körper, die aufeinanderprallen, hallt im Raum wider. Ihr Anblick vor mir – die Art, wie sie sich mir hingibt, ohne zu zögern, bedingungslos – treibt mich weiter in den Abgrund. Es gibt keinen Halt, kein Ende, bis ich merke, wie die Spannung in mir explodiert. Ein tiefes Stöhnen bricht aus meiner Kehle, als ich alles in sie pumpe.

Ich lasse ihre Hüften los, atme schwer und ziehe mich ein Stück zurück, unfähig, meine Gedanken zu ordnen. Sie dreht sich um, setzt sich hin, ihr Gesicht leicht gerötet, Schweißperlen auf ihrer Haut. Und dann lächelt sie. Ein Lächeln, das ich nicht erwartet habe, das mich vollkommen aus der Bahn wirft.

»Wow,« sagt sie, ihre Stimme rau und ein wenig atemlos. »Das war... heiß.« Sie grinst mich an, ein Funkeln in ihren Augen, das mich für einen Moment stumm macht.

Die Dunkelheit in mir ist verschwunden. Vielleicht nur für diesen Augenblick, vielleicht für etwas länger – ich weiß es nicht. Alles, was ich jetzt weiß, ist, dass sie mich mit ihrer bloßen Anwesenheit zurück ins Licht geholt hat.

Ich lehne mich zu ihr, ziehe sie an mich, spüre ihren warmen Körper gegen meinen, und drücke einen sanften Kuss auf ihren Scheitel. »Danke«, murmele ich leise, meine Stimme voller unausgesprochener Emotionen. Ich bin so erleichtert, dass ich sie mit meiner

Wildheit nicht verschreckt habe. Ich habe mich so sehr in ihr verloren, dass ich nicht länger auf ihre Bedürfnisse eingehen konnte. Ich schwöre mir jedoch hoch und heilig, dies zukünftig zu ändern.

Wir gehen zusammen duschen, das warme Wasser spült den Schweiß und die Dunkelheit von uns ab. Doch sobald wir uns wieder berühren, entflammt die Leidenschaft erneut zwischen uns, was uns zurück in das Schlafzimmer treibt.

Die Nacht gehört uns. Immer wieder geben wir uns einander hin, bis der Morgen graut und wir schließlich erschöpft nebeneinanderliegen. Ihr Atem wird langsam, gleichmäßig, während sie einschläft, und ich sehe sie an. Für den ersten Moment, seit einer Ewigkeit, fühlt sich die Dunkelheit in mir gezähmt an.

Vielleicht bin ich doch noch nicht verloren. Nicht, solange sie bei mir ist.

Kapitel 43

»Heute wird ein guter Tag«, denke ich mir, während ich die Augen öffne. Cooper und ich haben heute einen freien Tag und wir haben uns vorgenommen, nachher im Park ein Picknick zu machen. Die Vorstellung, einfach nur zu entspannen und den Tag miteinander zu genießen, fühlt sich perfekt an.

Cooper schläft noch tief und fest neben mir, seine Atemzüge sind ruhig und gleichmäßig. Ich kann nicht widerstehen und rutsche langsam zu ihm hinüber. Ich schlüpfe unter die Decke und lege meinen Kopf sanft auf seine Brust, während ich seine Haut zärtlich küsse. Erst streichelt meine Hand seinen Arm, dann wandert sie zu seinem Rücken und ich spüre, wie sein Körper allmählich aufwacht.

Langsam öffnet er die Augen und dreht sich zu mir. Ein Lächeln breitet sich auf seinem Gesicht aus, als er mich ansieht, und ehe ich mich versehe, zieht er mich in einen leidenschaftlichen Kuss. Ein Kuss, der all die Gefühle widerspiegelt, die wir füreinander haben – voller Verlangen, aber auch voller Zuneigung und Nähe.

Als wir uns schließlich voneinander lösen, kann ich nicht anders, als ihm in die Augen zu schauen und zu sagen: »Wenn wir den Sonnenaufgang sehen wollen, müssen wir jetzt aufstehen.«

Er grinst und erwidert mit rauer Stimmer: »Du hast angefangen und man fängt nichts an, was man nicht zu Ende bringen kann.« Daraufhin küsst er mich wieder. Dieser Kuss ist so intensiv und voller Verlangen, dass er mich spüren lässt, wie Intensiv und besonders der Moment ist, den wir miteinander teilen.

Seine Hände finden ihren Weg auf meinen erhitzten Körper, aber es ist nicht nur körperliche Nähe, die wir teilen – es ist die

Verbundenheit, die sich zwischen uns aufbaut. Wir lassen uns Zeit, genießen jeden Augenblick, den wir zusammen haben. Er zieht mich näher, hält mich sanft, und ich kann nicht anders, als mich von der Nähe und der Wärme seiner Umarmung geborgen zu fühlen.

Wir lachen, als wir uns dann doch endlich entschließen, aufzustehen und den Tag zu beginnen. Der Sonnenaufgang erwartet uns, und mit ihm eine neue Reise, die wir gemeinsam antreten.

Ich setze mich an den Esstisch, der Duft von frisch gebrühtem Kaffee liegt in der Luft. Es ist ein solch stiller und friedlicher Moment, dass wir für einen kurzen Augenblick die Welt um uns herum vergessen.. Cooper sitzt mir gegenüber, und gerade wollen wir unseren ersten Kaffee trinken, als plötzlich sein Handy klingelt.

Ein Stein wird auf die ruhige Oberfläche eines Sees geworfen und zerstört damit jeglichen Frieden. Heute sollte unser Tag sein – ein handyfreier Tag, nur wir zwei, ohne Störungen. Doch dieser Wunsch scheint zu viel verlangt. Coopers Blick fällt auf sein Handy, dann auf mich. Ein Schatten huscht über sein Gesicht, als er den Namen auf dem Display erkennt.

»Es ist der Captain«, sagt er knapp, seine Stimme angespannt, und nimmt das Gespräch an. Ich beobachte, wie sich seine Miene verändert. Seine Augen verengen sich, sein Gesicht wird hart. Ein ungutes Gefühl steigt in mir auf, mein Herz beginnt schneller zu schlagen. Etwas stimmt nicht.

Cooper hört aufmerksam zu und ich sehe, wie sein Kiefer sich anspannt. Seine Hand, die das Handy hält, zittert leicht. Der Ausdruck in seinen Augen ist einer, den ich noch nie zuvor bei ihm gesehen habe – eine Mischung aus Verzweiflung und Entsetzen. Als er das Gespräch beendet, steht er langsam auf, sein Blick bleibt auf den Boden gerichtet.

Er kommt zu mir, ergreift meine Hände und sieht mich an. In seinen Augen lodert ein Schmerz, der so tief sitzt, dass er fast greifbar ist. »Emma«, sagt er schließlich, und seine Stimme ist brüchig. »Es tut mir so leid, aber wir müssen sofort los.« »Was ist passiert?« Meine

Stimme klingt fremd, nicht wie meine eigene. Mein Körper spannt sich an, mein Atem wird flach. Cooper holt tief Luft, bevor er weiterspricht. »Der Captain hat eine anonyme E-Mail bekommen. Es war ein Video dabei... Emma, ein Video, welches an uns gerichtet ist.«

Die Worte treffen mich wie ein Schlag. »Was?« flüstere ich, unfähig es zu begreifen.

»Im Video...ist Tom zusehen, er liegt leblos auf dem Boden«, fährt Cooper fort, seine Stimme zittert. Ich starre ihn an, unfähig, die Worte zu begreifen. Tom. Mein bester Freund. Mein Fels in der Brandung. »Nein«, flüstere ich und schüttele den Kopf, als könnte ich die Realität einfach verleugnen. »Das kann nicht sein... nicht Tom. Er war sicherlich nur bewusstlos!«

Die Worte hallen in meinem Kopf wider, während ich versuche, sie zu begreifen. Eine Welle aus Schock und Schmerz durchbricht meine Fassade, und Tränen schießen mir in die Augen. »Bitte nicht...« Meine Stimme bricht, und ein verzweifeltes Schluchzen entweicht mir. Cooper tritt einen Schritt näher, greift sanft nach meinen Armen. »Emma, ich weiß, wie schwer das ist. Aber wir müssen jetzt handeln und die Sache aufklären, für unseren Freund Lass uns zum Revier fahren und herausfinden, wie das geschehen konnte.«

Ich schüttle den Kopf, die Tränen laufen über mein Gesicht. »Warum? Warum Tom?« Meine Stimme ist kaum mehr als ein Flüstern, durchzogen von purem Schmerz.

Cooper lässt mir einen Moment, legt seine Hand auf meine Schulter. »Emma…«, sagt er leise. »Lass uns gehen.«

Ich schlucke den Kloß in meinem Hals herunter und nicke langsam, obwohl ich innerlich zerrissen bin. »Okay«, sage ich, meine Stimme brüchig. »Gib mir zwei Minuten.«

Ich ziehe mir hektisch meine Jacke an, während meine Gedanken rasen. Die Erinnerungen an Tom – seine Witze, sein Lachen, seine unerschütterliche Loyalität – laufen wie ein Film vor meinem inneren Auge ab. Als ob mein Verstand noch nicht realisieren kann, dass er einfach weg ist.

Als wir das Haus verlassen, spüre ich eine Leere in mir, die sich wie ein schwarzes Loch ausbreitet und mich gänzlich zu verschlingen droht Doch ich kann jetzt nicht zusammenbrechen. Tom hätte gewollt, dass wir stark sind, dass wir kämpfen und ihn rächen. Und genau das werde ich tun.

Auf dem Weg zum Revier sitze ich schweigend im Auto, die Finger fest um die Gurtschnalle geklammert. Coopers Blick ist auf die Straße gerichtet, seine Hände um das Lenkrad gekrallt. Wir wissen beide, dass dieser Tag unser Leben verändern wird. Eine eisige Entschlossenheit nimmt von mir besitzt und lässt mein Inneres für den bevorstehenden Kampf stählern. Ich werde nicht wieder zusammenbrechen, nicht heute, nicht morgen. Nicht so lange dieses Monster noch frei herumläuft.

Aber egal, was kommt – ich werde kämpfen. Für Tom. Für die Wahrheit. Und für die Gerechtigkeit.

Kapitel 44

Cooper

Es war wie ein Schlag ins Gesicht, als ich die Nachricht erhalte habe. Auch jetzt, einige Augenblicke später, kann ich es immer noch nicht fassen. Tom soll tot sein. Der Mann, den ich anfangs nicht ausstehen konnte, der mir mit seinem dummen Grinsen und seiner überheblichen Art auf die Nerven ging, war jetzt einfach nicht mehr da. Der Gedanke trifft mich mit voller Wucht.

In all den Monaten, in denen ich ihn wirklich kennengelernt habe, ist er so viel mehr geworden. Aus dem nervigen Kerl wurde mein

Vertrauter. Er war wie ein Bruder für mich. Tom war da, als Emma verschwunden war, hat sich unermüdlich dafür eingesetzt, sie zu finden, und hat mich in meinen dunkelsten Stunden gestützt, ohne auch nur einmal zu zögern. Und jetzt? Jetzt ist er einfach weg.

Ein dumpfer Schmerz breitet sich in meiner Brust aus, als würde jemand ein Loch hineinschneiden, das sich nicht schließen lässt. Es ist nicht real, sage ich mir immer wieder. Es darf einfach nicht real sein. Wie kann jemand wie Tom, der für so viele Menschen da war, der so oft das Richtige getan hat, einfach aus dem Leben gerissen werden?

Als wir im Büro ankommen, ist die Stimmung bedrückend. Der Captain wartet bereits auf uns, sein Gesicht angespannt. Er sieht Emma an, legt ihr schwer die Hand auf die Schulter. „Es tut mir so leid", sagt er leise. Sein Mitgefühl ist echt und ich weiß, wie hart ihn das selbst trifft, auch wenn er versucht, es zu verbergen.

Emma nickt stumm, ihre Augen glitzern feucht. Ich kenne sie gut genug, um zu wissen, dass sie innerlich kämpft, um nicht zusammenzubrechen. Sie will stark bleiben, aber der Verlust ist zu groß.

»Wir gehen in mein Büro, dort sehen wir uns das Video an. Außer Sie wollen hier draußen warten«, sagt der Captain schließlich. Seine Stimme ist fest, aber ich höre das Zögern darin. Niemand will diese Bilder sehen, und doch ist es notwendig. Die Wahrheit muss ans Licht, egal wie sehr es uns alle zerreißt.

Im Büro herrscht völlige Stille, als der Captain das Video abspielt. Die Welt um mich herum verschwimmt, und der Bildschirm wird zu meinem einzigen Fokus. Ich spüre, wie sich Emma neben mir anspannt, ihre Finger zittern leicht in meinen. Als Toms Gesicht im Video erscheint, stockt mir der Atem.

Tom liegt am Boden, Blut läuft über sein Gesicht. Der Vollstrecker tritt gegen seinen Körper, mit einer solchen Verachtung, als wäre Tom nichts weiter als ein Stück Abfall. Es ist nicht nur der Mord, der mich zerreißt – es ist die Art, wie dieser Wahnsinnige es inszeniert, als wäre es eine Show, ein makabres Spektakel, das er mit voller Absicht für uns geschaffen hat.

Emma neben mir presst ihre Hände vor den Mund, ihre Schultern beben. Ich will sie beschützen, ihr dieses Grauen ersparen, aber es ist zu spät. Wir beide sind gezwungen, hinzusehen.

»Also, Cooper... Emma...«, beginnt er plötzlich, seine Stimme kalt und doch mit einem Amüsierten Unterton. Er spricht direkt zu uns. Es ist eine Botschaft, die keine Missverständnisse zulässt. »Wie fühlt es sich an, so hilflos zu sein? Wie fühlt es sich an, zu wissen, dass ihr ihn hättet retten können – wenn ihr nur besser aufgepasst hättet?« Er macht eine dramatische Pause, während er die Kamera über Toms leblosen Körper hält. »Aber keine Sorge. Er war nur der Anfang. Ich bin noch lange nicht fertig.«

Ich kann fühlen, wie die Wut in mir hochkocht, heiß und unerbittlich. Ich will schreien, will etwas zertrümmern, doch ich bleibe regungslos. Meine Nägel graben sich in die Lehne des Stuhls, und mein Kiefer ist so angespannt, dass ich fürchte, meine Zähne könnten brechen. Der Vollstrecker weiß genau, was er tut. Er will uns brechen. Er will, dass wir uns schuldig fühlen, dass wir den Schmerz in uns tragen, den er uns zufügt. Und verdammt, es funktioniert.

Im Video hebt er plötzlich eine Machete hoch, die in der schwachen Beleuchtung blitzt. »Und jetzt«, sagt er, »werde ich ihm den Rest geben. Damit ihr seht, was passiert, wenn ihr euch mit mir anlegt.« Die Machete senkt sich, und selbst durch den Bildschirm kann ich die stumpfen Geräusche hören, das widerliche Schmatzen, während er die Klinge in Toms Körper versenkt.

Emma schreit auf, ein ersticktes, gebrochenes Geräusch, das mich bis ins Mark trifft. Ich schlinge einen Arm um sie, halte sie fest, während sie zittert. Doch ich kann meinen Blick nicht von dem Bildschirm abwenden. Ich muss hinsehen. Ich muss mir merken, wie dieser Wahnsinnige arbeitet, wie er tötet. Es wird mir helfen, ihn zu finden. Das rede ich mir zumindest ein.

»Das war's für deinen kleinen Freund«, sagt er leise, fast zärtlich, doch jedes Wort ist wie ein Messer, das sich in meine Brust bohrt. Das

Video endet abrupt, der Bildschirm wird schwarz.

Die Stille im Raum ist ohrenbetäubend. Emma schnieft leise, ihre Finger klammern sich an meinen Arm, als wäre ich ihre letzte Verbindung zur Realität. Ich spüre, wie sie zittert, wie sie unter der Last dieser grausamen Botschaft zusammenbricht.

»Dieser Bastard«, murmle ich, meine Stimme rau vor unterdrückter Wut. »Er hat Tom nicht nur getötet. Er hat ihn gedemütigt. Er wollte uns leiden lassen.« Meine Worte kommen wie ein Knurren über meine Lippen. »Aber er wird dafür bezahlen. Das verspreche ich dir, Emma. Er wird nicht damit durchkommen.«

Emma sieht mich an, ihre Augen rot und voller Schmerz. Doch hinter dem Schmerz sehe ich auch etwas anderes. Entschlossenheit. Trotz ihrer Tränen, trotz ihres gebrochenen Herzens, ist sie bereit, zu kämpfen. Und das werde ich auch tun. Für Tom. Für Emma. Und für alle, die dieser Wahnsinnige bedroht.

»Wir müssen ihn finden«, sage ich. Der Captain nickt und gibt Befehle. Streifenwagen sollen die Gegend absuchen, besonders die Lagerhallen in der Nähe. Zwei Kollegen machen sich auf den Weg zu Toms Wohnung, um herauszufinden, was er dort gemacht hat und warum er niemanden informiert hat.

Doch all diese Maßnahmen ändern nichts daran, dass Tom nicht mehr zurückkommt. Er ist tot. Und ich kann nichts tun, um das zu ändern. Aber eines weiß ich: Wir werden diesen Bastard finden. Wir werden ihn zur Strecke bringen. Und ich werde nicht ruhen, bis wir das Arschloch seiner gerechten Strafe zugeführt haben.

Kapitel 45

Ich sitze in meinem Büro und starre auf den Monitor vor mir. Meine Hände liegen reglos auf der Tastatur, und mein Kopf ist leer. Es fühlt sich an, als hätte ich jeglichen Bezug zur Realität verloren, als würde ich in einem endlosen Albtraum gefangen sein. Tom kommt nie wieder zurück. Mein bester Freund, mein Kollege, mein Bruder im Geiste. Es kann nicht wahr sein. Es darf nicht wahr sein. Aber die Wahrheit ist unerbittlich und kalt, und sie drückt mir die Luft ab. Ich habe das Gefühl, dass ich nicht atmen kann, nicht klar denken kann. Jeder Atemzug schmerzt, jeder Gedanke zerschmettert mein Innerstes. Ich klammere mich an die Arbeit, versuche, mich in den

Programmen der IT-Abteilung zu verlieren, wo wir die Stimme des Vollstreckers durch sämtliche Datenbanken jagen. Doch wir finden nichts. Kein Treffer, keine Spur. Es ist, als würde er nicht existieren uns immer einen Schritt voraus sein, als würde er uns aus den Schatten heraus beobachten und sich über unsere Hilflosigkeit amüsieren.

Cooper sitzt neben mir, seine Augen sind auf den Bildschirm gerichtet, aber ich sehe, wie sein Kiefer anspannt, wie sich seine Hände zu Fäusten ballen. Er versucht stark zu sein, für mich, für uns beide. Doch ich spüre, dass auch er kurz davor ist, an diesem Verlust zu zerbrechen. Tom war nicht nur mein Freund. Er war auch Coopers Freund. Ein Teil unserer kleinen, unzerbrechlich geglaubten Die nächste Nachricht lässt uns ebenso sprachlos zurück.. Eine abgelegene Lagerhalle ist letzte Nacht abgebrannt. Noch immer lodern kleine Feuer, und Rauch steigt in den Himmel. Die Feuerwehr ist bereits vor Ort, um die Überreste zu sichern. Mein Magen zieht sich zusammen, und ein kalter Schauer läuft mir über den Rücken. Ich blicke zu Cooper, und ich weiß, dass er dasselbe denkt wie ich. »Zwei Leichen«, sagt die Stimme am anderen Ende des Telefons, die wir auf Lautsprecher gestellt haben. »Bis zur Unkenntlichkeit verbrannt. Die Spurensicherung wird alles tun, um die Identitäten festzustellen.« »Tom«, flüstere ich, und meine Stimme bricht. »Es muss Tom sein. Und der vermisste Mann.« Die Worte kommen kaum über meine Lippen, und ich kämpfe gegen die Tränen, die hinter meinen Augen brennen. Cooper nickt, und sein Gesicht ist wie versteinert. Doch ich sehe den Schmerz in seinen Augen, den gleichen Schmerz, der mich innerlich zerreißt. Der Captain kommt herein und legt uns beruhigend die Hand auf die Schulter. »Ihr bleibt hier«, sagt er mit Nachdruck. »Die Spurensicherung kümmert sich darum. Ihr habt genug durchgemacht. Vertraut darauf, dass sie ihre Arbeit tun.« Ich nicke mechanisch, obwohl mein Kopf schreit, obwohl ich das Bedürfnis habe, zu dieser Lagerhalle zu fahren und selbst nach Antworten zu suchen. Aber ich weiß, dass der Captain recht hat. Mein Blick fällt zurück auf den Bildschirm. Es fühlt sich an, als würde ich gegen eine Wand laufen, immer und immer wieder. Wir sind keinen Schritt weiter. Der Tag zieht sich in die Länge, die Stunden verschwimmen ineinander. Immer wieder starre ich auf die wenigen Informationen die wir haben, in der Hoffnung, dass sich plötzlich etwas Neues ergibt. Doch die Erkenntnisse bleiben aus. Wir sitzen fest. Später am Abend erreicht uns eine weitere Meldung. Toms Handy wurde in seiner Wohnung gefunden. Die Spurensicherung hat es untersucht und dabei einen Anruf entdeckt – mitten in der Nacht, anonym, nicht einmal eine Minute lang. Was hat Tom in dieser Nacht getan? Warum hat er uns nichts gesagt? Fragen türmen sich in meinem Kopf, aber die Antworten bleiben aus. Ich lehne mich zurück und schließe die Augen, aber die Bilder lassen mich nicht los. Toms Lachen, seine dummen Witze, die Art, wie er mich immer wieder zum Lächeln gebracht hat, selbst in den schlimmsten Momenten. Und jetzt... jetzt ist er fort. Für immer. »Wir kriegen ihn, Emma«, sagt Cooper plötzlich, seine Stimme leise, aber voller Entschlossenheit.

Ich sehe ihn an, und für einen Moment glaube ich ihm. Für einen Moment klammere ich mich an diese Hoffnung. Denn etwas anderes bleibt mir nicht.

Kapitel 46

VOLLSTRECKER

Cassie, meine Cassie – sie hat diese Fähigkeit, mich in Balance zu halten, mich von der Dunkelheit fernzuhalten, zumindest für eine Weile. Mit ihr fühlt sich alles leichter an, fast zu leicht. Sie ist meine Zuflucht, mein Ausgleich in einer Welt voller Chaos.

Doch tief in mir weiß ich, dass der Drang nach Gerechtigkeit niemals vollständig verschwinden wird. Es ist wie ein hungriges Tier, das immer darauf lauert, gefüttert zu werden. Und so sehr ich mir wünsche, dass Cassie mich heilt, weiß ich auch, dass sie es nur mindern und nicht ganz verschwinden lassen kann.

Die Pinnwand mit den verbleibenden Namen bleibt stehen, dort, wo sie sie sieht. Ich kann die Liste nicht einfach verschwinden lassen, denn das würde bedeuten, dass ich ihr mein wahres Gesicht zeigen müsste und, dass schon Namen fehlen würden. Und das kann ich nicht riskieren.

Am Nachmittag war ich für uns einkaufen. Popcorn, Chips, ein guter Rotwein – alles, was man für einen gemütlichen Filmabend braucht. Heute soll ein entspannter Abend werden, nur Cassie und ich. Kein Blut, keine Schreie, keine Gerechtigkeit. Nur wir beide und ein paar Filme. Der Abend bricht an, und ich habe alles vorbereitet. Die Couch ist mit weichen Decken ausgestattet, der Wein atmet auf dem Couchtisch, und das Popcorn steht bereit.

Ich schalte den Fernseher ein, doch genau in diesem Moment läuft die Nachrichtensendung. Meine Hand erstarrt auf der Fernbedienung, als die Reporterin über das Feuer in der Lagerhalle berichtet. Zwei

Leichen, bis zur Unkenntlichkeit verbrannt. Mein Atem stockt. Verdammter Mist.

Ich drücke sofort auf den Kanalwechsel, doch es ist zu spät. Cassie steht in der Tür, und ihr Blick sagt mehr, als Worte es könnten. Sie hat es gesehen. Die Nachrichten. Die Leichen. Ihr Blick schweift zu mir, durchdringend, suchend. Ihre Augen wandern zwischen mir und dem Fernseher hin und her und ich sehe, wie ihr Verstand arbeitet, wie die Zahnräder in Bewegung sind.

»Was…«, beginnt sie, aber ich unterbreche sie schnell und setze mein bestes Lächeln auf. »Lass uns das vergessen, Cassie. Heute geht es nur um uns, okay? Es war bestimmt nur ein Unfall. Nichts, worüber wir uns den Kopf zerbrechen müssen.« Ich greife nach der Fernbedienung und starte die erste DVD. »Wir wollten doch die *Saw*-Reihe ansehen, erinnerst du dich?«

Cassie sagt nichts, aber ich sehe die Zweifel in ihrem Blick. Sie weiß, dass ich etwas verberge, doch sie spricht es nicht aus. Stattdessen kommt sie langsam näher, nimmt Platz auf dem Sofa und kuschelt sich unter die

Decke. Ich spüre ihr Misstrauen mir gegenüber aber sie lässt es vorerst ruhen.

Der Film beginnt und ich spüre, wie die Spannung in ihrem Körper nachlässt, als die Handlung sie ablenkt. Ich liebe diese Filme. Ihre Brutalität, ihre Kreativität – es sind Meisterwerke, von denen ich immer wieder inspiriert werde. Während der Film läuft, schiele ich hin und wieder zu Cassie. Sie ist in die Handlung vertieft, ihre Augen groß und konzentriert. Sie sieht so unschuldig aus, so rein, und doch sitzt sie hier mit mir ohne zu wissen, dass ich für das Chaos in dieser Stadt verantwortlich bin.

Ich lege meinen Arm um ihre Schultern, und sie lehnt ihren Kopf an mich. Der Moment fühlt sich fast normal an, fast friedlich. Doch in meinem Hinterkopf planen die Schatten weiter. Der Abend mag Cassie gehören, aber meine Gedanken sind längst bei den nächsten Namen auf der Liste.

Kapitel 47

Cooper

Die Nachricht von Toms Tod hatte mich wie ein Schlag getroffen, aber Emmas Schmerz ist etwas, das ich nicht in Worte fassen kann. Sie trägt ihn wie eine zweite Haut, verschließt ihn hinter einer Mauer, die selbst ich nicht durchbrechen kann. Seit der Bestätigung seines Todes scheint sie nur noch zu funktionieren – mechanisch, fast wie eine Maschine. Doch ich kenne sie zu gut, um mich täuschen zu lassen.

Hinter ihrer Fassade aus kalter Entschlossenheit liegt ein Sturm aus Trauer,

Wut und Schuldgefühlen, der sie langsam von innen auffrisst.

Heute ist seine Beerdigung.

Als wir am Friedhof ankommen, scheint die Welt in einem tristen Grau getaucht zu sein. Die Sonne blitzt nur gelegentlich durch die Wolken, als ob sie selbst zu wissen scheint, dass dies kein Tag für Licht und Wärme ist. Der Wind ist kalt, doch Emma reagiert nicht darauf. Sie steht da, reglos, ihren Blick starr auf den tiefschwarzen Sarg gerichtet, der in der Mitte der Trauergemeinde steht. Das Holz glänzt im schwachen Licht, darauf liegen aufwendige Gestecke in dunklen Rottönen, die den Schmerz dieses Tages nur noch greifbarer machen.

Toms Eltern stehen in der ersten Reihe, beide gezeichnet von einem Schmerz, der fast greifbar ist. Seine Mutter klammert sich an seinen Vater, der stoisch wirkt, aber in seinen Augen spiegeln sich dieselben Emotionen, wie bei allen anderen hier: Trauer, Verlust, Verzweiflung. Emma und ich stehen direkt neben ihnen. Ich lege eine Hand auf ihren

Rücken, doch sie reagiert nicht. Ihr Körper ist angespannt, ihre Augen leer, und sie sagt kein einziges Wort. Während die Pastorin spricht, schweift mein Blick immer wieder zu Emma. Ihre Hände zittern leicht, obwohl sie sie zu Fäusten ballt, um es zu verbergen. Ihr Kiefer ist angespannt und ich sehe, wie sie mit aller Kraft gegen die Tränen ankämpft, die hinter ihren Augen brennen. Ich will sie festhalten, sie trösten, ihr sagen, dass sie nicht alleine ist, aber sie scheint unerreichbar zu sein, wie eine Insel in einem tobenden Meer.

Als der Sarg langsam in die Erde gesenkt wird, höre ich ein leises Schluchzen von ihr. Es ist fast nicht wahrnehmbar, aber ich spüre, wie es durch ihren ganzen Körper vibriert. Sie atmet schneller, ihre Schultern zucken, doch sie bleibt starr. Kein Weinen, kein Zusammenbruch. Nur diese erschütternde Stille, die mich mehr beunruhigt als alles andere. Nach der Trauerfeier sehe ich, wie Emma auf Toms Eltern zugeht. Ich folge ihr mit ein paar Schritten Abstand und sehe, wie sie Toms Mutter in den Arm nimmt. »Es tut mir so leid,« sagt sie leise, ihre Stimme bricht fast.

Toms Mutter umarmt sie fest, während Tränen über ihre Wangen laufen. »Es ist nicht deine Schuld,« flüstert sie, aber ich sehe, wie Emmas Gesicht sich verhärtet. Sie glaubt kein Wort davon. Sie macht sich selbst für alles verantwortlich. Für Toms Tod, für alles, was schiefgelaufen ist. Toms Vater legt ihr eine Hand auf die Schulter und nickt ihr zu, als wollte er sie trösten, doch Emma scheint noch weiter in sich zusammenzufallen.

Als wir zurück zum Wagen gehen, spricht Emma plötzlich entgegen meiner Erwartung. »Ich muss ins Revier.« Ihre Stimme ist fest, aber sie klingt mechanisch, leer. »Es gibt noch so viele offene Fragen.«

»Emma, vielleicht solltest du einen Moment...« beginne ich, doch sie unterbricht mich mit einem scharfen Blick. »Nein, Cooper. Ich kann jetzt nicht einfach in meiner Trauer versinken. Ich muss etwas tun.« Ihre Worte sind wie ein Schlag in die Magengrube. Ich weiß, dass sie recht hat, aber ich weiß auch, dass sie sich in diesem Schmerz verlieren wird, wenn sie keine Pause macht. Doch sie lässt sich nicht davon abbringen. Im Revier wirft sie sich direkt in die Arbeit.

Sie durchforstet stundenlang die Überwachungsaufnahmen, analysiert Berichte, überprüft Handydaten – alles, was sie in die Finger bekommen kann. Ich sehe, wie ihre Augen immer glasiger werden, wie die Ringe unter ihren Augen dunkler werden. Sie geht an ihre Grenzen, treibt sich selbst weiter, als es gesund ist. »Emma, du musst eine Pause machen,« sage ich schließlich, als ich sehe, wie sie die gleichen Aufzeichnungen zum dritten Mal durchgeht. »Es gibt keine Pause, Cooper,« entgegnet sie, ohne mich anzusehen. Ihre Stimme ist kalt, fast abweisend. »Nicht, solange wir nicht wissen, wo er ist.«

Ich bleibe still. Es hat keinen Sinn, mit ihr zu streiten. Aber mein Herz bricht, während ich sehe, wie sie sich selbst zerstört. Sie sucht nicht nur nach Antworten – sie sucht nach einem Weg, mit ihrer Trauer klarzukommen. Aber ich habe Angst, dass dieser Weg sie verschlingen wird, dass sie sich selbst in diesem Prozess verliert.

Die Stunden vergehen, und ich bleibe an ihrer Seite, auch wenn ich weiß, dass sie mich kaum wahrnimmt. Alles, was ich tun kann, ist für sie da zu sein, in der Hoffnung, dass sie irgendwann die Hand ausstreckt, die ich ihr anbiete. Aber die Wahrheit ist, dass ich Angst habe. Angst, dass sie niemals wirklich zurückkommt. Dass sie sich in dieser Dunkelheit verliert und ich sie nicht retten kann.

Kapitel 48

Es fühlt sich an, als würde ich in einem goldenen Käfig leben – wunderschön und glänzend von außen, doch je länger ich hier bin, desto enger werden die Wände. Rics Nähe, seine Fürsorge und seine Besessenheit umhüllen mich wie eine warme Decke, die sich manchmal in eine Schlinge um meinen Hals verwandelt. Ich liebe die Momente, in denen er zärtlich ist. Wenn er mich ansieht, als wäre ich sein Ein und Alles. Doch es gibt eben auch andere Momente, die ich nicht verdrängen kann, in denen ich spüre, dass etwas an dieser

Idylle nicht stimmt. Es ist, als würde ich meine Freiheit verlieren, ein Stück nach dem anderen, bis von mir nichts mehr übrig bleibt.

Ich stehe in der Küche und bereite das Frühstück vor, doch meine Gedanken schweifen ab. Mein Leben ist nicht mehr meines. Mein Job, meine Wohnung, meine Freunde – alles, was mich ausgemacht hat, scheint in Rauch aufgegangen zu sein. Es ist, als hätte Ric meine Vergangenheit gelöscht und durch seine eigene Version einer Zukunft ersetzt. Eine Zukunft, in der ich keinen eigenen Willen mehr habe. Wie bin ich hier gelandet? Wann habe ich aufgehört, Cassandra zu sein?

Die Kaffeemaschine rattert leise, der Duft von frischem Kaffee füllt die Luft. Ich decke den Tisch, doch meine Hände zittern leicht. Ich weiß, dass ich mit Ric reden muss. Ich kann so nicht weitermachen, ohne zu wissen, wo ich stehe. Aber wie sage ich das einem Mann, der mich so kontrolliert, dass sich selbst meine Gedanken manchmal nicht mehr wie meine eigenen anfühlen?

Ich höre die Haustür und drehe mich um. Ric kommt herein, sein Gesicht ist entspannt, doch ich bemerke den leichten Schmutz an seinen Händen und den Geruch nach feuchter Erde. »Ich musste den Kompost umgraben,« sagt er beiläufig und schüttelt sich den Staub von der Kleidung. »Da waren schon Viecher drin. Sehr eklig.« Seine Stimme ist ruhig, seine Aussage beiläufig, als wäre nichts Außergewöhnliches passiert. Aber ich kenne ihn gut genug, um zu wissen, dass mehr dahintersteckt.

»Alles okay?« frage ich vorsichtig, doch er winkt nur ab. »Ja, nichts, worüber du dir Gedanken machen musst.«

Er geht ins Badezimmer, und kurz darauf höre ich das Wasser der Dusche rauschen. Ich bleibe allein in der Küche stehen, unfähig, mich zu bewegen. Was verbirgt er vor mir? Warum fühlt sich jeder Moment mit ihm an wie ein Spiel mit einer tickenden Zeitbombe?

Als Ric zurückkommt, trägt er nur ein Handtuch um die Hüften. Seine Haare sind noch feucht, und Wassertropfen laufen über seinen muskulösen Oberkörper. Ich sehe weg, aber mein Blick wandert unweigerlich wieder zu ihm zurück. Er hat diese Art, mich mit seiner bloßen Präsenz zu fesseln, und es frustriert mich, wie sehr mein Körper auf ihn reagiert, selbst wenn mein Kopf mir sagt, dass ich vorsichtig sein sollte.

»Das sieht gut aus,« sagt er mit einem leichten Lächeln, als er sich zu mir an den Tisch setzt. Er beugt sich vor und drückt mir einen sanften Kuss auf die Stirn. Es ist eine zärtliche Geste, doch sie markiert mich als sein Eigentum.

Ich atme tief durch und sammle all meinen Mut zusammen. »Ric... was ist eigentlich mit meinem Job? Mit meinem alten Leben?« Die Worte kommen zögerlich, aber ich muss es wissen.

Er sieht mich an, seine Augen ruhig, aber wachsam. »Ich habe für dich gekündigt,« sagt er, als wäre es die selbstverständlichste Sache der Welt. „Genauso wie deine Wohnung. Du brauchst das alles nicht mehr, Cassie. Hier bist du sicher."

Seine Worte treffen mich wie ein Schlag. »Du hast... was?« Meine Stimme zittert, und ich merke, wie Panik in mir aufsteigt. »Ric, das kannst du nicht einfach entscheiden. Das war mein Leben!«

Er bleibt gelassen, zieht eine Augenbraue hoch und sieht mich mit diesem Blick an, der sagt, dass er alles besser weiß. »Cassie, du musst dir keine Sorgen machen. Ich sorge für dich. Du brauchst nichts anderes. Hier bist du sicher.«

Sicher. Dieses Wort verfolgt mich. Sicher vor wem? Vor der Welt oder vor ihm? Ich merke, wie meine Kehle sich zuschnürt, aber ich zwinge mich, ruhig zu bleiben. »Ich... ich möchte mal rausgehen,« sage ich schließlich und höre selbst, wie schwach meine Stimme klingt. »Ich will mal etwas anderes, und vor allem jemand anderen sehen, Ric. Ich... ich brauche das.«

Er mustert mich, und für einen Moment glaube ich, Wut in seinen Augen zu sehen. Doch dann lächelt er, dieses charmante Lächeln, das mich immer wieder in seinen Bann zieht. »Wir können nachher in den Garten gehen,« schlägt er vor. »Oder einen Spaziergang im Wald machen. Frische Luft wird dir guttun.«

Ich nicke langsam, auch wenn ich weiß, dass das nicht das ist, was ich wirklich will. Aber ich habe Angst ihn weiter zu drängen. In diesem Moment wird mir klar, wie sehr ich mich in dieser Beziehung verloren habe. Ich bin nicht mehr Cassandra. Ich bin nur noch ein Schatten von dem, was ich einmal war.

Während wir frühstücken, bleibt Ric ruhig, fast liebevoll. Doch in meinem Inneren brodelt es. Ich spüre, wie die Unsicherheit und die Angst mich von innen heraus auffressen. Ich muss einen Weg finden, aus diesem Käfig zu entkommen – bevor ich mich selbst nicht mehr erkenne.

Kapitel 49

VOLLSTRECKER

Cassie ist heute anders. Ihre Art, ihre Blicke, ihre Worte – alles fühlt sich seltsam an. Es ist, als würde sie mir entgleiten, als hätte sie sich von mir entfernt, ohne dass ich es bemerkt habe. Meine Gedanken drehen sich im Kreis. Warum stellt sie solche Fragen? Warum wirkt sie auf einmal so... distanziert? Reiche ich ihr nicht mehr aus? Will sie andere Männer treffen? Mein Kopf brodelt. Es macht mich wütend. Der Gedanke, dass sie weg von mir will, bringt mein Blut zum Kochen. Sie ist alles, was ich habe, und sie gehört mir. Aber warum fühlt es sich an, als würde sie mir entwischen?

Ich schaue sie an, während sie das Frühstück beendet. Sie wirkt ruhig, doch ich sehe, wie ihre Augen immer wieder zu mir wandern, als würde sie mich abschätzen. Was denkt sie? Was plant sie? Mein Herz schlägt schneller, und ein Teil von mir will sie einfach an mich ziehen und ihr sagen, dass sie nie weggehen darf. Aber ein anderer Teil – der, der sie so sehr liebt, dass es weh tut – weiß, dass ich sie nicht bedrängen darf. Ich muss mich zusammenreißen. Für sie.

Nach dem Frühstück schlage ich vor, in den Garten zu gehen. Vielleicht beruhigt mich die frische Luft. Vielleicht gibt es mir die Kontrolle zurück, die ich gerade zu verlieren scheine. »Komm, Cassie«, sage ich und strecke ihr die Hand entgegen. »Ich möchte dir zeigen, woran ich gearbeitet habe.«

Sie folgt mir nach draußen, ihre Schritte sind zögerlich, aber sie kommt mit. Der Garten ist mein ganzer Stolz, mein Rückzugsort, aber in letzter Zeit habe ich ihm nicht viel Zuwendung geschenkt. Die Beete liegen brach, der Rasen ist uneben, und überall stehen Werkzeuge herum. Cassie schaut sich um, ihre Augen wandern über das Chaos, und dann sehe ich diesen Blick in ihrem Gesicht – den Blick, der mich fast aus der Fassung bringt. Sie sieht mich an, als würde ich hier draußen Leichen vergraben. Ich fühle, wie meine Wut in mir aufsteigt, aber ich schlucke sie hinunter. Nicht jetzt. Nicht vor ihr.

»Was ist?« frage ich, bemüht, meine Stimme ruhig zu halten.

»Nichts«, sagt sie schnell und lächelt ein wenig, aber ich sehe, dass es nicht echt ist. »Ich... ich dachte nur, der Garten wäre... ordentlicher.«

»Ich hatte viel um die Ohren«, erwidere ich knapp, aber ich höre selbst, wie angespannt meine Worte klingen. »Vielleicht kannst du mir helfen. Wir könnten zusammen daran arbeiten.«

Cassie mustert mich, und ich weiß nicht, ob sie mir glaubt oder nicht. »Zusammen?« fragt sie schließlich, und ihre Stimme klingt fast vorsichtig.

»Ja, zusammen.« Ich zwinge ein Lächeln auf mein Gesicht. »Ich dachte, wir könnten ihn schön machen. Für uns. Einen Ort, an dem wir entspannen können.«

»Hm«, macht sie und verschränkt die Arme vor der Brust. Dann schaut sie mich mit einem frechen Grinsen an. »Na, wenn ich mir das hier so ansehe, dann hast du da einiges nachzuholen. Wie kann man so einen großen Garten nur so... vernachlässigen?«

Ihr Ton ist spielerisch, aber ich spüre die Spitze in ihren Worten. Mein erster Impuls ist, etwas Scharfes zurückzugeben, aber ich reiße mich zusammen. Stattdessen zwinge ich mich, zu lachen. »Tja, dann musst du mir eben helfen, ihn wieder auf Vordermann zu bringen.«

Cassie lacht leise, aber es klingt nicht so wie sonst. Es ist ein Lachen, das nicht bis zu ihren Augen reicht. Und das macht mich fertig. Was ist los mit ihr? Warum fühlt es sich an, als wäre sie weit weg, obwohl sie direkt vor mir steht?

Ich schlage vor, in den angrenzenden Wald zu gehen. Vielleicht tut uns ein Spaziergang gut. Cassie stimmt zu, und wir gehen los. Die Stille zwischen uns ist bedrückend. Ich versuche, ein Gespräch anzufangen, aber ihre

Antworten sind kurz und ausweichend. Sie wirkt, als wäre sie in Gedanken versunken, und das bringt mich um den Verstand.

»Cassie«, sage ich schließlich und bleibe stehen. Sie dreht sich zu mir um, und ihre Augen sind groß und fragend. »Was ist los mit dir?«

»Nichts«, antwortet sie schnell, zu schnell. »Ich bin nur ein bisschen müde.«

»Müde?« Ich sehe sie eindringlich an. »Müde wovon? Von mir?«

»Was? Nein!« Sie schüttelt den Kopf und lacht nervös. »Warum solltest du das denken?«

»Weil du heute anders bist«, sage ich und mache einen Schritt auf sie zu. »Du bist nicht mehr wie vorher. Du bist... abwesend. Sag mir, Cassie, willst du weg von mir?«

Sie weicht einen Schritt zurück und ich sehe, wie sie nach Worten sucht. »Ric, das ist doch Unsinn. Ich bin hier. Ich bin bei dir.«

Ihre Worte beruhigen mich ein wenig, aber ich sehe, dass sie mir nicht die ganze Wahrheit sagt. Ich greife nach ihrer Hand, halte sie fest. »Cassie, du bist alles für mich«, sage ich leise. »Ich will dich glücklich machen. Ich will, dass du bei mir bist. Aber wenn du mir nicht sagst, was los ist, wie soll ich das dann schaffen?«

Sie sieht mich an, und für einen Moment glaube ich, dass sie weinen wird. Doch dann zieht sie ihre Hand zurück und sagt nur: »Ich brauche einfach ein bisschen Zeit, Ric. Das ist alles.«

Zeit. Das Wort hallt in meinem Kopf wider. Zeit wofür? Zeit, um mich zu verlassen? Zeit, um einen Plan zu schmieden?

»Okay«, sage ich schließlich und zwinge mich zu einem Lächeln. »Dann gebe ich dir die Zeit. Aber denk daran, Cassie: Ich liebe dich. Und ich würde alles für dich tun.«

»Ich weiß«, flüstert sie und sieht weg.

Wir setzen unseren Spaziergang fort, aber ich weiß, dass nichts mehr so ist wie vorher. Irgendetwas hat sich verändert, und ich muss herausfinden, was es ist. Denn eines weiß ich sicher: Ich werde Cassie nicht verlieren. Nicht an jemanden anderen. Nicht an sich selbst. Sie gehört mir.

Die kühle Waldluft umgibt uns, aber sie schafft es nicht, die Hitze in mir zu löschen. Meine Gedanken rasen, meine Brust hebt und senkt sich schneller, während ich Cassie beobachte, wie sie neben mir herläuft. Ihre schmalen Finger streifen gelegentlich meine, und jedes Mal, wenn das passiert, steigt eine Welle von Verlangen in mir auf, die ich kaum bändigen kann. Sie ist so nah und doch so weit entfernt.

Cassie bleibt stumm, doch ihre Augen scheinen in die Ferne zu wandern. Was denkt sie? Denkt sie an mich? Oder an jemand anderen? Der Gedanke, dass sie sich jemand anderem zuwenden könnte, frisst sich wie Gift in mein Innerstes. Mein Kopf tobt, meine Schatten flüstern mir zu, und meine Schritte werden schwerer, fast wie eine Last, die ich nicht mehr tragen kann. Ich will sie – sie gehört mir. Nur mir.

Wir gehen tiefer in den Wald, und ich merke, wie die Enge in meinem Kopf immer größer wird. Mein Blick wandert zu ihr. Das weiche Licht der Nachmittagssonne lässt ihre Haut glühen, und ich verliere mich für einen Moment in ihrem Anblick. Sie ist perfekt, so perfekt, dass ich sie niemals loslassen darf.

Mein Atem beschleunigt sich, und mein Kopf schreit nach einer Entscheidung.

Soll ich sie hier und jetzt nehmen? Sie gegen den nächsten Baum drücken, sie spüren lassen, dass ich der Einzige bin, der sie jemals so besitzen darf? Oder soll ich heute Abend rausfahren, ein anderes Ventil suchen, die Dunkelheit durch Schmerz und Blut bändigen? Doch bevor ich weiter darüber nachdenken kann, handle ich.

Ich greife nach ihrer Hand, ziehe sie zu mir herum, fester, als ich beabsichtige. Ihre großen Augen blicken mich überrascht an, und ich sehe, wie sie Luft holt, als wollte sie etwas sagen. Aber ich gebe ihr keine Gelegenheit. Meine Hand fährt in ihr Haar, packt es sanft, aber bestimmt, während ich meine Lippen auf ihre presse. Es ist kein sanfter Kuss, kein vorsichtiges Tasten. Er ist roh, fordernd, eine Überschwemmung all der Gefühle, die in mir toben.

Sie erstarrt unter mir, aber nur für einen Moment. Dann gibt sie nach, ihre Hände greifen nach meiner Brust, ihre Finger krallen sich in mein Shirt. Ich spüre ihren Körper, warm und weich gegen meinen, und es treibt mich noch mehr an. Meine andere Hand gleitet über ihre Hüfte, hält sie fest, zieht sie dichter an mich. »Cassie«, murmle ich zwischen den Küssen, meine Stimme heiser und dunkel. »Du bist alles, was ich will. Alles, was ich brauche.«

Ihr Atem geht schwer, ihr Kopf neigt sich zurück, während ich meinen Weg mit Küssen zu ihrem Hals finde. Ihr leises Stöhnen entfacht etwas in mir, das ich nicht mehr kontrollieren will. Meine Hände wandern, spüren die Hitze ihrer Haut durch die dünne Schicht Stoff, die uns trennt. Sie gehört mir. Ganz und gar. Und ich will, dass sie das spürt.

»Ric…«, keucht sie, ihre Stimme nur ein Hauch. Ich sehe in ihre Augen, und da ist dieser Moment des Zögerns, dieses kleine Flackern von Zweifeln. Aber ich will es nicht sehen, ich will es nicht hören. »Sag mir, dass du das willst«, flüstere ich, meine Stimme ist fast ein Knurren, während ich meine Stirn gegen ihre lehne. »Sag mir, dass du mir gehörst.«

Sie sieht mich an, ihre Lippen leicht geöffnet, und für einen Moment scheint die Zeit stillzustehen. Dann nickt sie langsam, zögerlich, aber entschieden. »Ich gehöre dir, Ric«, sagt sie leise, und ihre Worte lassen meine Schatten innehalten. Nur für einen Moment.

Ich drücke sie gegen den Baum hinter ihr, meine Hände wandern unter ihr Shirt, fühlen die Wärme ihrer weichen Haut. Ich will sie überall spüren, will jede Faser ihres Körpers in meinen Händen halten. Ihr Körper gibt nach, sie schmiegt sich an mich, ihre Lippen suchen meine, und ich verliere mich in ihr.

Doch selbst in diesem Moment der absoluten Nähe lässt mich ein düsteres Gefühl nicht los. Ein leises Flüstern, das mich daran erinnert, wer und was ich wirklich bin.

Meine Hände zittern, nicht vor Unsicherheit, sondern vor der unbändigen Gier, Cassie ganz zu besitzen. Sie steht vor mir, wunderschön und verletzlich, und ich kann den Drang nicht länger unterdrücken. Es fühlt sich an, als ob die Welt um uns verschwimmt – alles, was bleibt, bin ich und sie.

Ich beuge mich zu ihr, lecke über ihren Hals, und spüre, wie sie leicht zusammenzuckt. Ihre Haut schmeckt nach Angst, nach Unsicherheit, aber auch nach etwas anderem – nach Hingabe. Mein Atem geht schwer, und ich presse meinen Körper dichter an ihren. Mein Griff ist fest, fordernd, und ich weiß, dass ich am Rande dessen balanciere, was sie akzeptieren kann. Doch der Drang in mir ist zu stark.

»Cassie,« flüstere ich heiser an ihrem Ohr, während meine Hände über ihren Rücken gleiten. »Du bist mein... nur mein.«

Ich greife nach ihrem Shirt, und in einem Moment der puren, rohen Leidenschaft reiße ich es in zwei Hälften. Sie keucht, und ihre Augen weiten sich – Angst und Überraschung spiegeln sich darin wider. Doch ich lasse ihr keine Zeit, darüber nachzudenken. Meine Worte müssen sie beruhigen, sie müssen ihr zeigen, dass sie mir gehört, dass ich sie liebe, auch wenn meine Liebe wie ein Sturm ist, der alles mit sich reißt.

»Vertrau mir,« murmele ich, meine Stimme tief und beschwörend. »Ich will dich. Ich brauche dich.«

Ich ziehe ihre Hose und ihren Slip herunter. Ihre nackte Haut ist wie Feuer unter meinen Händen. Sie steht vor mir, verletzlich, und doch... ein Teil von ihr scheint mir nachzugeben. Oder bilde ich mir das nur ein? Mein Verstand kämpft mit meiner Finsternis, aber das Tier in mir hat längst die Kontrolle übernommen.

Ich befreie mich von meiner eigenen Kleidung, mein Blick bleibt auf ihrem Gesicht. Ihre Lippen zittern, und ihre Augen sind glasig. Ist das Verlangen? Oder Angst? Ich weiß es nicht mehr. Alles, was ich weiß, ist, dass ich sie jetzt will. Dass sie mir gehört.

Ich hebe sie hoch, meine Hände fest um ihre Hüften. Ihr Rücken prallt gegen den rauen Stamm eines Baumes, und ich positioniere mich vor ihrer Öffnung. Mein Atem wird schneller, und ich presse meine Stirn gegen ihre. »Du bist so wunderschön, Cassie,« flüstere ich, bevor ich in sie gleite.

Ihre Wärme umhüllt mich, und ein animalisches Geräusch entweicht meiner Kehle. Sie ist feucht, eng, perfekt. Ich beginne mich zu bewegen, langsam zuerst, dann immer schneller, härter. Ihre Fingernägel kratzen über meine Schultern, doch ich kann nicht sagen, ob es aus Lust oder aus einem verzweifelten Versuch ist, mich aufzuhalten.

»Sag, dass du mich liebst,« fordere ich, während ich sie unaufhörlich nehme. »Sag, dass du nur mir gehörst.«

»Ich… ich liebe dich,« stammelt sie schließlich, aber ihre Stimme zittert, und tief in ihrem Blick sehe ich etwas, das mich innehalten lässt. Angst. Sie hat Angst vor mir.

Doch meinen Körper spornt das nur weiter an und gehorcht mir nicht länger. Ich stoße weiter, tiefer, härter, bis ich spüre, wie der Höhepunkt durch meinen Körper rollt. Meine Stirn bleibt an ihrer, mein Atem geht schwer, und ich lasse mich vollständig in ihr fallen, pumpe meinen Samen in sie hinein. Markiere sie als mein. Für den Moment bin ich ruhig. Die Schatten in meinem Kopf sind verschwunden, vertrieben durch diesen Augenblick, in dem wir eins waren.

Doch als ich mich von ihr löse, sehe ich es. Blut. Ein roter Tropfen, der an ihrem Bein hinabgleitet, der sich mit dem Weiß meines Spermas vermischt. Meine Augen weiten sich, und ein kalter Schauer läuft über meinen

Rücken. „Cassie…" Meine Stimme bricht, und ich starre sie entsetzt an. »Oh mein Gott… Ich… ich habe dich verletzt.«

Sie sagt nichts. Ihre Lippen beben, und ihr Blick ist leer, fast geisterhaft. Sie sieht mich an, aber ich kann nicht sagen, ob sie mich wirklich sieht. Panik steigt in mir auf. »Es tut mir leid,« sage ich hastig, fast flehend. »Ich wollte das nicht… ich wollte dir nicht wehtun.«

Ich nehme sie behutsam in meine Arme, helfe ihr, ihre Kleidung wieder anzuziehen und bringe sie zurück zum Haus. Sie sagt immer noch nichts, aber ich spüre, wie sie in meinen Armen zittert. Mein Herz schlägt wie ein Hammer in meiner Brust, und meine Gedanken überschlagen sich. Was habe ich getan? Wie konnte ich die Kontrolle so verlieren?

»Ich mache dir ein Bad,« sage ich, meine Stimme ist kaum mehr als ein Flüstern. »Du kannst dich entspannen. Es wird alles gut, Cassie. Ich verspreche es dir.« Doch tief in mir weiß ich, dass nichts mehr gut ist. Ich habe eine Grenze überschritten. Ich habe sie verletzt – nicht nur körperlich, sondern auch seelisch.

Während ich das Wasser einlasse, höre ich, wie sie sich im Schlafzimmer umzieht. Ihr Schweigen ist wie eine Mauer zwischen uns, und ich weiß, dass ich diese Mauer selbst aufgebaut habe. Ich habe sie zerstört. Ich habe uns zerstört.

Aber ich werde es wiedergutmachen. Ich werde ihr beweisen, dass ich sie liebe, dass sie sicher ist bei mir. Auch wenn die Dunkelheit in mir niemals ganz verschwinden wird.

Kapitel 50

Es fühlt sich an, als wäre ich in dieser Zeit nach Toms Tod in eine andere Dimension entglitten – als hätte sie mich mitgerissen und in eine endlose, düstere Leere gezogen. Die letzten Wochen waren ein verschwommener, schmerzhaft klarer Albtraum, wie ein Fiebertraum.

Ich habe versucht, weiterzumachen, weiter zu atmen, weiterzuleben. Aber jeder Atemzug ist schwerer als der vorherige, und jeder Gedanke an ihn schmerzt wie ein Schnitt, der nie verheilt.

Tom. Mein bester Freund. Der Mann, den ich immer beschützen wollte. Und jetzt ist er tot.

Verschlungen von einer Dunkelheit, die wir nie ganz begreifen werden.

Ich weiß nicht, wie viele Nächte ich schon ohne Schlaf verbracht habe, während ich die Augen starr auf den Bildschirm meines PCs gerichtet hatte, in der Hoffnung, dass sich irgendeine Spur, irgendeine Information, irgendein Hinweis auf den Vollstrecker finden lässt. Doch immer wieder bin ich auf die gleiche Mauer gestoßen: Schweigen, Verwirrung, nichts. Der Vollstrecker – dieser Schatten, der alles in sich verschlingt – ist wie ein Phantom. Er hinterlässt keine Spuren, keine Fehler, keine Verbindungen. Niemand weiß wirklich, wer er ist, was er will, warum er überhaupt existiert. Und trotzdem weiß ich, dass er irgendwo da draußen ist, dass er immer noch weiter tötet, weiter zerstört. Vielleicht nicht aus einem Plan, sondern aus einem tiefen, blinden Drang. Ein Drang, der keinen Raum für Mitgefühl lässt.

Ich kann nicht aufhören, an die letzten Momente mit Tom zu denken. Ich kann nicht aufhören, mir vorzustellen, wie er gestorben ist, was ihm durch den Kopf gegangen sein muss. Was hat ihn am meisten gequält? Das Wissen, dass er nicht entkommen konnte? Oder die Qual, jemanden zu konfrontieren, der keinerlei Gnade kannte? Ich habe keine Antworten, nur Fragen. Nur Wut. Und Verzweiflung.

Aber es gibt noch eine andere Erinnerung, eine, die ich lange in die tiefsten Winkel meines Bewusstseins verdrängt habe. Meine Gefangenschaft.

Ich schließe die Augen und lasse die Bilder aufsteigen – das dunkle Zimmer, die kalte Luft, die Schatten an den Wänden. Die muffige Matratze, auf der ich jede Nacht lag, unfähig zu schlafen, weil ich wusste, dass er irgendwo in der Nähe war. Die Geräusche des Hauses, das Knarren der Dielen, das ferne Summen eines Generators.

Warum habe ich nie wirklich darüber nachgedacht? Warum habe ich nie versucht, das Haus zu finden, in dem er mich gefangen hielt?

Mein Herzschlag beschleunigt sich. Ist es möglich, dass er immer noch dort ist? Dass er sich nicht einmal die Mühe gemacht hat, seinen

Unterschlupf zu wechseln? Die Vorstellung ist so absurd, dass sie fast lächerlich wirkt – aber je länger ich darüber nachdenke, desto mehr ergibt es Sinn.

Ich konzentriere mich auf die Details, die mir damals unwichtig erschienen. Die Umgebung, als ich aus dem Fenster blickte – kahle Bäume, ein schmaler Weg, der in die Dunkelheit führte. Ein rostiges Schild am Straßenrand, halb verdeckt von Gestrüpp. Ich versuche, mich an den Namen auf dem Schild zu erinnern. Er war verblichen, fast unleserlich, aber vielleicht… vielleicht war da ein „R"?

Meine Finger fliegen über die Tastatur. Ich suche nach alten Karten, vergleiche Straßennamen, suche nach einem verlassenen Gebäude in einer abgelegenen Gegend.

Kapitel 51

Cooper

Es fühlt sich an, als würde ich zusehen, wie ein Sandsturm langsam alles verschlingt, was mir wichtig ist. Emma ist dieser Sturm, wild und unaufhaltsam, und ich stehe mittendrin, unfähig, etwas zu tun.

Seit Toms Tod hat sich alles verändert, oder vielleicht war es schon vorher da, dieses Rissige, Zerbrechliche, das wir beide nicht bemerkt haben. Aber jetzt? Jetzt ist es so offensichtlich, dass ich es nicht mehr ignorieren kann.

Emma ist nicht mehr dieselbe. Der Verlust hat sie zerbrochen, aber sie gibt nicht zu, dass die Stücke fehlen. Sie versucht, alles zusammenzuhalten, doch ich sehe, wie es sie von innen auffrisst. Sie spricht kaum noch mit mir, und wenn sie es tut, sind es nur Bruchstücke, Worte, die keinen echten Kontakt zulassen. Es geht nur noch um den Vollstrecker, um ihre Arbeit, um die nächste Spur. Nie um uns. Nie um sie selbst.

Manchmal frage ich mich, ob ich sie jemals zurückbekommen werde. Ich sehe, wie sie nach Antworten sucht, sich an diese Jagd klammert, als hinge ihr Leben davon ab. Aber ich weiß, dass es nicht um Gerechtigkeit geht. Es geht um etwas anderes – um die Leere in ihr, die sie zu füllen versucht.

Die Nächte sind am schlimmsten. Sie kommt spät nach Hause, lange nachdem ich mich ins Bett gelegt habe. Ihre Schritte sind leise, fast lautlos, als würde sie nicht wollen, dass ich aufwache. Früher hätte sie mich geweckt, sich zu mir gelegt, mir von ihrem Tag erzählt. Jetzt schläft sie auf der Couch, mit dem Laptop auf ihrem Schoß und einem Stapel Akten um sich herum. Wenn ich morgens aufwache, ist sie schon wieder verschwunden, die Tasse Kaffee auf dem Tisch kalt und halb voll, ein stummer Beweis dafür, dass sie sich nicht einmal die Zeit genommen hat, ihn auszutrinken.

Es bricht mir das Herz, sie so zu sehen. Emma war immer stark, entschlossen, voller Leben. Jetzt ist sie nur noch ein Schatten ihrer selbst. Blass, mit dunklen Ringen unter den Augen, die von zu wenig Schlaf zeugen. Ihre Wangenknochen zeichnen sich schärfer ab, und ihre Bewegungen sind mechanisch, als würde sie nur funktionieren, um nicht stehen bleiben zu müssen.

Ich habe versucht, mit ihr zu reden, sie zu bremsen, sie dazu zu bringen, eine Pause zu machen. Aber jedes Mal stoße ich gegen eine Wand aus kalter Entschlossenheit. »Ich kann nicht aufhören, Cooper,« hat sie mir gesagt, ihre Stimme brüchig und doch eisern. »Nicht, bevor ich ihn finde.«

Ich wollte ihr sagen, dass es nicht darum geht, den Vollstrecker zu finden. Dass es darum geht, dass sie sich selbst verliert. Dass ich sie verliere. Aber ich konnte es nicht. Die Worte steckten in meinem Hals, gefangen zwischen meiner Angst, sie noch weiter von mir zu stoßen, und meiner Verzweiflung, sie zu retten.

Manchmal liege ich wach im Bett und lausche den Geräuschen aus dem Wohnzimmer. Die leisen Tastenanschläge, das Klicken der Maus. Es fühlt sich an, als wäre die Stille zwischen uns eine dritte Person in der Wohnung, eine unsichtbare Barriere, die uns voneinander trennt. Früher hätte ich mich zu ihr auf die Couch gesetzt, sie in meine Arme genommen und ihr gesagt, dass alles gut wird. Aber jetzt? Jetzt weiß ich nicht einmal, ob sie es hören will. Oder ob sie meine Nähe überhaupt noch will.

Ich erinnere mich an eine Nacht vor ein paar Wochen, als ich es gewagt habe, sie direkt zu fragen. Sie war gerade auf dem Weg zur Tür, der Laptop unter ihrem Arm, die Augen gerötet von zu wenig Schlaf. „Emma,“ sagte ich, meine Stimme zitterte leicht. »Hast du jemals daran gedacht, dass du dich selbst dabei verlierst?«

Sie blieb stehen, ihre Hand auf der Türklinke. Doch sie drehte sich nicht zu mir um. »Ich habe keine Wahl, Cooper,« antwortete sie leise, fast flüsternd. »Wenn ich es nicht tue, wer dann?«

Ich wollte ihr widersprechen, wollte ihr sagen, dass sie eine Wahl hat. Dass wir eine Wahl haben. Aber die Wahrheit ist, dass ich mir nicht mehr sicher bin, ob das stimmt.

Die Tage vergehen, und mit jedem weiteren Tag sehe ich, wie die Distanz zwischen uns wächst. Ihre Besessenheit hat sie vollständig eingenommen, und ich bin nur noch ein Statist in ihrem Leben. Ich frage mich, ob es jemals wieder so sein wird wie früher. Ob es überhaupt noch ein „wir" gibt, das zurückkommen könnte.

Letzte Nacht habe ich versucht, sie zu berühren, als sie auf der Couch eingeschlafen war. Nur eine sanfte Berührung, meine Hand auf ihrer Schulter. Sie zuckte zusammen, als wäre ich ein Fremder. Ich habe mich zurückgezogen, bin ins Schlafzimmer gegangen und habe mich ins Bett gelegt, die Augen starr an die Decke gerichtet.

Mit Toms Tod ist nicht nur ein Freund gestorben. Es ist, als wäre die Verbindung zwischen uns ebenfalls gestorben. Vielleicht war sie nie so stark, wie ich dachte. Oder vielleicht ist sie einfach an der Dunkelheit zerbrochen, die wir beide in uns tragen.

Ich sitze auf der Couch, die Hände tief in meinen Taschen vergraben, und starre aus dem Fenster. Die Nacht ist kalt und dunkel, der Wind zerrt an den Ästen der Bäume. Ich weiß, dass Emma irgendwann zurückkommen wird, aber ich frage mich, ob ich sie jemals wirklich zurückbekomme.

»Was ist mit uns passiert?« flüstere ich in die Stille, doch die Antwort bleibt aus.

Ich liebe sie. Aber manchmal frage ich mich, ob Liebe ausreicht, um jemanden zurückzuholen, der sich selbst längst verloren hat.

Kapitel 52

VOLLSTRECKER

Es ist wie ein ständiges Pochen in meinem Kopf, ein Drang, der immer lauter wird, je länger ich ihn ignoriere. Ein fast schmerzhafter Drang, den ich nicht mehr kontrollieren kann, der mich an den Rand des Wahnsinns treibt. Ich habe es lange geschafft, mich abzulenken, meine inneren Dämonen in mir einzusperren, doch nun beginnt er wieder zu kratzen. Es ist, als ob er sich aus seinem Käfig befreit, wie ein hungriges Tier, das endlich wieder in die Freiheit entlassen wird.

Es beginnt mit den kleinen Dingen. Gedanken, die ich in den Ecken meines Bewusstseins verliere, Bilder von blutigen Szenen, die sich wie ein Schatten über meine Wahrnehmung legen. Ich versuche, sie zu verdrängen, mich darauf zu konzentrieren, was um mich herum passiert – Cassie, ihre Unsicherheit, ihre Liebe, die sie mir immer wieder schenkt. Aber tief in mir weiß ich, dass sie mich nicht wirklich erreicht. Dass sie nie wirklich wissen wird, wer ich bin. Und das ist auch besser so.

Der Hunger in mir wird stärker. Ich sehe die Gesichter der Menschen, die ich schon längst auslöschen wollte. Ihre Gesichter, die mich verfolgen, ihre Schreie, die in meinem Kopf widerhallen. Es ist nicht mehr genug, dass ich sie in Gedanken zermalme. Es reicht nicht mehr, sie in den Schatten meines Verstandes zu erdrücken. Ich brauche mehr. Ich brauche... das Blut. Den warmen, metallischen Geruch, der mich mit Macht und Kontrolle erfüllt. Den Moment, in dem das Leben aus ihnen entweicht, wenn ich sie zerbreche.

Ich habe es lange nicht mehr getan, weil ich weiß, dass es eine Grenze gibt, die man nicht überschreiten sollte. Aber dieser Drang, dieser Hunger – er erdrückt alles andere. Ich erinnere mich an die letzten Male, als ich es tat. Wie einfach es war, sie zu brechen, zu zerstören, sie wie Spielzeuge zu behandeln. Der letzte Mann, dieser dämliche Cop Tom, war nur ein kleiner Zeitvertreib, den ich hätte noch weiter in die Länge ziehen können, aber es hat mich dennoch beglückt. Es hat mich vollständig gemacht. Und das Gefühl – das Gefühl, das Leben aus ihnen zu reißen – es hat sich in meinen Adern festgesetzt.

Ich könnte sie wieder suchen. Es gibt so viele, die ich noch nicht gefunden habe. Es gibt so viele, die meine Aufmerksamkeit verdienen. Aber noch bin ich geduldig. Noch halte ich mich zurück, nur um die Kontrolle zu wahren. Doch ich merke, wie mir die Kontrolle langsam entgleitet. Es wird schwieriger, die kalte Fassade aufrechtzuerhalten, das Image des ruhigen, besonnenen Mannes zu wahren. Die Dunkelheit in mir blubbert hoch, wie Lava, die darauf wartet auszubrechen.

Doch Cassie ist auch da. Ihre Nähe hält mich fest, aber gleichzeitig zieht sie mich in zwei Richtungen. Sie ist meine Verbindung zur Menschlichkeit, oder zumindest zu dem, was davon übrig ist. Doch gleichzeitig ist sie eine Erinnerung an das, was ich niemals wieder haben werde. Sie ist eine Erinnerung daran, dass es etwas anderes gibt – etwas, das ich verloren habe, als ich den ersten Schritt in die Dunkelheit tat. Aber was nutzt all das? Was ist der Sinn, sie zu lieben, wenn ich weiß, dass ich sie irgendwann zerstören muss?

Die Zeit nach dem Vorfall im Wald vergeht wie in einem Nebel, schwer und zähflüssig, als würde die Zeit sich absichtlich gegen mich stellen. Cassie und ich bewegen uns umeinander wie zwei Planeten, die auf unterschiedlichen Bahnen kreisen, einander nahe, aber nie ganz berührend. Ich habe sie nicht mehr angerührt, nicht mehr versucht, ihr näher zu kommen – aus Angst, aus Unsicherheit, aus etwas, das ich nicht benennen kann. Vielleicht ist es das schlechte Gewissen, das an mir nagt, wie ein hungriger

322

Parasit. Aber warum? Warum habe ich ein schlechtes Gewissen? Sie gehört mir. Sie hat es gesagt. Sie hat es mir versprochen. Und trotzdem... trotzdem fühle ich mich, als hätte ich etwas zerstört, das ich nicht mehr reparieren kann.

Ich sitze in der Küche, mein Blick auf die Tasse Kaffee gerichtet, die längst kalt geworden ist. Die Stille im Haus ist erdrückend, fast so, als würde sie mich verspotten. Cassie ist irgendwo oben, wahrscheinlich in ihrem Zimmer. Sie hat sich in den letzten Tagen von mir zurückgezogen, nicht direkt, aber spürbar. Ihre Bewegungen sind anders, vorsichtiger, und ihre Augen die mich vor kurzem angesehen haben, als wäre ich ihre ganze Welt – meiden meinen Blick.

Ich spiele den Vorfall im Wald immer wieder in meinem Kopf ab. Die Intensität, die Hitze, die Dunkelheit, die in mir aufgestiegen ist und alles verschlungen hat. Ich erinnere mich an ihren Körper, ihre Wärme, ihre Zögern. Und natürlich an das Blut. Es war wie ein kalter Eimer Wasser, der über meinen Kopf geschüttet wurde. Für einen Moment dachte ich, ich hätte sie verletzt, dass ich zu weit gegangen bin. Aber dann... dann stellte sich heraus, dass es nur ihre Periode war. Nur.

Aber warum fühle ich mich dann immer noch so schuldig? Warum verfolgt mich dieses Bild? Warum spüre ich dieses bohrende, nagende Gefühl in meiner Brust, das ich nicht loswerde?

Ich vermisse sie. Ihre Nähe, ihre Wärme. Den Duft ihrer Haut, den Klang ihrer Stimme. Sie ist mein Anker, mein Licht in der Dunkelheit, die mich jeden Tag mehr verschlingt. Ohne sie... ohne sie bin ich nichts. Aber sie ist so fern. Und ich weiß nicht, wie ich sie zurückholen soll.

Vielleicht muss ich einen Schritt auf sie zugehen. Vielleicht muss ich ihr zeigen, dass ich mich ändern kann, dass ich... dass ich besser sein kann. Ihre Periode sollten vorbei sein, und ich könnte... Nein… Ich muss…

Ich stehe auf, der Stuhl scharrt über den Boden, und ich schnappe mir meine Tasse, nur um sie achtlos in die Spüle zu stellen. Mein Herz schlägt schneller, während ich zu ihr gehe, meine Schritte leise, fast schleichend. Ich halte vor der Tür zum Schlafzimmer an und atme tief ein. Ich sollte klopfen, aber stattdessen öffne ich die Tür einfach.

Cassie sitzt auf dem Bett, ein Buch in den Händen, doch sie sieht auf, als ich eintrete. Ihre Augen weiten sich leicht und ich sehe, wie sie den Atem anhält.

»Ric,« sagt sie, ihre Stimme ist ruhig, aber ich höre die Spannung darin. »Was ist los?«

Ich gehe langsam auf sie zu, setze mich an den Rand des Bettes. Sie rückt ein Stück zurück, kaum merklich, aber ich spüre es. Es ist wie ein Messer in meiner Brust.

»Wir müssen reden,« sage ich, meine Stimme leise, fast ein Flüstern. »Ich... ich habe das Gefühl, dass etwas zwischen uns steht. Seit dem Vorfall im Wald...«

Ihre Augen flackern, und sie schaut weg, auf das Buch in ihren Händen, das sie langsam schließt. »Es war nicht deine Schuld, Ric,« sagt sie, aber ihre Stimme klingt nicht überzeugend. »Es ist nichts.«

»Es ist nicht nichts,« erwidere ich und ich spüre, wie meine Hände sich zu Fäusten ballen. Nicht aus Wut auf sie, sondern auf mich selbst. »Ich habe das Gefühl, dass du mir ausweichst. Dass du mich nicht mehr... siehst.«

»Ich sehe dich,« sagt sie schnell, zu schnell. Ihre Augen suchen meine, und für einen Moment sehe ich etwas in ihrem Blick, das mich innehalten lässt. Angst? Schuld? Ich kann es nicht einordnen, aber es schmerzt.

Ich beuge mich vor, lege eine Hand auf ihre, doch sie zieht sie weg. Nicht hastig, aber bestimmt. »Cassie,« flüstere ich und ich höre, wie meine Stimme bricht. »Ich brauche dich. Du bist alles für mich. Ohne dich...«

»Ohne mich was, Ric?« unterbricht sie mich, ihre Stimme ist schärfer, als ich erwartet habe. »Was passiert ohne mich? Zerbrichst du? Verlierst du die Kontrolle? Ist das alles, was ich für dich bin? Ein Pflaster, das dich zusammenhält?«

Ich starre sie an, ihre Worte treffen mich wie ein Schlag ins Gesicht. »Nein,« sage ich schließlich, doch es klingt schwach, selbst in meinen eigenen Ohren. »Nein, Cassie. Du bist mehr als das. Du bist... du bist meine Welt.«

»Vielleicht solltest du dir eine neue Welt suchen,« murmelt sie, und ich spüre, wie der Boden unter mir zu schwanken scheint.

»Das kann ich nicht,« sage ich, und ich merke, wie meine Stimme zittert. »Du bist alles, was ich habe.«

Sie sieht mich an, ihre Augen voller Schmerz und etwas, das ich nicht benennen kann. »Ric... manchmal habe ich das Gefühl, dass du mich nicht liebst, sondern nur besitzen willst.«

Das Wort „*besitzen*" brennt in meinem Kopf. Besitzen? Nein, das ist nicht wahr. Oder doch? Was ist Liebe, wenn nicht der Wunsch, jemanden ganz für sich zu haben? Aber ich kann das nicht sagen. Nicht jetzt. Stattdessen strecke ich eine Hand aus, berühre sanft ihre Wange.

»Cassie,« flüstere ich, »ich weiß nicht, wie ich das ausdrücken soll. Aber ich will dich nicht verlieren.«

Sie schließt die Augen, lehnt sich einen Moment in meine Hand, bevor sie sich zurückzieht. »Vielleicht hast du mich schon verloren, Ric,« sagt sie leise, und die Worte schneiden tiefer als jede Klinge.

Kapitel 53

Oh mein Gott. Mein Herz schlägt wie verrückt, als sich die Puzzleteile endlich zusammenfügen.

Die Bilder, die Informationen – alles ergibt plötzlich einen Sinn. Es ist, als ob ich die ganze Zeit durch dichten Nebel gestolpert bin und nun endlich klar sehen kann. Ich habe ihn gefunden. Ich habe den Vollstrecker gefunden. Der Gedanke ist wie ein elektrischer Schlag, der durch meinen Körper jagt.

Mein Stuhl kracht auf den Boden, als ich aufspringe. Meine Beine fühlen sich an, als würden sie sich von selbst bewegen, während ich zur Tür renne. Die Luft in meiner Lunge brennt, aber das ist mir egal. Ich muss zu Cooper. Sofort. Es gibt keine Zeit zu verlieren. Alles, wonach wir gesucht haben, ist jetzt greifbar nah.

Die Tür zum Büro von Cooper steht einen Spalt offen, der Captain steht bei Cooper am Tisch, und ohne zu klopfen stürme ich hinein. Beide Männer blicken überrascht auf, doch ich kann nicht einmal anhalten, um mich zu erklären. Die Worte sprudeln einfach aus mir heraus.

»**Ich habe ihn gefunden!**« Meine Stimme überschlägt sich fast. »Ich habe ihn gefunden, Cooper!«

Cooper und der Captain sehen mich an, als hätten sie mich nicht richtig verstanden. Ihre verwirrten Gesichter machen mich fast wahnsinnig. »Ich habe ihn auf Google Maps gefunden!« Ich zwinge mich, langsamer zu sprechen, auch wenn mein Atem heftig geht. »Es war der Tag, an dem Cassie verschwunden ist. Das Google-Auto muss genau in dem Moment vorbeigefahren sein, als er sie abgefangen hat!«

Coopers Augen weiten sich, und er steht abrupt auf. »Emma… du meinst, du hast...?«

»Ich habe das Kennzeichen! Ich habe sein verdammtes Kennzeichen gefunden!«

Die Worte scheinen wie ein Schlag durch den Raum zu hallen. Der Captain schüttelt ungläubig den Kopf, als hätte er nicht erwartet, dass wir jemals so nah an ihn herankommen würden. Cooper geht um seinen Schreibtisch herum und bleibt direkt vor mir stehen. »Du bist dir sicher?« Seine Stimme ist ruhig, aber ich sehe den Sturm in seinen Augen. Es ist Hoffnung, Verzweiflung, alles auf einmal.

»Ja, Cooper, ich bin mir sicher!« Ich hebe die Hände, um meine Aussage zu unterstreichen. »Ich habe die Bilder überprüft, die Daten abgeglichen. Es ist das gleiche Auto. Es war genau dort, an dem Tag, als Cassie verschwunden ist.« Meine Stimme bricht ein wenig, als ich weiterspreche. »Das ist er. Ich weiß es einfach.«

Der Captain unterbricht uns mit einer knappen Handbewegung. »Okay, Emma, langsam. Wir müssen sicher sein, dass es passt.

Wenn wir falsch liegen, verlieren wir wertvolle Zeit.«

»Es passt!« Ich höre, wie meine Stimme lauter wird, aber ich kann nicht anders. Mein Herz hämmert in meiner Brust, und ich spüre den Drang, sie beide zum Handeln zu zwingen. »Ich habe es hundert Mal überprüft. Das ist er. Das ist unser Mann.«

Cooper wirft dem Captain einen Blick zu, dann nickt er langsam. »Gut. Wir müssen herausfinden, wo das Fahrzeug zugelassen ist.«

Der Captain zieht sein Handy aus der Tasche und beginnt, Anrufe zu tätigen, während Cooper sich an seinen Computer setzt. Die Stimmung im Raum verändert sich. Die Anspannung, die uns wochenlang begleitet hat, wird durch etwas Neues ersetzt – einen Funken Hoffnung. Aber gleichzeitig schwebt eine dunkle Wolke über uns. Der Vollstrecker ist gefährlich. Und er weiß, dass wir ihn jagen.

Ich bleibe reglos stehen, die Hände auf die Tischkante gestützt, während die Männer arbeiten. Meine Gedanken rasen. Was, wenn wir zu spät sind? Was, wenn er Cassie schon…?

Der Gedanke schneidet durch mich wie ein Messer.

»Emma?« Coopers Stimme reißt mich aus meinen Gedanken. Er hat den Blick immer noch auf den Bildschirm gerichtet. »Du hast etwas Unglaubliches geschafft. Das hier bringt uns einen großen Schritt näher.«

»Aber was, wenn es nicht genug ist?« Meine Stimme zittert, und ich hasse mich dafür. »Was, wenn er uns schon längst einen Schritt voraus ist? Cooper, wir dürfen keine Zeit verlieren. Wir müssen sie retten.«

Cooper sieht zu mir auf, seine Augen sind ernst, aber voller Entschlossenheit. »Emma, hör mir zu. Wir schaffen das. Aber wir müssen es klug angehen. Wenn wir jetzt kopflos handeln, könnte er verschwinden. Oder noch schlimmer.«

Ich schlucke schwer und nicke. Doch die Unruhe in mir bleibt. Ich kann nicht still sitzen, während ich weiß, dass Cassie irgendwo da draußen ist – allein, in der Gewalt dieses Monsters. Meine Finger trommeln ungeduldig auf die Tischplatte, während Cooper weiter auf seinem Computer tippt. Jede Sekunde fühlt sich an wie eine Ewigkeit.

Plötzlich platzt der Captain wieder in den Raum, ein Telefon in der Hand. »Wir haben etwas. Eine Adresse.« Seine Stimme ist angespannt, aber es ist klar, dass er jetzt genauso entschlossen ist wie wir. »Das Auto wurde auf einen gewissen Eric Summers zugelassen, die Kollegen sind dran. Es könnte unser Ziel sein.«

Mein Herz setzt einen Schlag aus. Wir sind ihm näher, als wir es je waren. Doch anstatt Erleichterung zu spüren, wächst die Angst in mir. Es ist ein Wettlauf gegen die Zeit, und der Einsatz könnte nicht höher sein.

»Emma,« sagt Cooper und dreht sich zu mir um. »Wir machen das gemeinsam, kein Alleingang, keine Dummheiten«.

Ich sehe ihn an, und in seinen Augen liegt etwas, das mich innehalten lässt. Es ist Sorge, echte Sorge. Für einen Moment fühle ich mich, als könnte ich alles schaffen – solange er bei mir ist. Ich nicke langsam, auch wenn meine Gedanken schon bei dem Vollstrecker sind.

»Ich passe auf mich auf, Cooper. Aber wir müssen ihn finden. Jetzt.«

Und so machen wir uns bereit, die Falle zustellen. Der Vollstrecker hat lange genug die Regeln dieses Spiels bestimmt. Jetzt sind wir an der Reihe.

Kapitel 54

Ich kann und ich will das alles nicht mehr. Wie blind, wie dumm und naiv musste ich gewesen sein, mich auf ihn einzulassen? Ein Teil von mir verflucht sich selbst. Wenn meine Mutter mich jetzt sehen könnte, würde sie mir links und rechts eine Ohrfeige verpassen, und ich könnte es ihr nicht einmal übelnehmen. Was habe ich mir nur dabei gedacht? Ich habe mich von seinen Worten, von seiner vermeintlichen Zärtlichkeit blenden lassen. Aber Ric ist kein liebender Mann – er ist ein Monster. Ein Mörder. Der Mörder meines

Freundes. Und wer weiß, wie viele andere auf seinem Gewissen lasten.

Seit der Aktion im Wald ist mir das alles klar. Ich habe in den Abgrund geblickt, und ich weiß jetzt, dass ich ihn nicht ändern kann. Dass es nie Liebe war, sondern eine verzerrte Illusion von Kontrolle, Macht und Besessenheit. Doch jetzt sitze ich hier, seit Tagen, gefangen in diesem Albtraum. Ich habe Angst vor ihm. Angst, dass er mich brechen wird, dass ich eines Tages einfach verschwinde – so wie Emma beinahe verschwunden wäre.

Nach unserer Rückkehr aus dem Wald habe ich mich in die Wanne gelegt, um mich zu reinigen. Aber das Gefühl seiner Hände, seiner Haut, seines Gewichts... es bleibt an mir kleben wie ein schmieriger Film, den ich nicht loswerden kann. Das Wasser brannte auf meiner Haut, doch selbst das reichte nicht, um mich wieder sauber zu fühlen. Als ich das Blut bemerkte, dachte ich für einen Moment, dass er mich verletzt hatte. Doch dann wurde mir klar, dass es meine Tage waren. Ein Moment der Erleichterung, der schnell in pure Angst umschlug.

Ich fand Tampons und Binden in einem der Schränke, und beide waren geöffnet. Emma. Der Name donnerte in meinem Kopf, als hätte er physisch auf mich eingeschlagen. Alles passte zusammen. Emma, die Frau, die er monatelang hier festgehalten hatte. Die er gequält hatte, bis sie fast zerbrach. Die er am Ende in einer verdammten Kiste verbuddelt hat. Und jetzt bin ich hier. Bin ich die Nächste? Werde ich in einer dieser Kisten enden, lebendig begraben unter seiner Dunkelheit?

Ich habe geschwiegen. Aus Angst. Aus purem Überlebensinstinkt. Aber das Schweigen hat mich nur noch mehr zerstört. Ich habe mich zurückgezogen, jede Interaktion mit ihm auf ein Minimum reduziert. Doch jetzt ist es soweit. Ich kann nicht länger schweigen, kann nicht länger so tun, als sei das hier irgendeine verkorkste Form von Normalität.

Ric kommt in mein Zimmer, sein Blick wirkt entspannt, fast zufrieden, als wäre alles in bester Ordnung. Aber für mich ist nichts in Ordnung. Nichts. Ich sehe ihn an, und all die Gefühle, die ich die letzten Wochen heruntergeschluckt habe, explodieren in mir.

Ich kann es nicht mehr ertragen. Als er seine Worte aussprach, kam es aus mir raus….

»Ric,« beginne ich mit zitternder Stimme, und ich sehe, wie seine Augen sich verengen. »Ich kann das nicht mehr. Ich... ich liebe dich nicht.«

Er bleibt stumm sitzen. Für einen Moment ist es, als würde die Luft im Raum einfrieren. Dann legt sich ein sarkastisches Lächeln auf seine Lippen, doch ich sehe, wie seine Augen dunkler werden, gefährlich. »Du liebst mich nicht?« fragt er, und seine Stimme hat diese kalte, schneidende Kante, die mir das Blut in den Adern gefrieren lässt. »Das ist interessant, Cassie. Wirklich interessant. Was genau liebst du nicht an mir?«

Ich kämpfe darum, nicht zu ersticken, doch die Worte sprudeln einfach aus mir heraus. »Alles! Deine Besessenheit, dein krankes Bedürfnis, mich zu kontrollieren, mich zu besitzen! Du erdrückst mich, Ric. Du bist kein liebender Mann, du bist... du bist ein Monster!«

Das Lächeln verschwindet von seinem Gesicht, und ich weiß sofort, dass ich zu weit gegangen bin. Sein Blick wird finster, beängstigend. »Ich erdrücke dich?« wiederholt er langsam, fast als würde er die Worte schmecken. »Ich. Erdrücke. Dich.«

Bevor ich reagieren kann, packt er meine Füße und zieht mich mit einem Ruck in Liegeposition. Mein Atem stockt, als er sich über mich beugt. Seine Hände sind überall, er drückt mich gegen die Matratze, und ich spüre das volle Gewicht seiner Wut. Ich will schreien, aber die Worte bleiben mir im Hals stecken.

»Du weißt nicht, was erdrückend ist, Cassie," zischt er, während er sich auf mich legt. „Aber ich kann es dir zeigen.«

Ich kämpfe, strample, doch er ist zu stark. Seine Hände umschließen meine beiden Handgelenke, pressen sie über meinem Kopf zusammen. Der Druck ist so stark, dass ich glaube, er könnte meine Knochen brechen. »Hör auf!« schreie ich schließlich, doch es ist, als würde er meine Worte gar nicht hören.

»Du willst weg von mir?« Seine Stimme ist kalt, voller Sarkasmus und Wut. »Du denkst, du kannst mich einfach verlassen? Nach allem, was ich für dich getan habe?«

Tränen strömen über mein Gesicht, aber ich sage nichts. Ich will ihn nicht noch weiter provozieren, will nicht riskieren, dass er völlig die Kontrolle verliert. Doch in diesem Moment wird mir klar, dass ich ihm niemals entkommen werde. Er wird mich niemals gehen lassen.

Er lässt meine Hände endlich los, richtet sich auf, aber sein Blick bleibt hart auf mir haften. »Du bist mein, Cassie,« sagt er leise, aber die Worte hallen in meinem Kopf wie ein Echo. »Ob du willst oder nicht. Du gehörst mir.«

Als er aus dem Raum geht, bleibe ich zurück, zitternd, erschöpft, und mit der unbändigen Angst, dass ich niemals wieder frei sein werde. Ich muss weg. Irgendwie. Irgendwann. Doch wie entkommt man einem Mann, der alles daran setzt, dich zu besitzen?

Kapitel 55

VOLLSTRECKER

Sie will also weg von mir. Sie denkt, sie könnte entkommen. Aber sie hat nicht die geringste Ahnung, wie falsch sie liegt. Es gibt keinen Ausweg. Nie wieder. Nicht jetzt, nicht in der Zukunft. Und wenn sie es nicht versteht, dann wird sie es bald wissen, sobald ich mit ihr fertig bin. Sie wird begreifen, dass sie bei mir bleibt – für immer.

Ein kaltes Lächeln breitet sich auf meinem Gesicht aus, als ich den Raum verlasse. Ich brauche etwas, um sie zu erziehen. Etwas, das ihr den Kopf klar macht. Ein Eimer, eine

Flasche Wasser – ja, das reicht. Und Klopapier aus dem Bad. Sie muss wissen, was sie verdient hat. Was sie jetzt von mir erwartet.

Als ich zurück ins Schlafzimmer gehe, finde ich sie dort, wie erwartet, auf dem Bett, die Augen leer, Tränen, die wie kleine, schimmernde Tropfen über ihre Wangen rollen. Ihr Körper ist angespannt, aber sie wird bald begreifen, dass diese Tränen nichts anderes sind als ein weiterer Schritt in ihrem Lernprozess. Sie wird lernen, dass ich alles bin, was sie braucht. Sie wird lernen, dass ich die einzige Konstante in ihrem Leben bin.

»Cassie«, sage ich, und meine Stimme klingt wie ein drohendes Flüstern in der Stille des Raums. »Du weinst, aber das wird dir nicht helfen. Deine Tränen sind bedeutungslos. Du hast keine Wahl. Du bist hier, und du wirst hier bleiben, bis du verstehst, wer du wirklich bist. Was du wirklich bist.«

Ich gehe langsam auf sie zu, setze den Eimer und die Flasche neben ihr auf das Bett. Ihr Blick ist leer, aber ein Funken Angst flackert in ihren Augen auf. Es genügt mir. Ich kann es sehen. Sie weiß, dass sie nichts tun kann, dass sie nichts gegen mich tun kann. Ihre Fassung ist brüchig, und ich werde sie noch weiter brechen. Stück für Stück.

»Das hier«, sage ich, »ist alles, was du brauchst. Alles, was du jemals brauchen wirst. Dein Leben wird sich hier abspielen. Du hast keine andere Wahl mehr.«

Sie schaut mich an, als würde sie versuchen zu verstehen, was in meinem Kopf vorgeht. Als würde sie die Bedeutung meiner Worte hinterfragen. Ihr Blick ist verwirrt, beinahe hoffnungslos. Aber es spielt keine Rolle. Sie wird verstehen. Sie wird es noch lernen.

»Du wirst hier bleiben«, sage ich, diesmal mit einem Hauch von Bedrohung in meiner Stimme. »Solange du dich weigerst zu begreifen, wirst du hier drinnen bleiben, bis du weißt, was du zu tun hast. Und dieser Eimer«, ich deute auf das einfache, unschuldige Objekt, »wird deine Toilette sein. Du bist nichts anderes mehr als meine Frau. Du bist mein. Und du wirst es akzeptieren.« Ich drehe mich um und verlasse den Raum und verriegele die Tür.

Ein kehliges, ersticktes Geräusch dringt aus ihrer Kehle, als sie anfängt, gegen die Tür zu schlagen, aber das kümmert mich nicht. Das ist nur der Anfang. Ihre Schreie hallen durch das Haus. Ich kann den Schmerz hören, den Frust, die Wut, aber es bedeutet nichts. Sie wird sich irgendwann an diese Wände gewöhnen. Sie wird verstehen, dass sie nicht fliehen kann.

»Du wirst dich beruhigen«, sage ich, ohne mich umzudrehen. »Und du wirst verstehen, dass du niemals wieder entkommen wirst. Du wirst sehen, dass ich die einzige Person in deinem Leben bin, die dich wirklich liebt. Du wirst sehen, dass ich alles für dich tue. Alles für dich bin. Du wirst sehen, dass du mich brauchst.«

Ihre Schreie sind wie Musik in meinen Ohren, wie ein unvollständiges Lied, das bald seinen Höhepunkt erreichen wird. Die Konfrontation zwischen uns beiden ist nur ein weiterer Schritt.

Ich brauche Ablenkung. Ich brauche etwas, um meinen Kopf klar zu bekommen. Ich gehe zum Schreibtisch, setze mich und schalte meinen Laptop ein. Während sie sich immer noch gegen die Tür wirft, und leise wimmert, beginne ich zu tippen. Ich habe zu viele Dinge zu erledigen. Es ist Zeit, die komplette Kontrolle zu übernehmen – und sie wird die Kontrolle nie wieder haben.

Kapitel 56

Cooper

Es ist erstaunlich, wie schnell sich alles verändern kann. Der Vollstrecker hat einen Fehler begangen und wir haben ihn aufgespürt. Mit dem entscheidenden Hinweis von Emma, dem Kennzeichen des Fahrzeugs, das sich zur richtigen Zeit am richtigen Ort befand. Aber es ist noch lange nicht vorbei. Jetzt müssen wir strategisch vorgehen. Nichts darf dem Zufall überlassen werden.

Der Captain steht hinter mir, das Gewicht der Situation liegt auf seinen Schultern. Es ist nicht nur Cassies Leben, das auf dem Spiel steht, sondern auch unsere eigene Sicherheit. Der Vollstrecker ist kein gewöhnlicher Verbrecher – er ist gefährlich, kalt und kalkulierend. Wir müssen auf alles vorbereitet sein.

»Wir haben die Google Maps-Aufnahme und die Verifizierung des Standorts«, sage ich, während ich die Karte auf dem Monitor zeige. »Emma hat uns den entscheidenden Hinweis gegeben. Jetzt können wir die Gegend ausfindig machen, in der der Van angemeldet ist. Es ist nur noch eine Frage von Sekunden, bis wir ihn finden.«

Der Captain nickt. »Wir dürfen jetzt keinen Fehler machen. Wir müssen sicherstellen, dass wir den Standort haben und genau wissen, was dort vor sich geht. Keinen Tag länger dürfen wir warten.«

Es wird still, als alle in der Nähe den Ernst der Lage verstehen. Der Plan muss sitzen. »Es ist das perfekte Versteck«, sage ich, während ich auf die Karte zeige. »Das Haus ist abgelegen, niemand wird hier etwas hören – keine Schreie, keine Bewegungen. Wenn er dort ist, dann haben wir es mit einem perfekten Versteck zu tun.«

»Das bedeutet, wir müssen einen Zugriff in der Nacht planen«, fügt der Captain hinzu. »Die Nacht ist die beste Zeit. Wir wissen nicht, wie sein Sicherheitssystem aussieht, und wir können uns keine Überraschung leisten. Alles muss vorbereitet sein. Wenn wir zuschlagen, dann mit voller Kraft.«

Ich nicke. »Und wir müssen sicherstellen, dass wir schnell genug sind, damit er keinen Fluchtweg findet. Das ist der einzige Moment, in dem er verwundbar ist. Er weiß, dass wir ihm auf den Fersen sind, aber er weiß noch nicht, wie nah wir ihm gekommen sind.«

»Wir müssen ein spezielles Team zusammenstellen«, sagt der Captain, als er sich umdreht und in die Runde schaut. »Wir brauchen alle, die an diesem Fall gearbeitet haben. Emma, Cooper,– alle müssen mit dabei sein. Das Team muss eng zusammenarbeiten, jeder muss seinen Job kennen. Wenn wir diese Chance verpassen, haben wir sie vielleicht nie wieder.«

Ich kann spüren, wie die Anspannung sich im Raum ausbreitet. Der Moment der Wahrheit ist nah, und jeder von uns weiß, wie gefährlich es wird. Wir dürfen keine Fehler machen, nicht einen einzigen.

»Emma, du und Cooper kennt den Fall am besten. Ihr wisst, was wir brauchen. Ihr werdet das Team anführen«, sagt der Captain und sieht zu uns beiden. »Wir haben den Standort, wir haben die Aufnahmen – es wird kein Zögern geben.«

Ich sehe zu Emma und nicke. Sie wirkt ruhig, obwohl ich weiß, wie viel auf dem Spiel steht. Ihre Entschlossenheit ist beeindruckend, aber auch gefährlich. Wir sind alle in diesem Moment miteinander verbunden, und jeder von uns muss die Verantwortung übernehmen.

»Ich werde den Zugriff mit dem taktischen Team koordinieren«, sage ich, während ich mich an die Tafel drehe. »Wir müssen die Umgebung absichern und sicherstellen, dass alle Ausgänge blockiert sind. Keine Fluchtwege. Kein Raum für Überraschungen.«

»Und was ist mit Cassandra?«, fragt Emma, ihre Stimme ist fest, aber die Besorgnis darüber, was mit ihr passieren könnte, schwingt mit.

»Cassandra hat oberste Priorität«, sage ich sofort. »Wir müssen sicherstellen, dass sie in Sicherheit ist, bevor wir zuschlagen. Wenn er sie noch hat, müssen wir sie so schnell wie möglich herausbringen. Der Moment, in dem wir eingreifen, wird der letzte sein, in dem er sie als Druckmittel benutzen kann.«

»Gut«, sagt der Captain, und seine Stimme klingt härter als je zuvor.

»Alles muss stimmen«, sage ich, als ich mich wieder umdrehe, die Taktik durchgehend visualisiere. »Jeder Schritt muss berechnet sein. Wir wissen nicht, wie er reagieren wird, also müssen wir auf alles vorbereitet sein. Wir dürfen keinen Moment verlieren, wenn er einmal in unserem Visier ist.«

Der Raum ist still, alle Blicke sind auf die Karte gerichtet, auf die Position des Hauses und die Umgebung. »Der Vollstrecker wird heute Nacht fallen.«

»Also gut«, sagt der Captain, als er die letzten Details durchgeht. »Jeder weiß, was er zu tun hat. Wir brechen heute Abend auf, alles ist vorbereitet. Es gibt kein Zurück mehr.«

»Es wird kein Entkommen mehr für ihn geben«, murmle ich, während ich den Blick auf die Karte fixiere. »Und wir holen Cassandra zurück und vielleicht, aber nur vielleicht findet Emma endlich wieder Frieden.«

Kapitel 57

Ich sitze auf dem Bett, meine Hände vergraben sich tief in meinem Schoß, während mein Blick an der Wand hängen bleibt. Die Nacht ist still, fast erdrückend, doch in mir tobt ein Sturm, der mich nicht zur Ruhe kommen lässt. Es fühlt sich an, als würde ich auf einer schmalen Linie balancieren – auf der einen Seite das Leben, das ich mir zurückwünsche, auf der anderen die Dunkelheit, die Ric in mein Leben gebracht hat.

Ich habe mich von ihm blenden lassen, von den Momenten, in denen seine Augen so tief und ehrlich wirkten, dass ich mir einreden konnte, hinter all der Kälte sei ein guter Mensch verborgen. Von seiner Art, mich glauben zu lassen, dass ich die Einzige sei, die ihn verstehen könne, die ihm etwas bedeutet. Doch jetzt, wo ich hier sitze, allein in dieser bedrückenden Stille, wird mir klar, dass ich einen Fehler gemacht habe – einen gefährlichen Fehler.

Ric ist nicht der Mann, für den ich ihn hielt und den ich mir gewünscht hatte.

Er ist nicht der gebrochene, verletzte Mensch, den ich retten wollte. Er ist etwas viel Dunkleres und ich weiß, dass ich mich darin verloren habe. Stück für Stück hat er mich in seine Welt hineingezogen, bis ich nicht mehr wusste, wo ich aufhöre und wo er beginnt.

Ich will wieder frei sein. Ich will das Leben zurück, das ich hatte, bevor Ric in mein Leben trat – bevor er mich in diese Spirale aus Angst, Zweifel und Abhängigkeit gezogen hat. Für einen Moment atme ich tief ein, versuche den Nebel in meinem Kopf zu vertreiben.

Aber ich weiß, dass ich hier festsitze. Der Eimer in der Ecke ist nun meine Toilette. Die

Flasche Wasser, das ich immer nur schluckweise trinke, ist mein einziges Mittel, um zu überleben – aber selbst das wird bald zu wenig sein. Ich weiß nicht, wann er mich wieder rauslässt. Wann ich wieder atmen kann, ohne in dieser engen, isolierten Hölle zu ersticken. Aber eines ist sicher: Diese Art der Folter wird mich nicht brechen. Er will mich zerstören, mich so lange quälen, bis ich mich ihm völlig unterwerfe. Doch er hat einen Fehler gemacht. Er hat unterschätzt, wie stark ich bin. Ich werde nicht kampflos aufgeben. Nicht jetzt. Nicht hier. Mit jedem Moment, den ich in dieser Dunkelheit verbringe, wächst der Widerstand in mir. Ich kann ihn spüren, diesen unaufhörlichen Drang, nicht zu verlieren. Ich werde kämpfen, um nicht noch tiefer in seine Fänge zu geraten. Nicht für ihn. Nicht für den Mann, der mich in diese Hölle gestoßen hat. Die Zeit zieht sich. Die Stunden verschwimmen zu einer einzigen, quälenden Ewigkeit. Irgendwann, als ich mich endlich dazu zwinge, mich hinzulegen, um die Zeit zu überstehen, höre ich ein Geräusch. Ein leises Knacken, das die Stille durchbricht. Ich merke, wie sich die Matratze neben mir eindrückt, ein vertrautes Gewicht legt sich neben mich. Und dann spüre ich, wie er sich an mich schmiegt. Seine Wärme, die mich überflutet. Ein Hauch von etwas, das ich nicht ertragen kann.

Er flüstert in mein Ohr, seine Worte wie ein kaltes Versprechen: »Ich liebe dich, Cassie. Ich vermisse dich an meiner Seite. Du musst doch verstehen, dass du mein Ein und Alles bist. Meine Luft zum Atmen. Mein Herz, das außerhalb meiner Brust schlägt. Lass uns nicht streiten. Komm, lass uns zusammen duschen gehen, etwas essen und dann in Ruhe reden. Was hältst du davon?« Es ekelt mich an. Jede Faser meines Körpers will sich von ihm abwenden, ihn von mir stoßen. Doch ich weiß, dass das keine Lösung ist. Er hat mich hier eingesperrt, und so lange er es will, werde ich keine Chance haben, zu entkommen. Ich kann nicht mit ihm kämpfen, wenn ich nichts habe, was mir genug Kraft gibt, ihm zu widerstehen. Also tue ich es – obwohl es mich innerlich zerreißt. Ich drehe mich zu ihm, obwohl sich mein ganzer Körper sträubt. Ich sehe in seine

Augen. Sie sind weich, verloren, aber auch besitzergreifend.

Er muss wirklich leiden, mich so zu sehen. Doch ich darf mich nicht einlullen lassen. Diese Augen, die so liebevoll wirken, gehören nicht dem Mann, den ich dachte gekannt zu haben. Sie gehören einem Monster. Ich habe die Warnung in meinem Kopf gehört, doch ich kann nicht anders. Mein Mund öffnet sich, und es kommt heraus, ohne dass ich es kontrollieren kann: »Du bist und bleibst ein Monster.« Sein Blick wird sofort dunkel. Das warme Gefühl, das noch eben zwischen uns war, verfliegt, als er mich ansieht. Es ist wie ein kaltes, tiefes Loch, das sich aufmacht, und ich spüre die Angst, die in mir hochsteigt. Ich habe ihn verletzt. Ich habe die Grenze überschritten, an der er noch freundlich war. Jetzt ist er nichts mehr als der Vollstrecker, der mich hierher gebracht hat. Seine Augen glühen vor Wut, und in seinem Blick liegt etwas, das ich nicht deuten kann. Die Angst in mir wächst, als er sich aufrichtet. Ich erwarte, dass er mich schlägt, mich noch mehr quält, doch er tut nichts. Stattdessen sinkt er langsam zurück und zieht mich enger an sich. »Du verstehst das nicht, Cassie«, murmelt er, »Du bist mein Leben. Ich werde dich niemals loslassen.« Ich weiß, dass ich verloren habe. Aber auch wenn er mir die Luft zum Atmen nimmt, wird er mich nie ganz brechen. Ich werde überleben.

Kapitel 58

VOLLSTRECKER

Ich höre Cassies leisen Atem im Raum, spüre die Spannung, die wie ein unsichtbares Band zwischen uns liegt. Sie will weg. Ich sehe es in ihren Augen, spüre es in jeder ihrer Bewegungen. Doch bevor ich etwas sagen kann, bevor ich sie davon abhalten kann, bricht ein anderes Gefühl durch die Oberfläche – eine plötzliche, eisige Wachsamkeit.

Etwas stimmt nicht.

Ein unbewusster Instinkt zieht meinen Blick zum Fenster. Und dann sehe ich sie: Schatten, die sich um das Haus bewegen. Still, geisterhaft, aber nicht unauffällig genug, um mir zu entgehen. Sie haben mich gefunden. Sie sind hier und ich weiß genau, warum. Sie wollen mich. Und sie wollen Cassie.

Mein Herz beginnt zu rasen, aber nicht vor Angst – vor Wut. Sie wollen mir das Einzige nehmen, was mir noch etwas bedeutet. Das werde ich nicht zulassen. Niemand nimmt mir Cassie weg. Niemand.

Ich gehe langsam zum Fenster und schließe die Vorhänge mit einer ruhigen, kontrollierten Bewegung, während ich versuche, keinen Laut zu machen. Meine Gedanken arbeiten blitzschnell. Ich habe gewusst, dass dieser Moment kommen könnte, irgendwann. Aber ich dachte, ich hätte mehr Zeit. Zeit, um herauszufinden, was ich wirklich will. Zeit, um Cassie bei mir zu behalten. Doch jetzt ist sie vorbei – die Zeit ist abgelaufen.

Ich drehe mich zu ihr um. Sie sieht mich an, unsicher, vielleicht sogar ängstlich. Ich weiß, dass sie spürt, dass etwas nicht stimmt. Aber sie sagt nichts. Vielleicht ahnt sie, dass jetzt nicht der Moment ist, Fragen zu stellen.

»Cassie«, sage ich leise, aber meine Stimme ist fest, fast befehlend. »Geh in die Küche. Lass das Licht aus. Bleib ruhig.«

Sie zögert, ihre Augen suchen meine, als ob sie wissen will, was los ist. Doch dann nickt sie langsam und dreht sich um. Ihre Schritte sind leise, fast lautlos, als sie den Raum verlässt. Ich warte, bis ich sicher bin, dass sie außer Sichtweite ist, bevor ich mich zum Schrank bewege.

Ich öffne ihn langsam und hole meine Waffe hervor. Das Gewicht meiner Waffe in meiner Hand beruhigt mich. Sie gibt mir das Gefühl von Kontrolle, das ich gerade brauche. Ich lade sie und überprüfe das Magazin, Jede Bewegung ist präzise, routiniert.

Mein Verstand arbeitet weiter. Wie viele sind es? Fünf? Zehn? Sie sind gut vorbereitet, das weiß ich. Sie werden nicht allein gekommen sein. Sie wissen, wer ich bin. Sie wissen, dass ich nicht kampflos aufgebe.

Ein kurzer Gedanke blitzt durch meinen Kopf: Soll ich Cassie laufen lassen? Soll ich ihr eine Chance geben, sich selbst zu retten? Doch sofort verdränge ich diesen Gedanken. Nein.

Ohne sie habe ich keinen Grund zu kämpfen. Ohne sie bin ich nichts.

Sie ist mein. Und ich werde sie verteidigen.

Ich gehe zum Flur, die Dunkelheit verschlingt mich, doch meine Augen haben sich längst an das schwache Licht gewöhnt. Draußen sehe ich wieder die Schatten, die sich vorsichtig bewegen. Sie suchen nach einem Weg hinein, aber sie kennen das Haus nicht so wie ich.

Ein Lächeln zuckt über meine Lippen, kalt und berechnend. Sie denken, sie haben die Kontrolle. Sie denken, sie wären die Jäger. Aber sie irren sich. Sie sind in meinem Revier. Hier bin ich der Jäger.

Ich ziehe tief Luft ein und lasse die Gedanken an Zweifel verschwinden. Keine Zurückhaltung mehr. Kein zögern. Wenn sie mich gefunden haben, dann wird es blutig enden.

Cassie ist leise in die Küche gegangen, wie ich es ihr gesagt habe. Ich weiß, dass sie Angst hat, aber ich hoffe, sie bleibt ruhig. Das Licht bleibt aus, genauso wie ich es wollte. Sie muss mir vertrauen – das ist jetzt das Wichtigste.

Ich bewege mich weiter durch das Haus, lautlos, jeder Schritt berechnend. Meine Finger umschließen den Griff der Waffe fester, während mein Blick jeden Schatten im Raum scannt. Sie glauben, sie könnten einfach hier eindringen, mich überraschen, mich überwältigen. Sie irren sich.

Ich bin bereit zu kämpfen. Bereit, alles zu tun, um Cassie zu behalten. Und wenn sie denken, dass sie mich einfach so auslöschen können, dann werden sie sehr schnell lernen, dass ich nichts mehr zu verlieren habe.

Ein Schatten draußen bewegt sich näher ans Fenster. Ein Fehler. Mein Lächeln wird breiter.

Kapitel 59

Das Herz schlägt mir bis zum Hals, während ich neben Cooper hinter einem der Einsatzwagen kniee. Meine Hände zittern leicht, aber ich presse sie fest auf meine Oberschenkel, um die Kontrolle zu behalten. Es ist soweit. Wochenlange Ermittlungsarbeit, unzählige schlaflose Nächte und diese eine unerschütterliche Hoffnung, dass wir ihn finden, haben uns hierhergebracht.

»Alles bereit?« fragt Cooper leise und sieht mich an. Seine Stimme ist ruhig, kontrolliert, wie immer. Aber ich kenne ihn inzwischen gut genug, um die Anspannung in seinen Augen zu erkennen. Er will das genauso sehr wie ich.

Er weiß, wie sehr dieser Moment für mich zählt.

»Ja«, antworte ich ebenso leise, meine Stimme fast ein Flüstern. Ich kann das Adrenalin spüren, das durch meine Adern rauscht, jede Faser meines Körpers vibriert vor Spannung. Endlich. Wir haben ihn. Wir haben sein Haus umstellt, und es gibt keinen Ausweg mehr für ihn.

Ich blicke zu dem dunklen Gebäude vor uns. Es sieht unscheinbar aus, wie jedes andere alte Haus auf dem Land. Doch für mich ist es mehr als nur ein Haus. Es ist der Ort, an dem meine Albträume begannen. Der Ort, an dem ich die schlimmste Zeit meines Lebens durchgemacht habe. Der Ort, an dem ich dachte, dass ich sterben würde. Und heute, hier und jetzt, werde ich ihn fallen sehen.

Cooper rückt näher an mich heran. »Emma, bleib dicht bei mir. Kein Alleingang, klar?« Seine Stimme ist scharf, aber ich weiß, dass er es nur sagt, weil er sich Sorgen macht.

Ich nicke knapp. »Verstanden.« Aber tief in mir weiß ich, dass ich, wenn es hart auf hart kommt, keine Sekunde zögern werde, wenn sich die Gelegenheit ergibt, diesen Wahnsinnigen selbst zu erledigen.

»Los«, sagt Cooper, als alle bereit sind.

Wir schleichen uns in kleinen Gruppen an das Haus heran. Jeder Schritt ist präzise, jeder Atemzug kontrolliert. Die Dunkelheit der Nacht bietet uns Deckung, aber ich weiß, dass er uns bemerkt haben könnte. Ein Mann wie er – paranoid, immer auf der Hut – wird nicht einfach schlafen, während wir uns nähern.

Ein Kollege schleicht sich ans Fenster und schlägt es mit einem kurzen, gezielten Schlag ein. Das Geräusch zerschmetternden Glases zerreißt die Stille der Nacht, gefolgt vom dumpfen Klirren einer Rauchbombe, die ins Haus geworfen wird. Sekunden später quillt dichter Rauch aus dem Fenster.

Ich halte den Atem an, die Zeit scheint stillzustehen. Gleich wird er herauskommen müssen. Er hat keine andere Wahl. Der Rauch wird ihn zwingen, sein Versteck zu verlassen, und wir werden bereit sein.

Wir haben ihn. Es gibt kein Entkommen mehr für den Vollstrecker. Dieses Mal wird er nicht verschwinden. Dieses Mal endet es hier.

Doch während wir warten, spüre ich, wie sich eine seltsame Beklemmung in meiner Brust ausbreitet. Irgendetwas stimmt nicht. Es ist zu ruhig. Kein Geräusch von hastigen Schritten im Haus, keine Bewegung an den Fenstern. Nichts außer dem Rauch, der immer dichter wird.

»Warum kommt er nicht raus?« flüstere ich angespannt zu Cooper. »Er müsste längst draußen sein.«

Cooper verengt die Augen, seine Stirn liegt in tiefen Falten. »Vielleicht…« Doch er beendet den Satz nicht, denn in diesem Moment hören wir ein leises Geräusch – ein Klicken, kaum hörbar, aber eindeutig.

Eine Sekunde später schreit jemand: »RUNTER!«

Die Explosion reißt die Nacht in Stücke. Eine Druckwelle fegt durch die Luft, und ich werde zurückgeschleudert. Mein Kopf schlägt hart auf den Boden, und für einen Moment ist alles verschwommen. Ein lauter, dröhnender Ton erfüllt meine Ohren, und meine Lungen brennen vom Rauch und Staub.

»Emma!« Coopers Stimme dringt durch das Chaos, fest und klar, während er sich über mich beugt. »Alles in Ordnung?«

Ich blinzle benommen und nicke langsam. Mein Kopf pocht, aber ich lebe. »Ja... ich... ich glaube schon.«

Er hilft mir auf die Beine, und gemeinsam sehen wir uns um. Der Eingangsbereich des Hauses ist zerstört, Rauch und Trümmer liegen überall. Doch etwas fehlt.

»Verdammt«, zischt Cooper wütend. »Er ist nicht mehr drin.«

Mein Herz setzt einen Schlag aus. »Nein... das kann nicht sein.«

Aber tief in mir weiß ich, dass er recht hat. Der Vollstrecker ist nicht mehr im Haus. Irgendwie hat er es geschafft, uns erneut zu entkommen. Doch das werden wir ändern.

»Wir kriegen ihn«, sagt Cooper fest und legt eine Hand auf meine Schulter. »Das schwöre ich dir.«

Kapitel 60

VOLLSTRECKER

Die verdammten Cops denken wohl, sie könnten mich kriegen. Ein spöttisches Lächeln zuckt über meine Lippen, während mein Herz wild in meiner Brust hämmert. Dumme, kleine Schachfiguren, die glauben, sie hätten das Spiel unter Kontrolle. Doch dieses Spiel gehört mir. Es hat mir immer gehört. Und heute Nacht werde ich es ihnen beweisen.

Die Explosion meiner kleinen Überraschung detoniert mit einem ohrenbetäubenden Knall. Die Wucht der Detonation lässt die Luft flirren, während Schreie durch die Dunkelheit schneiden. Ich kann das Chaos fast schmecken – ein köstlicher Cocktail aus Panik, Rauch und brennender Hoffnungslosigkeit. Perfekt. Ich liebe es, wenn alles genau nach meinem Plan läuft.

Cassie reißt sich los, ihr erster Instinkt ist es, wegzurennen – dummes Ding. Glaubt sie wirklich, sie könnte mir entkommen? Ich packe ihr Handgelenk so fest, dass sie keucht, reiße sie zurück in meine Kontrolle. »Kein Wort. Keine Dummheiten,« knurre ich und spüre, wie ihr Körper vor Angst erstarrt. Gut. Sie lernt schnell.

Wir rennen. Der Wald liegt vor uns wie ein endloser, gähnender Schlund. Schwarz, düster, voller Geheimnisse. Ein Ort, an dem nur die Stärksten überleben. Hinter uns hallen Stimmen durch die Nacht – befehlsgewohnte Schreie, das Klirren von Waffen, das Knurren von Hunden. Sie denken wirklich, sie könnten mich jagen.

Aber ich kenne dieses Spiel besser als jeder von ihnen.

Cassie stolpert. Verdammt. Sie ist schwach, zu langsam, ihre Beine können nicht mit meinem Tempo mithalten. Ich ziehe sie hinter mir her, doch sie fällt, keucht, schnappt nach Luft wie ein sterbendes Reh. Sie vergeudet wertvolle Sekunden. Ich reiße sie grob hoch, ihre Knie schlottern, aber sie wagt es nicht, sich zu beschweren. »Hör auf zu schwächeln,« fauche ich. »Lauf oder stirb.«

Ich spüre, wie ihr Zittern sich verstärkt. Angst ist eine wunderbare Sache. Sie macht Menschen gefügig.

Ich lausche. Die Bullen kommen näher. Die Hunde bellen, ihr Rhythmus wird schneller – sie haben unsere Fährte aufgenommen. Nicht gut. Aber ich habe einen Plan. Der Fluss liegt nicht weit. Noch ein paar hundert Meter, dann verschwinden wir.

Cassie strauchelt erneut. Ich verliere langsam die Geduld. Ist sie wirklich so dumm zu glauben, dass sie eine Wahl hat? Ich packe sie fester, reiße sie weiter, spüre, wie ihr Handgelenk unter meinem Griff pulsiert.

»Ich kann nicht…« keucht sie. »Ich kann nicht mehr…«

»Oh, doch. Du kannst.« Meine Stimme ist kaum mehr als ein Knurren. Ich bleibe abrupt stehen, packe sie an den Schultern und drücke sie gegen einen Baum. Sie keucht, ihr Brustkorb hebt und senkt sich in wilden Stößen. Ihre Augen sind weit aufgerissen, springen hektisch von einer Seite auf die Andere, voller Angst. Herrlich.

Ich beuge mich vor, meine Lippen an ihrem Ohr. »Hör mir gut zu, Cassie,« flüstere ich mit gefährlicher Sanftheit. »Wenn du jetzt aufgibst, wenn du mich zurückhältst... dann werde ich keine andere Wahl haben, als dich zu erschießen, entweder lebst und rennst du mit mir, oder du stirbst und ich lasse dich allein zurück.«

Ein Zittern läuft durch ihren Körper. Sie weiß, dass ich es ernst meine. Sie weiß, dass es kein Entkommen gibt. »Also, was tust du jetzt?« frage ich und hebe herausfordernd eine Augenbraue.

Sie blinzelt, atmet schwer. Dann nickt sie. »Ich laufe.« Ein zufriedenes Lächeln legt sich auf meine Lippen. Gut. Ich nehme ihre Hand fester in meine – diesmal nicht nur, um sie zu zwingen, sondern um sie zu besitzen. Sie ist mein. Für immer.

Der Fluss ist nah. Die Cops sind hinter uns. Aber Cassie rennt jetzt so, wie sie sollte. Wie jemand, der verstanden hat, dass ich ihr einziger Ausweg bin.

Kapitel 61

Ich will nicht mehr. Ich kann nicht mehr. Jede Faser meines Körpers schreit danach, aufzuhören, einfach nicht mehr weiterzumachen. Lieber sterbe ich, als noch eine Sekunde länger an seiner Seite zu bleiben. Ich bin kein Mensch mehr, nur noch eine Marionette, die an den Fäden seiner krankhaften Besessenheit hängt.

Der Wald ist finster, die Äste ragen wie drohende Finger in den Himmel, und irgendwo in der Ferne höre ich Hunde bellen. Sie suchen uns. Sie suchen mich.

Ich weiß, dass dies meine einzige Chance ist. Mein letzter Ausweg.

Mit aller Kraft reiße ich mich los, trete zurück, schreie so laut ich kann. »Hilfe! Bitte, jemand!« Meine Stimme durchbricht die kalte Nachtluft, hallt zwischen den Bäumen wider. Mein Herz rast, mein ganzer Körper bebt vor Adrenalin.

Ich spüre seinen Blick auf mir – eisig, berechnend. Dann verfinstert sich sein Gesicht, seine Augen werden zu schwarzen Abgründen. »Das hättest du nicht tun sollen, Cassie.« Seine Stimme ist kalt, so kalt, dass mir das Blut in den Adern gefriert.

Er packt meinen Arm, seine Finger bohren sich in meine Haut wie ein Schraubstock. Er zieht mich zu sich heran, und ich kann die Wut in seinem Atem spüren. »Du gehörst mir,« zischt er, sein Griff unerbittlich.

Nein.

Nicht mehr.

Reflexartig hebe ich mein Knie. Mein Körper reagiert, bevor mein Verstand es begreift. Ich treffe ihn hart in der Seite, und für einen Moment schnellt sein Körper zurück, seine

Haltung schwankt. Ein dunkles Knurren entfährt ihm, aber er lässt mich los – nicht aus Schwäche, sondern weil er mich wegstößt.

Mein Gleichgewicht gerät ins Wanken, die Welt kippt um mich herum.

Ich taumle.

Der Boden unter meinen Füßen ist uneben, bedeckt von Wurzeln und feuchtem Laub. Meine Arme rudern hilflos in der Luft, doch ich kann den Sturz nicht verhindern. Mein Fuß bleibt an einer hervorstehenden Wurzel hängen, und mit einem Schrei verliere ich das Gleichgewicht.

Ich falle nach hinten, durchbreche das dichte Unterholz – Blätter und Zweige zerreißen um mich herum. Der Aufprall kommt hart und unerwartet, mein Rücken schlägt gegen den feuchten Waldboden. Ein dumpfer Schmerz durchfährt mich, während über mir die dichten Baumkronen in verschwommenen Grüntönen schwanken.

Für einen Moment liege ich einfach da, keuchend, während sich der Wald um mich herumschließt.

Kapitel 62

VOLLSTRECKER

Nein. Nein. Nein.

Das kann nicht sein. Das darf nicht sein.

»Cassie!« Meine Stimme hallt zwischen den Bäumen wider, doch sie reagiert nicht. Sie liegt da, bewegungslos, wie eine zerbrochene Puppe auf dem kalten Waldboden. Ihre Augen sind offen, doch sie sehen nichts mehr. Ein dunkler, glasiger Schleier liegt über ihnen.

Ich trete näher, mein Herz rast, mein Atem geht flach. Verdammt nochmal, Cassie, steh auf! Ich beuge mich zu ihr hinab, packe ihre

Schultern und rüttle sie fester, härter. »Aufstehen! Wir haben keine Zeit für Spielchen!« Meine Stimme zittert, aber das ist mir egal.

Nichts.

Ihr Kopf kippt zur Seite und dann sehe ich es.

Blut.

Eine dunkle, dicke Spur, die aus einer klaffenden Wunde an ihrem Hinterkopf rinnt, sich über den moosbedeckten Stein darunter verteilt.

Nein. Nein. Nein.

»Cassie…« Meine Stimme ist jetzt nur noch ein Flüstern. Ein ersticktes, zerbrochenes Wort, das kaum aus meiner Kehle kommt. Meine Hände zittern, als ich sie vorsichtig in meine Arme ziehe, sie an mich drücke, als könnte ich sie so wieder ins Leben zurückholen. Ihr Körper ist noch warm, aber das Leben… das ist längst aus ihr gewichen.

Meine Cassie. Meine wunderschöne Cassie.

Ich fühle, wie etwas in mir reißt, wie eine Welle aus unbändigem Schmerz mich überrollt. Mein Herz schlägt gegen meine

Brust, hämmert gegen meine Rippen, als wolle es sich selbst aus mir herausreißen. Nein! Sie kann nicht weg sein! Sie war mein Licht, meine Rettung. Ich habe sie geschaffen. Sie war meins. Sie war das Einzige, was mich noch menschlich gemacht hat.

Und jetzt?

Jetzt halte ich nur noch eine leblose Hülle in meinen Armen.

Ein lautes Schluchzen bricht aus mir heraus, ohne dass ich es aufhalten kann. Tränen laufen über mein Gesicht, heiß und brennend, während ich ihr Haar berühre, während meine Finger über ihre weichen Lippen streichen, die mich nie wieder küssen werden.

Ich presse meine Stirn gegen ihre, schließe die Augen. »Bitte…« Meine Stimme bricht. »Bitte wach auf…«

Doch sie tut es nicht.

Ein Geräusch reißt mich aus meiner Starre. Ein Bellen, lauter, näher. Das Knacken von Ästen unter schweren Stiefeln. Sie kommen.

Die Cops.

Die Schweine haben mich.

Meine Hände ballen sich zu Fäusten. Mein Körper bebt. Ich will schreien, will alles um mich herum in Stücke reißen, will die Welt für das bestrafen, was sie mir genommen hat. Sie haben mir Cassie genommen!

Doch es war nicht die Welt.

Ich war es.

Ich habe sie in diesen Wahnsinn gezogen. Ich habe sie an mich gefesselt. Ich habe sie zerstört.

Und jetzt… bleibt mir nur noch eine Wahl.

Langsam löse ich meine Arme von ihr, meine Bewegungen sind mechanisch, leer. Ich stehe auf, spüre nicht einmal den Dreck, das Blut an meinen Händen. Die Schritte kommen näher, Stimmen rufen, Taschenlampen durchbrechen die Dunkelheit.

Ich drehe mich zum Himmel, blicke in das endlose Schwarz zwischen den Baumkronen. Mein Herz schlägt ruhig. Zu ruhig.

Dann greife ich zur Waffe an meinem Gürtel.

Und lächle.

Cassie, warte auf mich. Ich komme.

Kapitel 63

Wir haben ihn.

Mein Herz rast, als er die Waffe zieht. Alles um mich herum verschwimmt, doch bevor er auch nur den Lauf auf uns richten kann, zerreißt ein Schuss die angespannte Stille. Ein markerschütternder Schrei folgt, als seine Waffe klappernd zu Boden fällt. Coopers Kugel hat sein Ziel getroffen – direkt in die Hand. Sein Gesicht verzerrt sich vor Schmerz, doch ich kann nur atemlos auf die Szene vor mir starren.

Mein Herz rast, meine Hände zittern, aber es ist vorbei. Es ist endlich vorbei.

Ich kann es kaum glauben, während ich durch das Chaos aus Stimmen, Schreien und Funksprüchen hindurchstarre. Alles verschwimmt um mich herum, als wäre ich unter Wasser, als wäre das hier nicht echt. Aber es ist echt. Er ist gefasst. Der Vollstrecker ist gefasst.

Doch dann sehe ich es.

Sein Blick.

Es ist kein Blick eines Mannes, der verloren hat. Kein Blick eines gefassten Verbrechers, der sich seiner Strafe bewusst ist. Nein. Es ist ein Blick voller roher, unverfälschter Verzweiflung. Und dann schreit er.

»Lasst mich los! Cassie! Cassie!«

Seine Stimme ist nicht mehr kalt, nicht mehr berechnend. Sie ist voller Schmerz. Echter, zerstörerischer Schmerz.

»Bringt sie zurück! Sie braucht mich! Ich kann nicht ohne sie! Ich kann nicht ohne Cassie!«

Er windet sich in den Griffen der Beamten, aber Cooper steht direkt neben ihm und drückt ihn mit einer Kraft nach unten, die keine Diskussion zulässt.

»Eric Summers,« beginnt Cooper laut, sein Ton hart und unerschütterlich. Der offizielle Moment. Der Moment, in dem er nicht mehr der Vollstrecker ist, sondern nur noch ein Mann, ein Mörder, ein Gefangener. »Sie sind hiermit wegen mehrfachen Mordes, Freiheitsberaubung, Folter und schwerer Körperverletzung festgenommen. Sie haben das Recht zu schweigen, alles, was Sie sagen, kann und wird gegen Sie verwendet werden.«

»Tötet mich!« Erics Stimme überschlägt sich, Tränen rinnen über sein blutverschmiertes Gesicht. »Erschießt mich! Ich will nicht leben ohne sie! Ich will nicht ohne meine Cassie!«

Er versucht sich loszureißen, aber die Beamten werfen ihn grob zu Boden. Er röchelt, kämpft, aber er hat keine Chance. Nicht mehr.

Ich drehe mich langsam um, mein Atem flach, mein Herz ein einziger dumpfer Schlag.

Cassie.

Sie liegt da. Ihre Haut ist bleich, ihre Augen starren leblos in den Himmel. Ein dunkler Fleck breitet sich um ihren Kopf aus, sickert in die Erde, färbt den Waldboden mit der letzten Spur ihres Lebens.

Ich gehe langsam auf sie zu, als würde sie jeden Moment aufstehen, sich an den Kopf fassen, lachen und sagen, dass es nur ein Missverständnis war. Aber das tut sie nicht.

Meine Knie geben nach. Ich sinke neben ihr auf den Boden, strecke eine Hand aus, berühre ihre kalten Finger. Ein Zittern durchläuft meinen Körper, aber ich spüre nichts. Keine Tränen. Kein Wutausbruch. Nur eine gewaltige, unerträgliche Leere. Cassie, das Mädchen, das ich hätte retten sollen. Die junge Frau, die am Ende trotzdem verloren hat

Hinter mir höre ich Eric weiter schreien. Seine Stimme klingt heiser, roh, als hätte er alles verloren, was ihn noch im Leben hielt.

Vielleicht hat er das. Cooper legt eine Hand auf meine Schulter, sein Griff fest, warm. »Emma… komm. Wir müssen gehen.«

Ich nicke langsam, aber ich kann mich nicht bewegen.

»Es ist vorbei,« flüstere ich, doch es fühlt sich nicht an, als wäre es das.

Nichts wird jemals vorbei sein. Nicht wirklich.

Epilog

Drei Monate später

Die Luft ist schwer an diesem Morgen. Fast so, als würde sie all das Leid, all den Schmerz der letzten Monate noch in sich tragen. Ich stehe am Fenster unserer neuen Wohnung und betrachte die Stadt, die in goldenem Licht getaucht ist. Die Welt dreht sich weiter, als wäre nichts passiert. Als hätte es all die Schrecken nicht gegeben. Aber ich weiß es besser.

Ich habe ihn gefunden. Ich habe ihn gestoppt. Und doch fühlt es sich nicht an wie ein Sieg.

Eric Summers, der Mann, der sich der Vollstrecker nannte, sitzt nun in einer hochgesicherten Anstalt für psychisch gestörte Straftäter. Er wird nie wieder die Sonne sehen, nie wieder jemanden verletzen. Während der Gerichtsverhandlung hatte er versucht, zwei Wachmänner niederzuschlagen. Er hatte geschrien, gespuckt, geflucht – sogar die Richterin verbal attackiert. Sein Wahnsinn ist tief in ihm verankert, ein giftiges Geschwür, das niemals heilen wird. Er gehört in seine Zelle. Für immer.

Cassandra wurde nach Texas zu ihrer Familie geflogen. Eine angemessene Beerdigung, sagte man mir. Aber was bedeutet schon „angemessen"? Nichts daran war angemessen. Nichts daran war fair. Cassandra war ein Opfer, eine junge Frau, die das Pech hatte, einem Monster zu vertrauen. Ich denke oft an sie. An ihre Augen, in denen so viel Angst stand, als sie zu mir auf das Revier kam, um ihren vermissten Freund zu suchen. Hätte ich sie retten können? Vielleicht. Vielleicht nicht.

Tom…

Ein stechender Schmerz durchfährt mich, als ich an ihn denke. Mein bester Freund. Mein Bruder. Seine Abwesenheit ist wie ein Loch in meinem Herzen, das sich niemals ganz schließen wird. Ich fahre so oft ich kann zu seinen Eltern, versuche für sie da zu sein, so wie er es immer für mich war. Doch ich kann ihn nicht ersetzen. Niemand kann das.

Und Cooper…

Ich drehe mich um und sehe ihn, wie er am Küchentisch sitzt, den Blick auf eine Akte gerichtet, die er eigentlich schon vor einer Stunde beiseitelegen wollte. Seine dunklen Haare fallen ihm ins Gesicht, sein Kiefer ist angespannt, aber als er merkt, dass ich ihn anschaue, hebt er den Kopf und lächelt. Ein echtes, ehrliches Lächeln.

Wir haben es geschafft. Wir haben uns nicht verloren.

All das, was zwischen uns stand – der Schmerz, die Angst, die Trauer – es hat uns nicht zerstört. Wir sind immer noch Cooper und Emma. Ein Team, auf dem Revier und als Paar.

»Du siehst nachdenklich aus,« sagt er, steht auf und kommt zu mir rüber. Seine Arme legen sich um meine Taille, sein Kinn ruht auf meiner Schulter.

»Ich denke an Tom,« flüstere ich.

Er drückt mich fester an sich. »Ich weiß. Ich auch.«

Ich drehe mich ganz zu ihm um, blicke in seine warmen, vertrauten Augen. »Denkst du, es wird jemals leichter werden?«

Cooper streicht mir sanft eine Haarsträhne aus dem Gesicht. »Vielleicht nicht. Aber wir lernen, damit zu leben. Zusammen.«

Seine Worte treffen mich tief. Zusammen.

Wir haben eine neue Wohnung, einen neuen Anfang. Wir haben beschlossen, die Dunkelheit hinter uns zu lassen und in eine Zukunft zu gehen, die heller ist als alles, was hinter uns liegt. Es wird nicht einfach. Aber es ist unser Weg.

Ich lege meine Hände auf seine Brust, spüre seinen Herzschlag unter meinen Fingern. Es ist echt. Wir sind echt.

»Ich liebe dich, Cooper,« sage ich, und es fühlt sich an wie das erste Mal.

Sein Lächeln ist weich, voller Versprechen. »Ich liebe dich auch, Emma.«

Er küsst mich, sanft, und voller Hingabe. Ein Kuss, der all die Narben heilt, die die letzten Monate hinterlassen haben. Ein Kuss, der uns zurück ins Leben holt.

Der Vollstrecker ist weg und seine Schatten, die uns gefangen hielten, verblassen. Und wir?

Wir haben überlebt.

Danksagung

Wow – was für eine Reise! Meine erste Dilogie hat nun ihr Ende gefunden, und es fühlt sich einfach unglaublich an. Doch dieses Abenteuer wäre niemals so geworden, wie es ist, ohne die Unterstützung so vieler wunderbarer Menschen.

Allen voran ein riesiges Dankeschön an meine fantastischen Testleserinnen: Sonja, Natascha, Lissi, Nadine, Jeanette, Julianchen, Michelle und Christina. Ihr habt Band 2 mit euren wertvollen Anmerkungen, eurer ehrlichen Kritik und eurer Liebe zum Detail geprägt. Ihr habt mir geholfen, die Geschichte zu schärfen, Schwachstellen aufzudecken und die Rechtschreibung unter die Lupe zu nehmen – ohne euch wäre dieses Buch nicht das, was es heute ist. Danke, Mädels, für euren unermüdlichen Einsatz, eure Zeit und eure Leidenschaft!

Ein weiteres riesengroßes Dankeschön geht an meine wundervollen Bloggerinnen: Chanti, Maria, Jeanette, Natascha, Nastja, Alina, Anna

Melissa, Bianca, Christina, Dana, Inge, Steffi, Janine, Jennifer, Jessica, Jessi, Jessy, JeyJey, Julianchen, Linda, Lissi, Maria Mac, Mascha, Melli, Michelle, Nadi, Nadine, Natalie, Natascha B., Nele, Nici, Sandra, Sarah, Taiba, Nicole S. und Denise. Ihr habt meine Bücher in die Welt hinausgetragen, sie mit so viel Herzblut begleitet und mir geholfen, meine Geschichte mit noch mehr Leserinnen und Lesern zu teilen. Eure Unterstützung bedeutet mir unendlich viel, und ich bin so dankbar, dass ihr Teil dieser Reise seid!

Ohne euch alle wäre dieser Traum nicht Wirklichkeit geworden. Danke, dass ihr mich begleitet habt, mich unterstützt, motiviert und inspiriert habt. Diese Geschichte gehört auch euch!

Aber vor allem möchte ich mich von ganzem Herzen bei meinem Mann und meiner Familie bedanken. Ihr seid mein sicherer Hafen, mein Rückhalt in jeder Lebenslage. Egal, welche Entscheidung ich treffe, ihr steht immer hinter mir, glaubt an mich und gebt mir die Kraft, meinen Weg zu gehen. Ohne euch wäre all das nicht möglich – ich liebe euch unendlich!

Und für immer werde ich Dana Jai unendlich dankbar sein. Ich bin dankbar, dich nicht nur als Freundin an meiner Seite zu haben, sondern auch als eine unglaublich starke und inspirierende Frau. Dankbar dafür, dass du damals zu mir gesagt hast: *"Schreib erstmal."* Ohne dich hätte ich diesen Weg niemals eingeschlagen. Ich liebe dich – genau wie mein Herz Malia K..

Diese beiden Frauen schreiben unfassbar gute Bücher, und ich bin unendlich glücklich, sie an meiner Seite zu wissen. In jeder Lebenslage kann ich auf euch zählen – und dafür gibt es keine Worte, die meine Dankbarkeit wirklich ausdrücken könnten.

Nachwort

Von ganzem Herzen danke ich jedem Einzelnen, der die Geschichte von Emma, Cooper, Cassie und dem Vollstrecker gelesen und mitgefiebert hat. Es war eine aufregende Reise voller Spannung, Emotionen und unvergesslicher Momente – und doch ist dies erst der Anfang.

Meine Reise als Autorin hat hier begonnen, aber sie ist noch lange nicht zu Ende. Ich freue mich darauf, euch mit vielen weiteren Geschichten in neue Welten zu entführen, euch den Atem zu rauben und eure Herzen höherschlagen zu lassen.

Danke, dass ihr mich begleitet – ohne euch wäre all das nicht möglich.

Eure Chrissy Zane